AF238944

1. Auflage 2023
Originalausgabe
© 2023 Dragonfly in der
Verlagsgruppe HarperCollins Deutschland GmbH, Hamburg
Alle Rechte vorbehalten

Umschlaggestaltung: Frauke Schneider
Umschlagabbildung: grandfailure / Depositphotos,
Svetlin Yosifov | Dreamstime.com
Gesetzt aus der Caslon
Druck und Bindung: GGP Media GmbH, Pößneck
Printed in Germany · ISBN 978-3-7488-0230-3

www.dragonfly-verlag.de
Facebook: facebook.de/dragonflyverlag
Instagram: @dragonflyverlag

Boris Pfeiffer

Feuer. Wasser. Erde. Sturm.

ZUM ÜBERLEBEN BRAUCHST DU ALLE SINNE

DRAGONFLY

Drdjuck

Immer wenn er nach einer langen Wanderung gemeinsam mit der Herde an einem Ort angekommen war, der Wasser, Frieden und Gras für die Büffel versprach, suchte Drdjuck einen Platz für sich, ein wenig abseits der Tiere.

Der lange Weg, die körperliche Anstrengung und alles, was er unterwegs gelernt hatte, steckten ihm in den Knochen und ließen seine Gedanken durcheinanderschwirren. Er musste ausruhen, und er wollte sein neues Wissen in Ruhe durchdenken. Es hatte sich viel verändert in diesen Monaten des Herumziehens. In der ersten Zeit nach seiner Rettung war er den Büffeln fast wie ein Blinder gefolgt. Sie hatten den Weg bestimmt, waren dem Wetter ausgewichen und hatten, wann immer es möglich war, Nahrung und Wasser gefunden. Drdjuck war sich lange wie ein taumelndes Anhängsel der Herde vorgekommen, ein Junge ohne Sprache, der überhaupt nur noch lebte, weil er zwischen diesen ihm zuvor unbekannten Lebewesen Schutz gefunden hatte. Noch dazu waren sie sein einziger Trost in der großen Einsamkeit. Ohne sie wären zuerst seine Seele und dann sein Körper verhungert.

Inzwischen hatte sich einiges geändert. Nicht dass Drdjuck angefangen hätte, wie ein Büffel zu muhen oder auf sonst eine Art mit ihnen zu sprechen. Aber er sah das Leben mit veränderten, neuen Augen. Und das hatte er sehr wohl von den Büffeln gelernt, vor allem von ihrer Anführerin. Auf eine nach außen hin stumme, aber im Inneren lebendige Art kommunizierten sie miteinander und wussten so immer, was der andere gerade empfand.

Diese Art der Kommunikation war lebensnotwendig in der neuen Welt. Eine Welt, die von den Veränderungen überrollt worden war wie von einem Feuer speienden Drachen, der in wenigen Sekunden ein ganzes Dorf niederbrannte. Wie ein solcher Drache wanderten Unwetter um den Planeten. Das neue Wetter war unstet und schrankenlos, wie außer sich. Jedes Lebewesen, das sich nicht rechtzeitig in Sicherheit brachte, bedrohte es mit dem Tod. Hitze und Feuerstürme, die Wälder und Städte gleichermaßen verbrannten. Sintfluten, die aus dem Himmel herabbrachen, in trockengefallenen Flussläufen keinen Halt mehr fanden und alles überfluteten. Sie rissen ganze Landstriche mit sich und hinterließen nichts als Schlammwüsten und Geröll. Erneute Dürre verwandelte den schlammigen Grund in stahlharte Oberflächen, die, angereichert mit Öl und Chemie und dem Abfall der Menschheit, alles mit einer giftigen Haut überspannten. Die Hitze brachte die Luft schier zum Kochen und trieb das Wasser aus jedem Körper, bis er verdorrt war, verdurstet oder erstickt.

Und trotzdem gab es Hoffnung. Kurz nach ihrer ersten Begegnung, bei der die Leitkuh ihm das Leben gerettet hatte, spürte Drdjuck, dass nicht nur er der Anführerin, sondern ebenso sie ihm ein freundliches Gefühl entgegenbrachte. Sympathie, Mitgefühl, eine Liebe von Lebewesen zu Lebewesen. Es war eine Verbindung, wie er sie noch nie in seinem Leben gespürt hatte. Echt, unvoreingenommen, vertrauensvoll. Im Gegensatz zu Menschen belogen die Büffel einen nicht. Doch man musste ihre Zeichen richtig deuten, die Sprache der Tiere lernen. Sonst konnte es zu ebenso großen Missverständnissen kommen wie zwischen Menschen.

Es war ein fataler Fehler zu glauben, eine Würgeschlange legte sich neben einen, um die Körperwärme miteinander zu teilen. Sie nahm auf diese Weise lediglich Maß, ob die Beute auch wirklich in sie hineinpasste. Und sie tanzte auch gewiss nicht mit erhobenem Kopf und Rumpf, um einen an der Schönheit ihres Tanzes teilhaben zu lassen, sondern verschleierte auf diese Weise, wie sich der übrige Teil ihres Körpers näher und näher schob. Bis der Schlangenkörper mit einem Schlag um einen lag, die Luft aus den Lungen presste und das eigene Leben beendete, um das ihre zu sichern.

Zusammen aber waren die Anführerin der Büffelherde und Drdjuck dem Tod schon mehrere Male entkommen. Und Drdjuck hatte sich für seine Rettung revanchieren können. Er hatte sie vor dem Stacheldraht gerettet. Er hatte die Herde von den Foltergeräuschen der Glocken um ihre Hälse befreit. Nach und nach lernten er und die Tiere, mit den neuen Mächten zu leben, die die großen Veränderungen entfacht hatten.

Drdjuck schärfte seine Sinne, alle, über die er verfügte. Und auf irgendeine Art erkannte die Büffelkuh, dass er versuchte, die Gefahren, die von den Menschen ausgelöst worden waren, rechtzeitig wahrzunehmen, um ihre Herde zu beschützen. So lebten sie zusammen und folgten dem Weg.

Jetzt spürte Drdjuck, dass er Durst hatte. Aber trinken konnte er später, nach den Büffeln. Inzwischen hatte er einen Platz zum Ausruhen für sich entdeckt. An einer der roten Felswände, die ein paar Schritte vom Flussufer entfernt den engen Canyon begrenzten, gab es einen Vorsprung. Er ragte wie ein Balkon ohne Brüstung aus dem Gestein, und darunter breitete sich ein großer Flecken Schatten aus.

Das Flussufer war so schmal, dass nicht alle Büffel auf einmal zum Wasser gehen konnten. Das lag daran, dass der milchig grüne Flusslauf tief unten in einer Schlucht verlief. Gut verborgen vor jedem Blick aus der Ferne, am Ende eines wahrscheinlich bereits lange vergessenen Hohlwegs, der durch mehrere Kilometer rechts und links aufragende rote Felsen geführt hatte. Kurz bevor man den Fluss erreichte, begann ein sanfter Abstieg. Er mündete in einen flachen Uferstreifen, der nur wenige Meter lang war.

Auf der anderen Seite erhoben sich die Wände der Schlucht bis in den Himmel, der von hier unten nur als schmaler Streifen zu sehen war.

Es war das ruhige Ende einer Sackgasse, in der sie sich befanden.

Drdjuck hatte die Flussschlaufe bereits zwei Tage zuvor von oben gesehen, ehe sie sich über einen langen Umweg, der sie zunächst viele Kilometer zurückgeführt hatte, an den Abstieg gemacht hatten. Denn hier war die einzige Stelle, um ans Wasser heranzukommen. Wer es bis hierhin geschafft hatte, konnte rasten, ausruhen und genügend Wasser trinken, um gestärkt weiterzugehen.

Die Büffel waren sehr durstig. Am Ufer wuchsen Gras, Büsche und sogar ein paar niedrige Bäume, sodass sie auch etwas zu fressen fanden.

Drdjuck trat in den Schatten unter dem Felsvorsprung und setzte sich.

Er zog das Tuch, das er um den Körper trug, enger um seine Schultern, lehnte seinen Rücken an den kühlen Stein und schaute über die Herde auf den Fluss.

Er dachte an früher.

Zu Beginn ihrer Wanderschaft hatte er sich oft gefragt, ob die Büffel schon einmal mit Menschen zusammengelebt hatten, so wie jetzt mit ihm. Doch je länger er sie kannte, desto unwahrscheinlicher schien ihm dies. Und obwohl es so ein großes Glück für ihn war, machte es ihn auch traurig.

Er selbst hatte in seinem früheren Leben, vor der großen Zerstörung, außer Hunden und Katzen keine Tiere gekannt, die wirklich mit Menschen lebten. In der Regel waren sie in Ställen, Käfigen, Gehegen eingesperrt gewesen, dienten als Fleischlieferanten, manche waren Arbeitstiere gewesen. Mit Tieren in Freiheit hatte er nie zu tun gehabt.

Jetzt ist alles anders, dachte Drdjuck und malte mit dem Finger ein paar Muster in den Sandboden. Das neue Wetter hatte so viele Lebewesen getötet und vertrieben. Und wenn es stimmte, was Drdjuck in der Zeit vor den Veränderungen von seiner Großmutter, seinen Eltern und in der Schule gehört hatte, dann waren diese neuen Wetter eine Antwort des Planeten auf das Leben der Menschen, die sich von ihm abgewandt hatten, ihn zerstörten und ausraubten.

Sicher kannte Drdjuck nicht alle Gründe, die die Menschen dazu getrieben hatten, sich so zerstörerisch zu verhalten. Selbstsucht, Dummheit und Gier gehörten aber gewiss dazu. Sie konnten fast jeden dazu bringen, vieles aufs Spiel zu setzen – selbst wenn es um das Leben anderer ging.

Seine Großmutter hatte oft den Kopf geschüttelt. »Denk daran, Drdjuck, niemand kann etwas von den Reichtümern, die er in seinem Leben gesammelt hat, mit ins Grab nehmen! Selbst wenn man einen Toten mit Gold überschüttet, hat er nichts davon.« Und dann hatte sie gelacht und hinzugefügt: »Nur die Grabräuber freuen sich darüber!«

Wozu also immer mehr Besitz anhäufen und den Planeten um seine Schätze berauben? Nun war nichts mehr davon da. Selbst die Häuser und Städte existierten nicht mehr, waren selbst zu Gräbern geworden. Das Wetter hatte sie überschwemmt, einstürzen und in Feuer, Hagel, Tornados und Stürmen untergehen lassen. Und so waren auch die Tiere gestorben. Zuerst die eingesperrten, die nicht fliehen konnten. Dann die, die keine Nahrung und kein Wasser mehr fanden.

Den Pflanzen war es nicht anders ergangen. Durch die ausbleibende Kälte im Winter hatten sich auf Feldern und in Wäldern Würmer und Insekten vermehrt und alles abgefressen, was sie fanden. Wenn im Frühjahr trotzdem noch junge Triebe an Bäumen und Sträuchern erschienen, verdorrten sie in der folgenden Hitze sofort.

Der Planet fand keine Ruhe mehr. Die tosenden Wetter kamen in immer kürzeren Abständen. Sie spülten die brachliegende Erde davon, und die Sonne versiegelte den Boden, indem sie ihn brannte wie in einem Tonofen.

Drdjuck wusste nicht, wer oder was überhaupt noch lebte oder wiedergekehrt war.

Er hatte auf ihrer Wanderschaft lange keinen Menschen mehr gesehen und auch keine menschliche Behausung. Stattdessen war er unterwegs immer wieder auf Reste von Straßen gestoßen. Und plötzlich mitten im Nirgendwo kilometerlange, zerrissene und zu riesigen Knäueln ineinandergeschlungene Stacheldrahtzäune, in denen sich Tierkadaver verfangen hatten. Manchmal auch kaputte

Autos und Boote, und überall immer wieder ganze Meere von Plastik.

Doch an anderen Orten hatte das Gras angefangen, sich wieder auszubreiten. Zwischen viel verbranntem Holz, in schwarzen Wäldern aus toten Stämmen und Stümpfen fand sich hier und da etwas Grün. Man spürte diesen Gegenden an, dass sie schwach waren, viel schwächer, als ein Wald früher gewesen war. Und doch steckte noch Leben darin.

Nicht nur die Natur, auch die Welt insgesamt war niedriger geworden, flacher, ohne hohe Gebäude und mit den umgestürzten und im Boden versunkenen Strommasten. Meist war die Landschaft weit zu überblicken, eine große Ödnis, in der es nicht leicht war, sichere Orte zu finden. Die Menschen waren darin wie fortgeblasen, und bis jetzt war Drdjuck niemandem begegnet, der zurückgekehrt wäre, um einen Neuanfang zu wagen.

Und allmählich waren auch die Toten verschwunden.

In den ersten Monaten waren sie noch im grauen Wasser getrieben, hatten verschüttet unter Schlamm und Hausresten gelegen, waren in der Hitze verdorrt. Dann aber waren die toten Körper nach und nach zu Teilen der Erde geworden oder im zähen Schlamm zerfallen. Sicherlich gab es irgendwo noch andere Menschen und Tiere, die überlebt hatten. Doch Drdjuck sehnte sich nicht nach ihnen. Jedenfalls kaum. Die Büffel hatten ihn gerettet. Das würde er nie vergessen. Obwohl er ein Mensch war, einer derer, die sie eingesperrt, geschlachtet und gefressen hatten. Einer derer, die, wissentlich oder nicht, der Grund waren für die brutalen Veränderungen. Und auch wenn er sich fragte, ob die Erde je wieder ein Antlitz haben würde, das weniger einsam und verwüstet wäre, fühlte er jeden Tag, den er mit den Büffeln zusammen war, eine Liebe zum Leben in sich, die ihn zuversichtlich sein ließ.

An ihrer Seite spürte er eine große Lebendigkeit, und er würde alles tun, um ihr Dasein so glücklich zu gestalten wie möglich. Sie waren jetzt seine Familie.

Drdjuck lehnte seinen Hinterkopf an den kühlen Fels und genoss den Schatten auf seinem Gesicht. Er schloss die Augen. Er war immer noch ein Kind und kein Mann und wollte auch keiner werden, wenn das bedeutete, all das zu tun, wovor seine Großmutter ihn gewarnt hatte. Er liebte das Leben und war dankbar dafür. Aber was für ein Mann würde er sein wollen? Und können?

Er fürchtete die Wetter nicht mehr so wie zu Beginn. Er hatte viel gelernt. Von den Büffeln und durch die Beobachtung der Natur. Drdjuck lächelte. Für den Moment hatten sie Wasser und Nahrung. Wie schön wäre es gewesen, diesen Moment mit seiner Großmutter zu teilen und auch mit seinen Eltern. Er hatte sie alle verloren.

Das Wasser war so schnell durch die Straßen und in die Häuser geflossen, es hatte sie mit den Trümmern und den schäumenden Müllbergen so schnell fortgerissen, dass nicht mal mehr ein Schrei zu hören gewesen war. Mauern, Dächer, Schlamm, entwurzelte Bäume, im Wasser halb schwimmende, halb taumelnde Autos, Masten, Zäune, Möbel, Gerätschaften. Wie hässliches Spielzeug war alles durcheinandergewirbelt, in den eiskalten Wassermassen verschwunden und wieder aufgetaucht, um irgendwo anders als riesiger Berg Menschenwerksmüll wieder abgeladen zu werden.

Immer wieder, wenn Drdjuck diese Bilder vor Augen traten, fiel es ihm schwer, sie anzusehen.

Aber das Leben verlangte es. Denn es gab keine Rückkehr, kein schnelles Danach. Die Erde schien für immer vergiftet.

Aber er lernte, sich anzupassen. Die Büffel brachten es ihm bei.

So wie seine Großmutter immer gesagt hatte: »Aus Liebe und Verantwortung wachsen Liebe und Verantwortung. So wie bei allem anderen auch, Gras aus Gras und Gift aus Gift.«

Und dann gab es noch etwas, was ihn vorantrieb und weitergehen ließ: Drdjuck wusste nicht, was aus seinem Bruder geworden war.

Am Fluss

Die Leitkuh ging als Erste an den Fluss. Doch sie senkte den großen Kopf nicht sofort zum Wasser, sondern hielt ihn aufrecht und sog die Luft, die das Wasser mit sich brachte, in ihre Nüstern. Die schwarzen Fellflächen um ihre Augen waren staubig. Und die langen, zu den spitzen Enden hin leicht in sich gedrehten Hörner ragten als mächtige, fühlende Krone in die Luft.

Drdjuck wusste, dass den Büffeln ihre Hörner zur Kühlung dienten und zugleich Antennen waren, wie riesige Fühler eines Insekts. Und natürlich dienten sie auch als Waffe und forderten Respekt.

Wenn Drdjuck neben ihr lief, überragte ihn das Haupt der Anführerin ein großes Stück. Und sein Kopf war nicht breiter als eines ihrer Hörner an der Stelle dicht über der Stirn.

Die übrige Herde wartete geduldig hinter der Anführerin.

Einfach zu trinken, wäre zu gefährlich gewesen. Keines der Tiere würde das tun, bevor die Leitkuh das Wasser nicht freigegeben hatte. Dennoch drängte es die ausgedörrten Körper zum Fluss, und viele Tiere schrien vor Durst.

Der letzte Schluck lag zwei Tage zurück.

Unruhig stampften die Tiere auf der Stelle. Vom Boden wirbelte Staub auf, in den sich der Geruch von Schwäche mischte.

Die Büffel waren stark abgemagert, und ihre durstigen Rufe klangen matt. Auch Drdjuck fühlte seine Rippen bei jedem Atemzug gegen die Haut stoßen, seine Lippen waren aufgesprungen, und seine Zunge lag trocken zwischen den Zähnen.

Er spähte zur Leitkuh.

Warum trank sie immer noch nicht? Das Wasser vor ihr war trüber geworden seit ihrer Ankunft, gelblich, und floss langsamer. Aber es stand nicht. Stehendes Wasser wurde rasch giftig. Aber der Fluss war in Bewegung. Drdjuck konzentrierte sich auf den Geruch, den der Fluss aussandte. Er wirkte weiterhin sauber, nur hin und wieder kam jetzt ein stechender Luftstoß herüber. Aber diese kurzen Intervalle schienen nicht von einer größeren Giftwelle auszugehen, und es roch nicht nach menschengemachten Stoffen. Was war es dann?

Gleich darauf erkannte Drdjuck die Quelle. Ein toter Körper kam im Wasser angetrieben.

Er sah genauer hin und erkannte aufgelöstes Fell und verwesendes Fleisch, aus dem Knochen ragten, besetzt und umschwirrt von Tausenden Fliegen. Das tote Wesen sah aus wie ein Hund.

Drdjuck wollte sich gerade erheben, um den Körper mit einem Stock zur Seite zu stoßen, sollte ihn die Strömung weiter auf das Ufer zutreiben. Aber das Wasser war gnädig, und das tote Tier schwamm träge vorbei. Mit ihm zog auch der Gestank von dannen.

War der Hund ein Zeichen für Menschen in der Nähe? Oder eine Stadt?

Das hätte für die Herde eine Bedrohung dargestellt. Nicht umsonst hielten sich Büffel in aller Regel fern von allem, was nach vielen Menschen roch. Die Menschen waren Fleischfresser, auch wenn es Ausnahmen gab. Pflanzenfressende Menschen rochen

15

anders als ihre Artgenossen. Auch das hatte Drdjuck bereits gelernt.

Er beobachtete die Büffelkuh weiter. Nach dem vorbeigetriebenen Kadaver wartete sie immer noch damit, sich zum Wasser zu beugen. Erst mussten die Nüstern sich von dem Verwesungsgeruch befreien.

Drdjuck ging es auch so, auch er wartete ab. In den Nüstern hielt sich Todesgeruch immer länger als in der Luft, wie eine stinkende Erinnerung. So wie alles, was man erlebte, länger in einem blieb, als es um einen herum vorhanden war. Anblicke wanderten von den Augen in die Seele. Stürme, die einem die Haut zerfetzten und den Körper zum Bluten brachten, tauchten lange nach ihrem Verschwinden plötzlich in Momenten des Zitterns und Schluchzens wieder in einem auf und verwandelten einen ruhigen Tag unter einem strahlend blauen Himmel in einen Moment aus tosenden Wassermassen, ohne dass ein Tropfen fiel. In der Seele sammelte sich der Schmerz und in den Nüstern die Gerüche.

In der Nase, verbesserte sich Drdjuck.

Er war ein Mensch und nahm die Gerüche mit der Nase wahr. Die Büffel dagegen hatten Nüstern. Und sosehr er sich ihnen verbunden fühlte, er war keiner von ihnen, sondern einer bei ihnen.

Vergiss das nicht, ermahnte er sich.

Außerdem wollte er die Worte, die er als Mensch gelernt und benutzt hatte, nicht vergessen. Er wollte ein Mensch bleiben, trotz allem, was er über die Menschen wusste. Nur so konnte er seinen Teil zu einem besseren Weiterleben beitragen.

Und dazu, wurde ihm plötzlich klar, gehörte es auch, sich zu waschen.

Seine Großmutter hatte sich jeden Morgen gewaschen, direkt nach dem Aufstehen. Sie war immer als Erste aufgewacht und ins

16

Badezimmer gegangen. Er hatte mit geschlossenen Augen in seinem Bett gelegen und das Wasser in der Leitung rauschen gehört, dann die Toilettenspülung. Als er noch klein gewesen war, war sie als Nächstes in ihr Zimmer gekommen und hatte zuerst ihn und dann Kiano geweckt und mithilfe einer großen Waschschüssel gewaschen. Später, als Drdjuck älter war, hatte sie verlangt, dass er es alleine tat. Er mochte das kalte Wasser im Gesicht. Im Gegensatz zu Kiano. Sobald der alt genug gewesen war, hatte er sich gegen das Wasser gesträubt. Aber wirklich gewehrt hatte er sich nie. Vielleicht wollte er einfach, dass die Großmutter ihn wusch? Vielleicht wollte er es nur nicht alleine tun müssen?

Drdjuck schüttelte sich, verscheuchte die Bilder und kehrte mit dem Blick zurück zum Fluss. Noch einmal holte er prüfend Luft durch die Nase.

Der Geruch nach Tod hatte sich verzogen.

Vor ihm tauchte die Büffelkuh ihr Maul ins Wasser. Mit mächtigen Zügen begann sie zu trinken. Die schlürfenden Geräusche, die sie dabei machte, versetzten die Herde in neue Unruhe. Einige der Tiere begannen lauter zu muhen. Die rauen, kehligen Laute hallten durch die Schlucht und brachen sich zwischen den Felsen.

Die Anführerin hob ihr Maul und trat zur Seite. Über ihre gewaltigen Lippen rann etwas Wasser. Sofort drängte hinter ihr ein Kalb heran und begann selbst zu trinken. In solchen Momenten vergaßen fast alle Lebewesen, auf ihre Umgebung zu achten. Der Drang zum Wasser war jetzt nicht mehr zu unterdrücken.

Drdjuck hob den Blick und prüfte die Schlucht und den Himmel darüber.

Der Fels zeichnete sich rot ab gegen das klare Blau des Himmels. Es war keine Wolke zu sehen. Die Felswände am gegenüberliegenden Ufer waren glatt bis in die Höhe und in wellenförmige

Schwünge geschliffen. Der Fluss musste sein Bett über sehr lange Zeit in den Stein gegraben haben. Das Wasser hatte den Felsen bis ganz nach oben ihre Form verliehen.

Drdjuck musterte die Felswand genauer.

Hoch oben, wenn auch noch ein ganzes Stück unter dem Kamm, waren dunkle Flecken zu erkennen. Es konnten Wasseradern sein, die das rote Gestein färbten, aber vielleicht war auch eine Höhle dabei. Eine solche wäre in dieser Höhe nur schwer zu erreichen, wenn überhaupt. Dennoch war es immer gut, Höhlen zu kennen. Es gab genug Tage, an denen eine Höhle einem das Überleben sicherte. Und je stärker die Natur aus ihrer natürlichen Ordnung geworfen wurde, desto besser musste man sich an sichere Zonen erinnern.

Drdjuck senkte den Blick wieder hinab zum Wasser.

Auf der anderen Seite des Flusses hatte sich kein Ufer gebildet. Dort kam man nicht an Land, wenn man nicht sehr gut klettern konnte. Es blieb dabei, der einzige Weg weg von der Wasserstelle führte zurück über den Hohlweg.

Drdjuck erhob sich aus dem Schatten und ging an den Felsen entlang zum Weg zurück. Die Sonne traf ihn mit großer Kraft. Er blinzelte.

Zu beiden Seiten des Wegs erhoben sich übermannshohe zerklüftete Felsen. Er erinnerte sich, dass der Pfad an vielen Stellen sehr schmal gewesen war und man sich wie in einem Tunnel befunden hatte. Die Büffel und er waren nur dem Geruch des Wassers gefolgt, der vor ihnen gelegen hatte. Mitunter war auch ein schwacher Anflug des Wassergeruchs von den Seiten über die Felsen gekommen, und so war Drdjuck klar geworden, dass sie sich inmitten des Flusslaufs auf den Scheitelpunkt der Flusskurve zubewegten. Die Felsen ragten wie eine lange Zunge in die Schlaufe und den Flusslauf hinein. Das Wasser zu sehen bekommen hatten sie aber auf dem Weg hinab nicht eine Sekunde.

An vielen Stellen hatte nur ein Tier zwischen den Felsen hindurchgepasst, sodass die Büffel hintereinandergehen mussten. Und den ganzen Weg hinab zum Wasser hatte Drdjuck nirgendwo eine Höhle entdeckt. Das bedeutete, auch auf dem Rückweg bot nichts Schutz vor einem schnellen Wetterwechsel.

Er musste achtsam bleiben.

Die Büffel erspürten sowohl Gifte in Wasser und Boden als auch Wetterveränderungen, sie fanden immer den besten Weg und kümmerten sich umeinander. Aber er wusste nicht, ob sie wie Menschen vorausplanten. Darum hatte Drdjuck es sich zur Aufgabe gemacht, zumindest dies zu übernehmen, soweit er konnte. Er versuchte stets die Wege im Gedächtnis zu behalten, die sie zurückgelegt hatten, sich Auswege und sichere Orte zu merken. Denn man wusste nie, wann man darauf angewiesen sein würde. Hier in diesem Canyon konnte nicht nur ein plötzlicher Sturm den Fluss in ein reißendes Gewässer verwandeln. Wenn sich ein Unwetter aus der Richtung näherte, aus der sie gekommen waren, und große Regenmassen mit sich brachte, würde der Hohlweg die perfekte Bahn für eine Sturzflut bilden, die auf sie zurasen, ihnen die Rückkehr unmöglich machen und sie schlimmstenfalls in den Fluss werfen würde.

Aber es sah nicht nach einem Sturm aus. Es fühlte sich auch nicht danach an.

Allerdings würde er hier unten jedes neue Wetter auch nicht allzu leicht wahrnehmen können.

Drdjuck wandte sich ab und den Gräsern und Büschen zu, die am Ufer wuchsen. Sie strömten keinen veränderten Geruch aus. Auch die wenigen Bäume nicht. Und die Büffel waren ruhig.

Für den Moment beruhigt, trat Drdjuck zurück an die Seite der Herde. Inzwischen tranken fast alle Tiere, dicht aneinandergedrängt, und zum Teil standen sie ganz im Wasser. Neben zwei Kühen fand er eine Lücke. Er war viel kleiner als selbst das jüngste Kälbchen und störte deshalb die anderen nicht. Drdjuck ging ans Ufer und stieg in den Fluss. Es war nicht tief an dieser Stelle. Er spürte das Wasser, das um seine Waden spülte. Ein Stück neben ihm trank immer noch das Kalb.

Er beugte sich vor, tauchte seine Arme ein und begann sich zu erfrischen. Er benetzte Schultern, Bauch und Hüfte und schüttete sich dann Handvoll für Handvoll Wasser über Kopf, Haare und Gesicht.

Neben ihm wandte sich das Kalb vom Wasser ab und machte den Weg für die nächsten frei.

Drdjuck formte eine Schale mit den Händen, füllte sie und trank in großen Zügen. Er wiederholte die Prozedur noch viele Male. Dann war sein Durst gelöscht. Gleich darauf stieg er wieder aus dem Fluss. Keiner sollte sich mehr nehmen, als er brauchte.

Die Zeit der besten Bissen und der eigenen Vorteilsnahme war vorbei.

Drdjuck kehrte zurück an die Felswand. Der Schatten unter dem Vorsprung war ein wenig länger geworden. Nach seinem Bad wollte Drdjuck sich in die Sonne an einen der gewärmten Felsen setzen.

Die Büffel würden so lange trinken, bis sie keinen Durst mehr verspürten. Und das konnte noch länger dauern. Die großen Körper brauchten viel Wasser.

Drdjuck genoss die Wärme im Stein, die in seinen Rücken drang, und die Sonnenstrahlen auf seiner Brust.

In diesem Moment stießen zwei junge Stiere die Köpfe zusammen.

Drdjuck erkannte das donnernde Geräusch der aufeinanderprallenden Hörner und fuhr alarmiert auf. Ein Kampf junger Büffel an einem Ort, den sie womöglich schnell verlassen mussten, war nicht gut und konnte die Aufmerksamkeit der Herde von möglichen Gefahren ablenken.

Die beiden Bullen starrten einander an. Sie hatten noch kurze Hörner. Dann stießen sie erneut vor. Im nächsten Augenblick schob sich die Anführerin zwischen sie und drängte sie ohne Unruhe aus dem Wasser. Die Jungbullen würden später trinken müssen, sie hatten ihren Platz zum Saufen vorerst verspielt.

Doch der Durst war bei beiden jetzt nebensächlich geworden.

Am Ufer angekommen, setzten sie ihr Gefecht fort.

Drdjuck sah, wie die Anführerin sich abwandte. Sie wusste offenbar, dass es nur eine Kraftprobe war. Drdjucks Herzschlag beruhigte sich. Er hatte diese Kämpfe schon früher miterlebt. Die Köpfe der beiden Stiere flogen erneut krachend aufeinander. Eine Übung, ein Spiel.

Auch er lernte.

Woher hatte die Büffelkuh es sofort gewusst, dass es sich um imponierendes Jungtiergehabe handelte und nicht um einen wirklichen Kampf?

Drdjuck beobachtete sie. Aber er fand keine Antwort. Sie beachtete die beiden nicht länger. Die Erfahrung musste es sie gelehrt haben. Sie selbst hatte schließlich auch ein Junges geboren. Es war ihr Kalb, neben dem Drdjuck eben im Wasser gestanden hatte. Das Kälbchen, wie Drdjuck es nannte. Es war das einzige Tier, dessen Geburt er miterlebt hatte.

Für einen Moment hielt die Leitkuh inne, als sie Drdjucks Blick auf sich spürte. Nur eine kurze Pause in ihrer Bewegung verriet, dass sie ihn wahrnahm. Ein Stillstehen, ein kurzes Verharren, ein winziges Zittern, das wie ein Fluss aus Muskelkraft unter ihrem Fell über den Körper lief. Ähnlich dem, mit dem die Büffel Fliegen verscheuchten.

Dann war der Moment vorbei, und die Kuh begann am Ufer zu grasen.

Auf einmal dachte Drdjuck wieder an Kiano.

Auch sein Bruder und er hatten als Jungen ihre Kräfte gemessen. Drdjucks Vater hatte das Spiel Baram-Baram genannt. Sie hatten sich voreinandergestellt, die Stirn und die Arme gegeneinandergelegt und versucht, sich gegenseitig aus dem Weg zu schieben. Einmal war Kiano, der wilder gewesen war als Drdjuck, dabei mit der Stirn abgeglitten und hatte ihn mit einem Kopfstoß unter dem Auge getroffen. Drdjuck war vor Schmerz wütend geworden und hatte seinen Bruder auf den Boden geworfen. Kiano hatte angefangen zu weinen, und ihre Mutter hatte sie getrennt. Das hatte die Anführerin bei den jungen Bullen nicht getan. Nur aus dem Wasser hatten die beiden gemusst. Die Bilder der Herde mischten sich in Drdjuck mit denen seiner Familie. Sein Vater, seine Mutter, Kiano …

Warum, dachte Drdjuck, denke ich immer nur an seinen Namen? Warum erinnere ich mich nicht an die Namen meiner Eltern? Und auch von meiner Großmutter weiß ich nicht mehr, wie sie heißt. Auf einmal flossen Tränen über seine Wangen. Er lehnte sich zurück an die warme Felswand, als könnte er sich in sie hineindrücken.

Eine Bewegung kam auf ihn zu.

Es war wie ein Wunder. Wie so oft, wenn er traurig wurde, kam die Leitkuh zu ihm. Drdjuck spürte ihre Nähe, noch ehe er sie durch den Tränenschleier wirklich wahrnahm. So war es vom ersten Moment an gewesen, als sie ihn gerettet hatte.

Sie war mitten im Wasser in den reißenden Fluten auf ihn zugekommen, und es war gewesen, als ob sie ihre Seele in den Augen trüge und ihm ihr ganzes liebevolles Wesen mit einem einzigen Blick zuwarf. Sie hatte ihn damit umhüllt und getröstet, obwohl sie in diesem Moment selbst um ihr Leben geschwommen war. Und trotzdem hatte sie ihn wahrgenommen.

Drdjuck hatte sich an ihr festgehalten, zuerst an ihrem Rücken, dann an einem Horn, und sie waren zusammen weitergeschwommen, er an sie geklammert und sie den Kopf so hoch aus dem Wasser gehoben, wie sie nur konnte.

Drdjuck wandte sich ihr zu.

Sie schaute ihn mit ihrem rechten Auge an. Das hatte sie nicht immer getan. In den ersten Tagen nach ihrer Rettung hatte sie ihn nur mit dem linken Auge angesehen und es erst später gewechselt. Drdjuck wusste inzwischen, dass dies Furchtlosigkeit und Vertrauen bedeutete.

Er streckte die Hand aus und strich über ihren Kopf.

Sofort fühlte er die Wärme ihres Körpers. Genauso wie nachts, wenn er neben ihr lag und schlief. Er ließ die Hand auf ihr liegen, und sie ließ sich neben ihm zu Boden nieder.

Während sie begann wiederzukäuen, lehnte sich Drdjuck mit der Schulter gegen sie. Die Nähe tröstete ihn. Auch das Wasser hatte ihm gutgetan. Es war das erste Wasser seit Tagen gewesen. Es war eine trockene Zeit, heiß. Seit einigen Wochen war keiner der Stürme, die rasend das Land überzogen, in ihre Nähe gekommen, oder sie hatten früh genug andere Wege eingeschlagen, sodass das Wetter ihre Wanderung nicht unterbrochen hatte. Aber dies hieß auch kaum Wasser.

Ohne die Gabe der Büffelkühe, Gras in Milch zu verwandeln, wäre Drdjuck auf dem Weg zum Fluss weit früher ans Ende seiner Kräfte gekommen.

Eine Fliege, die plötzlich herangesummt kam, setzte sich auf ein Ohr der Anführerin. Automatisch hob Drdjuck die Hand, um sie zu verscheuchen. Die Fliege schwirrte davon.

Doch im selben Moment begannen die Ohren der Anführerin wild zu spielen, und sie hob ruckartig den Kopf. Drdjuck konnte sehen, wie sie die Luft einsog. Er reagierte sofort. Dies hatte nichts mehr mit dem Insekt zu tun.

Die Anführerin sandte ein anderes Zeichen aus. Drdjuck erkannte es.

Um zu verstehen, musste er sich der Leitkuh und der Umgebung mit seinen inneren Sinnen zuwenden. Das hatte er gelernt. Sonst bliebe er taub und blind.

Drdjuck atmete aus und versetzte sich in die stille Zone.

Ereignisse

Wie immer dauerte es einen Moment, ehe sich Drdjucks Wahrnehmung umstellte. Doch dann veränderte sich der Anblick der Welt um ihn herum mit einem Mal bedeutend.

Das Rot der Felsen wurde dunkler, das fließende Wasser leuchtete auf, die Büffel wurden zu bläulichen Schatten, die sich pochend, ähnlich dem Blinken der Sterne am nächtlichen Himmel, im Raum bewegten.

Drdjuck ließ die schattigen, randloseren Farben beiseitetreten, um sich tiefer zu konzentrieren.

Seit er die stille Zone entdeckt hatte, lernte er sie bei jedem Eintritt ein wenig besser kennen. Doch noch immer war sie für ihn wie eine große, geheimnisvolle Unbekannte. Drdjuck wusste nicht, warum er so klar wahrnahm. Nur dass er vieles nicht oder noch nicht sah – es war ihm einfach deutlich, wenn er sich an seine vorigen Besuche erinnerte, besonders an den ersten.

Es war am Tag des Untergangs gewesen. Seine Eltern, seine Großmutter – er konnte sie nicht mehr erreichen. Die Fluten, die über das Land rasten und zugleich unerbittlich weiter aus dem Himmel herabstürzten, hatten alles um ihn herum in tobende Natur verwandelt. Drdjuck hatte sich klein und vollkommen wehrlos gefühlt. Er war wie gelähmt, stand einfach nur da und sah eine riesige Woge grauen Wassers auf sich zustürzen im sicheren Bewusstsein, ihr nicht mehr ausweichen zu können. Es kam aus allen Richtungen, und er hatte es kaum noch geschafft, Atem zu holen.

Die Flut schoss durch ihr Haus und riss ihn mit, genau wie alles andere. Nur durch ein Wunder war er durch das offene Fenster des Wohnzimmers auf die Straße geraten. Dabei hatte sich allerdings sein Fuß in einem großen Tuch verfangen, das auf dem Boden lag. Es war eine violett und grün, rot und tiefblau karierte Stoffbahn, zusätzlich mit dünnen gelben und orangen Streifen versehen, inzwischen aber so verwaschen und ausgeblichen, dass die Farben an vielen Stellen weißlich geworden waren. Es war Kianos Tuch. Sein Bruder trug es fast immer mit sich herum, wickelte sich darin ein, hatte als kleiner Junge an einem der Zipfel genuckelt und spielte mit dem Tuch wie andere mit einer Puppe. Im Strudel hatte sich das Tuch um ein Tischbein gewickelt, und als Drdjuck sich darin verfing, ihn wie mit einer Schlinge an den Tisch gefesselt. Er hatte um sich geschlagen und sein Körper gezappelt wie ein Insekt, das in ein Spinnennetz geraten war.

Nur mit viel Kraft hatte er es geschafft, sich loszureißen. Das Tuch löste sich vom Tisch und war bei ihm geblieben.

In diesem Moment hatte Drdjuck begriffen, wie leicht es war zu sterben.

Mit dem Tuch um sich wie eine zweite Haut war Drdjuck auf die Straße gespült worden.

Dort war das Wasser noch reißender gewesen und der Tod zum Greifen nah.

Ein riesiger Baum raste mit den Wurzeln voran zwischen den Häusern hindurch und auf Drdjuck zu. Nur um Haaresbreite verfehlte er ihn. Scharfe Metallkanten tauchten aus der braungrauen Flut auf und verschwanden wieder unter der nächsten Welle, um im Wasser verborgen zu lauern. Das Wasser wurde zu einer tödlichen Gefahr, kein Vergleich mit einem Fluss, in dem man sich schwimmend an der Oberfläche halten konnte. Es war ein schmutziger, jagender Strom voller zerstörter Dinge aus den Wohnhäusern, Werkstätten, Fabriken; voller Zerstörungskraft, chaotisch, unberechenbar.

Und genau in diesem Moment war Drdjuck zum ersten Mal in die stille Zone geraten.

Er hatte plötzlich gesehen, was hinter dem Chaos stand. Wie die bislang sicher scheinenden Verhältnisse in Zerstörung umschlugen und sich wie Waffen gegen das Leben richteten. Autos, zersplitterte Mülltonnen, Zäune, Kabel, aufgerissene Konservendosen, ein Bilderrahmen mit Fetzen im Inneren und ein sich überschlagendes Fahrrad, aufgerissene Tanks, zerbrochene Möbel, Fensterrahmen, in denen Glassplitter hingen, Fernseher, Scheren und Spielzeug, Töpfe, eine Lampe – alles raste in der Flut umeinander. Das gesamte treibende Chaos hatte sich ihm wie ein tödliches Monster gezeigt, das sämtliche Zähne fletschte. Und zugleich war es ein verwundetes Wesen, das aus Rissen und Verletzungen blutete und Schmerz erzeugte.

Für einen Augenblick waren alle Geräusche verschwunden. Als hätte jemand den Ton abgedreht. Dann war hinter dem entwurzelten Baum in der Flut ein bläulich-violetter Schatten aufgetaucht, der zu pulsieren schien. Drdjuck hatte ihn wahrgenommen, ehe er ihn wirklich gesehen hatte. Der Schatten hing zwischen den Ästen und Blättern der Baumkrone, ein starrer Körper und doch unablässig mit den Beinen tretend, mehr tot als lebendig. Inmitten der wilden, unklaren Sturmschlieren, die sich wie ineinanderstürzende graue Wolkenwände ringsumher drehten, hatte dieser Schatten eine kräftige Farbe. Er stach Drdjuck geradezu ins Auge.

Es war die Leitkuh gewesen, die wie er um ihr Leben kämpfte.

Ohne zu wissen, wie er es geschafft hatte, war Drdjuck zu ihr gelangt. Er konnte sich nicht daran erinnern, geschwommen zu sein. Keine Armbewegungen. Keine Beinstöße. Er war sich im Nachhinein sogar sicher, dass es unmöglich gewesen war, gegen die Strömung zu schwimmen. Und doch hatte er einen Moment später ihr nasses Fell unter seinen Armen gespürt. Er klammerte sich an ihr fest, und sie hatte ihn aus ihren großen Augen mitfühlend angeschaut.

Dann war die Stille vorbei gewesen und das Rauschen des Wassers zurückgekehrt. Das Knirschen der Dinge, die an Hausmauern entlangschleiften, das Lied der Zerstörung.

Mittlerweile konnte Drdjuck in der stillen Zone auch hören. Jetzt konzentrierte er sich auf den Fluss und die roten Felsen. Auf die Pflanzen. Er spitzte die Ohren.

Was er wahrnahm, war nicht das Muhen der Herde, nicht das Rauschen des Flusses. Er lauschte auf leisere Geräusche, die ihm außerhalb der stillen Zone verborgen blieben.

Da war ein Knacken in einem Busch dicht am Ufer, ein Zirpen im Gras, hell und plötzlich fast schrill. Drdjuck versenkte sich darin, und im nächsten Augenblick nahm er mit seinen anderen Sinnen den öligen Duft einer Warnung wahr, die die Gräser sich zuwarfen.

Seine Aufmerksamkeit zog von Halm zu Halm, breitete sich aus, sprang über das Wasser. Die Felsen darüber waren schwer von Millionen Jahren, und sie hatten Wege und Spuren in sich, die bis eben für ihn unsichtbar gewesen waren. Spuren des Wachsens, Zusammenstauchungen und Falten im Gestein, Windflüsse.

Drdjuck versuchte, sich nicht ablenken zu lassen.

Plötzlich stand die Anführerin neben ihm.

Sie war ein riesiges Wesen, wenn sie an der Seite eines Menschen auftauchte. Ein Tier, das die Wege der Erde durch Zeit und Raum viel tiefer in sich trug als Drdjuck.

Sie kannte das Verlangen der Böden nach Nahrung genauso gut wie ihren eigenen Hunger. Sie spürte das Wasser in den Gräsern nicht weniger als den Fluss.

Auf die gleiche Weise erkannte sie Drdjucks Emotionen. Wenn er traurig war oder aufgeregt, Angst hatte oder sich freute – sie nahm es fast in derselben Sekunde wahr.

Deshalb hatte sie auch sofort gewusst, was mit ihm los war, als er anfing, die Wetterumschwünge auf eine ähnliche Art wie sie vorauszuspüren. Seitdem hatten sie eine zusätzliche Verbindung. Es war eine Art, durch die Augen des anderen zu sehen. Die Leitkuh nahm nicht nur die Signale wahr, die bei ihr selbst ankamen, sondern auch jene, die Drdjuck empfing.

Es hatte begonnen, als Drdjuck an sie geklammert auf ihrem Rücken dem Tod in den Wassermassen entkommen war. Sie hatten das reißende Wasser, die Flut und den Sturm Körper an Körper und Herzschlag an Herzschlag überstanden. Den Tag überlebt, an dem Drdjucks Eltern und seine Großmutter umgekommen waren und sein Zuhause unterging.

Seitdem half die Anführerin Drdjuck, feiner wahrzunehmen. Vielleicht waren es ihre gewaltigen Hörner, die wie Antennen auf ihn wirkten. Vielleicht war es ihre Liebe, die ihn erfüllte und enger mit ihr verband. Vielleicht waren es aber auch seine und ihre Fähigkeiten in Kombination.

In diesem Moment schien der Himmel sich zu entfärben.

Es war, als ob sich die Luft auseinanderzöge und für etwas öffnete, das kommen würde.

Drdjuck atmete tief aus.

In dem bleichen, diffusen Licht hatte der Fluss plötzlich eine andere Energie bekommen. Für Drdjuck sah es aus, als würden sich Wellen aufbäumen, die das Wasser in sich hineinzogen und dann mit doppelter Gewalt wieder ausstießen. Gleich darauf bildete sich zwischen den tiefen Wellenbergen für einen Moment eine Furt, in der der Grund des Flussbetts aufblitzte und durch die man trockenen Fußes auf die andere Seite hätte gelangen können. Es sah aus, als würde sich der Fluss winden wie ein riesiger verletzter Wurm.

Drdjuck holte Luft.

Mit diesem Atemzug türmten sich vor seinem inneren Auge die in Millionen Jahren glatt geschliffenen Sandsteinfelsen wie eine Sanddüne auf, die darauf wartete, mit dem tosenden Wind zu spielen, wirbelnd in ihm aufzufahren, sich zu drehen, zu verteilen und wieder zum Boden zurückzusinken. Jetzt angereichert um einen Luftstoß, der Felsen und Sonne aufgesogen hatte und alles mit Licht und Wasser vermischte, wie Büffeldung, wenn er sich mit dem Boden vermengte.

Eine wilde, grausam lebendige Fruchtbarkeit durchzog jetzt die Schlucht, zu stark für die einzelnen Lebewesen, die sich in ihr befanden.

Drdjuck sah diese Kraft auf sie zukommen, der Tiere und Menschen nicht gewachsen waren. Sie mussten sofort Schutz suchen, wo immer sie konnten.

Die Anführerin stieß ein tiefes Muhen aus. Die Herde hielt inne. Drdjuck legte die Hand auf ihren Hals. Im selben Augenblick senkte sich ein unbekannter Geruch über sie beide.

Er kam nicht vom Wasser, er hatte nichts an sich von allem, was in den letzten Stunden vorbeigezogen war. Er erinnerte Drdjuck an den Geruch von Autos, an Benzin in Tanks, tödliche Mischungen, die sich seit dem ersten Tag der Vernichtung überallhin ergossen hatten.

War es der Gestank einer verlorenen Stadt, den der Fluss mit sich getragen hatte bis in diesen weit entfernten Canyon?

War es der Vorbote einer neuen Katastrophe?

Drdjuck sog die Luft heftig ein. Er wollte wissen, was vor sich ging. Wenn der Geruch eine Warnung war, dann wollte er sie verstehen.

Doch es war schon zu spät. Der Geruch war genauso plötzlich wieder verschwunden, wie er aufgetaucht war.

In Drdjucks Kopf hämmerte es. Plötzlich fühlte er sich ausgelaugt. Er ließ die Anführerin los, brach aus der stillen Zone und richtete seine körperlichen Sinne auf das Drumherum.

Die Düfte und Öle der Pflanzen hatten sich verändert. Nach seinem Abtauchen in die stille Zone waren sie jetzt viel intensiver als zuvor. So war es immer. Es kostete Kraft, sich hineinzubegeben, aber er nahm dafür anschließend eine Zeit lang viel mehr wahr.

Nun verstand er, was die Pflanzen kommunizierten:

Heute wird ein schwerer Tag werden. Das Wetter wird umschlagen. Leben werden gehen. Baumleben. Wurzelwesen.

Drdjuck las in den Verbindungen der Pflanzen denselben Schmerz, wie ihn Menschen oder Büffel fühlten und ausstrahlten, wenn sie Angst hatten. Die Bäume und Gräser wussten, was kommen würde.

Und dann sah Drdjuck es auch.

Eine Wasserhose, schweres Wetter, mächtiger Sturm.

Ein gewaltiges Wetter zog auf und näherte sich ihnen. Noch war es nur die Luft, die wie elektrisiert war. Aber daraus würde es hervorbrechen wie immer. Die Pflanzen waren noch nicht in unmittelbarer Aufregung. Noch zog sich nichts zusammen, nahmen Halme und Äste keine gebeugte, schützende Haltung ein, um sich zu retten. Bis dahin würde noch einige Zeit vergehen. Die Botschaften über die Wurzeln der Büsche, ihre Warndüfte und der Wasserfluss, den er in ihnen wahrgenommen hatte, sagten noch alle dasselbe: Sie tranken, so viel sie konnten, um sich fest mit ihrer Wurzelkraft im Boden zu verankern, sie taten alles, um sich Halt zu verschaffen.

Und sie zogen damit die Büffel zu sich.

Die Herde hatte schon begonnen, um die Pflanzen herumzustapfen. Denn auch wenn die Büffel die Blätter abzupften und fraßen, stampften sie gleichzeitig den Boden für die Bäume und Büsche fest. Sie ließen ihren Dung fallen, und die Pflanzen sogen daraus Kraft.

Drdjuck erkannte, dass die Herde das Unwetter ebenfalls zu fürchten begann. Aber noch waren ihr Durst und ihr Hunger größer. Noch war der Moment wichtiger als die Zukunft.

Drdjuck spürte die Anziehung des Wassers auf die Tiere und darunter ihre Angst vor dem Sturmwasser, das immer wieder so voller Gift aus den verseuchten Regionen war.

Er selbst hatte auch Hunger, und der Durst würde bald wiederkommen. Aber er würde ihn ertragen, wie er seit dem Untergang seiner Heimat alles ertrug.

Er zog das Tuch ein wenig höher um seine nackten Schultern und stellte sich den Bedingungen. Er liebte das Leben und die

Welt. Sie war, wie sie war. Er war ein Teil von ihr und ein Teil dessen, warum sie so geworden war, wie sie sich jetzt zeigte. Er hatte einen neuen Weg entdeckt. Und war glücklich über die Einsamkeit, die ihn umfing, seit er mit den Tieren lebte und umherzog.

Drdjuck wünschte den Bäumen und Büschen auf der schmalen Landzunge, dass keiner von ihnen heute sein Leben lassen musste. Genauso wie den Tieren der Herde und sich selbst.

Aber noch war etwas Zeit. Die Anführerin hatte noch nicht zum Aufbruch gerufen.

Auch Drdjuck fühlte, dass sie, um den schutzlosen Felspfad sicher zu bewältigen, nicht sofort aufbrechen mussten.

Doch es galt, sich vorzubereiten. Drdjuck sah sich um.

Das Kälbchen badete noch im Wasser und spielte. Es sollte jetzt lieber trinken oder fressen. Wie alle in der Herde. Ohne zu trinken und ohne kraftspendende Nahrung würden sie die lange Wanderung vielleicht nicht schaffen. So wie die Pflanzen sich nicht im Sturm halten konnten, wenn sie zu trocken waren.

Die Anführerin senkte den Kopf und schaute in das Flusstal. Drdjuck beobachtete sie. Die Sonne, die in seinen Nacken stach, glühte auf dem Fell der großen Büffel, die dicht aneinandergedrängt am Fluss standen und mit mächtigen Zügen soffen oder Gräser zupften. Ihre Leiber waren dabei so gut wie reglos. Mit den Schnauzen und Nüstern dicht über der Oberfläche prüften die Tiere jeden einzelnen Schluck und jeden Bissen. Eine tiefe Verletzlichkeit umspielte alles Lebendige seit dem Untergang. Die Tiere der Herde hatten gelernt, den richtigen Moment abzuwarten und aufmerksam zu sein. Keines soff gierig. Keines fraß bedenkenlos.

Die Leitkuh ließ sie weiter gewähren.

Plötzlich begann Drdjucks Herz schneller zu schlagen. Etwas kam von den Bäumen. Er richtete seine Sinne auf die windgebeugten, fast schwarz anmutenden Baumstämme mit den dünnen Kronen und gelben Blättern. Sie kommunizierten heftiger als zuvor. Eine dunkle Wolke tobte um sie herum. Doch die Büffel im Wasser waren noch gelassen. Warum war er selbst dann so unruhig, was machte ihm mehr Angst als der Herde?, fragte sich Drdjuck.

Die neue Art der Wahrnehmung war ihm noch lange nicht vertraut. Sie steckte ihm nicht in Fleisch und Blut. Sie war kein sicherer Teil von ihm. Und er hatte niemanden, mit dem er sie bewusst teilen konnte.

Warum gab die Anführerin kein Zeichen? Warum waren es nur die Bäume und Büsche, die auf einmal wie wild kommunizierten? Was spürten sie stärker als die Leitkuh?

Drdjuck schüttelte den Kopf und versuchte sich mit allen Sinnen im Moment zu verankern. Angst konnte übermächtig werden, und dann war sie kein Ratgeber mehr, sondern verzerrte die Wahrnehmung, wurde ein Albtraum.

Nahm er die Pflanzenströme inzwischen überdeutlich wahr und musste aufpassen, nicht zu übertreiben?

Drdjuck versuchte sich zu beruhigen. Auch wenn Feuer und Wassermassen übermächtig werden konnten, reichte das Chaos, zumindest bislang, nicht in jeden Winkel. Es gab sichere Gebiete und Reviere, Zonen dazwischen. Wer den richtigen Weg erkannte, der entkam, brachte sich in Sicherheit und konnte überleben. Bisher hatten er und die Büffel noch immer ein Schlupfloch gefunden.

Man musste ein Teil der Veränderung und des Chaos sein, nur dann lebte man weiter ...

Drdjuck merkte, dass er die Worte vor sich hin betete wie einen faulen Zauber.

Was war los mit ihm?

Plötzlich hatte er Kiano vor Augen. Es war wie ein plötzlicher Traum, der über ihn herfiel. Vielleicht war es auch nur Flucht vor der Angst, hinein in eine geliebte Erinnerung? Sein Bruder saß auf seinem Fahrrad, einen Fuß auf dem Boden, den anderen auf einem Pedal. Er stand vor einem der Autowracks im Garten ihres Nachbarn und sah ihrer Großmutter dabei zu, wie sie etwas aus einem der kaputten Autos herauszog. Die Wracks waren vollgestopft mit zerstörtem Zeug, zerfledderten Büchern, deren Seiten von Hühnerkot beschmutzt waren, zerlöcherten Töpfen, kaputten Schuhen, Kleidungsstücken, ausgeweideten Fernsehapparaten. Unrat, wie seine Großmutter gesagt hatte und jedes Mal glücklich gewesen war, wenn sie dem Nachbarn irgendein Ding aus seinen Blechkarossen mit einem freundlichen Wort abluchsen und einer neuen Verwendung zuführen konnte. Sie bastelte Puppen daraus, die sie an Kinder verschenkte. Seltsame Puppen aus Metall und Buchdeckeln, Stofffetzen und Kunstleder. Kiano hatte ihr gerne dabei zugesehen. Sein Bruder mit den verschiedenfarbigen braungrünen Augen.

Drdjuck merkte, dass Tränen über seine Wangen liefen. Und er sah nur noch Kiano. Das Tal verschwand, der Fluss, die Herde. Instinktiv suchte er nach Halt und tastete umher. Seine Hand glitt über ein Grasbüschel, das hinter ihm in einer Felsspalte wuchs. Die Halme waren breit.

»Pfeifhalme!«

Das Wort erklang in Drdjucks Kopf, begleitet von einem Lachen. Kianos Wort. Kianos Lachen.

»Wer singt, der denkt nicht nach«, hatte seine Großmutter es oft kommentiert.

Drdjuck hatte oft auf Gräsern gepfiffen, wenn Kiano ihn darum bat. Sein jüngerer Bruder hatte es nicht selbst geschafft, einem

Halm zwischen den Fingern einen Ton zu entlocken, auch wenn er die dafür geeigneten Gräser immer erkannte. Drdjuck schloss die Finger um einen der Halme. Er fühlte sich hart an. Der Geruch nach Angstölen drang zu ihm. Ich liebe dich, dachte Drdjuck. Hör mich, Kiano, wenn du da bist, irgendwo, wo dein Name noch lebt.

Er zupfte den Grashalm ab, faltete die Hände ineinander, sodass sie eine Höhle bildeten, und legte den Halm zwischen die beiden Daumen. Dann blies er über den Halm in die Höhle. Das Gras begann sofort zu singen. Einige der Büffel horchten auf. Drdjuck spürte die Bewegungen. Er hob den Kopf, blinzelte die Tränen weg und sah in das Blau am Himmel. Noch war es nicht so weit. Er stieß die Luft aus und ließ den Grashalm fallen.

Er weinte nicht mehr.

Meine Sinne haben sich geschärft, dachte Drdjuck. Und meine Ruhe ist zurückgekehrt. Wir haben noch Zeit. Sie können noch trinken und fressen. Die Pflanzen warnen sich nur. Heute würde ich Kiano vielleicht nicht verlieren, wenn das Wasser käme. Heute würde ich ihn vielleicht retten können ...

In diesem Moment brach das Chaos über sie herein.

Jäger

Es war ein Angriff, wie Drdjuck ihn noch nie erlebt hatte. Kein Wetter war je so massiv über die Herde und ihn hergefallen, kein Huhn, das seine Mutter geschlachtet, seine Großmutter gerupft und sein Bruder und er mit der Familie gegessen hatten, war auf ähnliche Weise attackiert worden. Drdjuck wusste natürlich, dass der Tod zum Leben gehörte und dass, wer andere Lebewesen essen wollte, sie dafür töten musste. Er kannte von früher Schinken in Plastikfolie, die Fleischtheke im Markt, Würstchen und Salamischeiben auf heißer Pizza. Er wusste, dass Menschen Tiere aßen und Tiere andere Tiere und dass der Hunger größer wurde, je länger er andauerte, und dass es auch deshalb Krieg geben konnte.

Nur hatte er selbst noch nie darunter leiden müssen.

Niemand hatte ihn fressen wollen, niemand sein Leben nehmen, niemand die Güter seiner Familie und den Ort, an dem sie lebten, für sich beansprucht.

Das alles änderte sich jetzt auf einen Schlag.

Laute Männerstimmen schallten zwischen den Felsen hoch über ihnen und schlugen über Drdjuck und der Herde zusammen.

Drdjuck konnte keine einzelnen Worte verstehen, aber die Rufe trugen etwas Gnadenloses und Bestimmendes in sich. Und sie hatten eine sofortige Wirkung auf die Herde.

Über dem Ufer wirbelte eine große Staub- und Gischtwolke auf, als das Kälbchen ebenso wie die jungen Bullen zu ihren Müttern sprangen und zugleich die übrigen Tiere aus dem Fluss an Land stoben. Gleichzeitig richteten sich die Hörner der älteren Kühe in die Richtung des Passwegs zwischen den Felsen.

Denn von dort kamen die Stimmen.

Drdjuck versuchte sich zu orientieren.

Menschenstimmen. Er konnte die Angreifer nicht sehen. Aber er musste in der Herde bleiben. Wenn die Büffel sich in Bewegung setzten, wurde er zwischen ihnen wie ein Staubkorn im Wind. Er durfte auf keinen Fall gegen die Laufrichtung geraten, sonst war es um ihn geschehen.

Aber noch standen ihm seine Sinne frei zur Verfügung. Woher kamen die Stimmen?

Wer war das?

Wieder gellten Schreie. Sie kamen eindeutig aus der Höhe, aus dem tunnelhaften Hohlweg heraus. Es waren treibende Rufe, in die sich ein kehliges Knurren und helle Kreischlaute mischten. Und dazu nahm er noch etwas wie erregten Jubel wahr. Jubel und Jagdrufe, dachte Drdjuck.

Damit verwirrten sie die Herde.

Denn helle Laute taten den Büffeln in den Ohren weh. Vielleicht wussten die Jäger das.

Drdjuck hörte das Wort *Jäger* in sich nachklingen. Er hatte es automatisch gedacht. Ja, es passte. Genau so benahmen sich Jäger. Aber wie hatten sie ihn und die Herde aufgespürt?

Normalerweise wagten die Menschen sich seit den großen Veränderungen nicht mehr so leicht ins Freie. Schließlich mussten sie sich jederzeit vor den schnell wechselnden Wettern schützen. Sie durften sich nicht zu weit von Schutzräumen entfernen. Deswegen verschanzten sie sich in den Städten.

Erneut gellten die hellen und spitzen Schreie, die Büffelleiber verkrampften sich.

Kein anderes Wesen als der Mensch griff mit seiner Stimme und seinen Fähigkeiten, Klänge zu erzeugen, so sehr die Seelen seiner Opfer an. Kein Wesen jagte und herrschte so laut wie der Mensch. Einschüchterung und Angst waren mächtige und erbarmungslose Mittel.

Drdjucks Großmutter hatte das Huhn immer mit beruhigenden Worten genommen, wenn sie es schlachten wollte. Sie hatte ihm liebevoll gedankt und es in Dankbarkeit getötet.

Aber es gab andere Wege zum Tod. Qualvolle.

Drdjuck hatte es zum ersten Mal begriffen, als er auf seiner Flucht an der Seite der Anführerin die übrige Herde auf einer überschwemmten Weide gefunden hatte. Die Büffel waren dort in einem von Stacheldraht umzäunten Stück Land gefangen gewesen und hilflos hin und her gewatet. Einige von ihnen hatten Glocken um den Hals getragen, und Drdjuck hatte plötzlich, nach einem Moment in der stillen Zone, erkannt, dass der Klang der Glocken sie wahnsinnig machte und sie zusätzlich daran hinderte, sich frei zu bewegen. Sie waren zwischen dem Stacheldraht und den Glockenschlägen wie in einem Albtraum gefangen gewesen.

Drdjuck hatte das Gatter geöffnet und war mit der Anführerin zu ihnen gegangen. Die Leitkuh hatte die anderen Kühe beruhigt. Sie hatte gemuht wie eine Mutter zu ihrem Kälbchen, ihre Hörner hoch emporgehoben, ihr Gesicht war gütig und voller Mut gewesen. Anschließend hatte Drdjuck den verunsicherten Tieren die

Glocken vom Hals genommen und im Wasser versenkt. Unmittelbar darauf waren die Büffel vor Freude im knietiefen Wasser herumgesprungen. Drdjuck hatte ihre Erleichterung körperlich gespürt. Ihre feinen Ohren hatten unter dem Klang der unaufhörlichen Glockenschläge gelitten.

Später hatte Drdjuck das feine Gehör der Büffel immer besser anhand ihrer Kopfbewegungen erkannt. Zum Beispiel, als die Herde auf einem verschonten Stück Weideland an einem kaputten Windrad vorbeigekommen war. Das Rad hatte sich verkeilt, und mit jedem Windstoß rieb kreischend Metall gegen Metall. Eine von den Kühen, die eine Glocke getragen hatten, war wie betäubt stehen geblieben, als wäre sie bereit zu sterben.

Drdjuck hatte das Windrad damals mit einem Tau aus dünnen geflochtenen Ästen festgezurrt, und die Büffel hatten friedlich grasen können.

Doch diese Stimmen hier waren schlimmer.

Sie kamen nicht zufällig, wie Drdjuck jetzt erkannte. Sie wurden aus mehreren Ecken zugleich ausgestoßen, bildeten ein Muster, und ihr Ziel war es eindeutig, die Herde einzuschüchtern und zusammenzutreiben.

Menschliche Jäger.

Woher? Drdjuck hatte auf ihrem Weg zum Wasser keine Spuren bemerkt, nichts gehört und gerochen.

Ein Stoß in die Seite riss ihn aus seinen Fragen.

Die Anführerin trieb ihn ins Zentrum der Herde. Drdjuck wusste, dass sie ihn für ein schutzbedürftiges Wesen hielt, fast wie ein Kalb, auch wenn sie nach ihren langen gemeinsamen Wanderschaften viel auf seine Sinne gab, wie sie ihm immer wieder anzeigte. Aber natürlich war er schwächer als sie, wog sehr viel weniger und lief viel zu wenig standhaft auf seinen zwei Beinen.

Sie behütete ihn. Jetzt stieß sie ihn direkt neben das Kälbchen. Die Körper, zwischen die er geriet, bebten und verströmten Angst. Dann aber erkannte er noch etwas anderes. Den Willen zu leben, Kampfbereitschaft, Schutz der Kälber, Zusammenhalt.

Es war nicht das erste Mal, dass Drdjuck erlebte, wie die Büffelherde sich zum Kampf zusammenzog. Er war dabei gewesen, als sie eine Raubkatze verjagt hatten. Geschlossen war die Herde auf die Katze zugestürmt, sodass ihr nichts als die Flucht geblieben war. Doch diesmal waren es viele unsichtbare Gegner. So viele Stimmen zusammen hatte Drdjuck seit den Tagen des Untergangs nicht mehr gehört. Die massiven Hörner der Büffel richteten sich in die Richtung, aus der die Rufe kamen. Es war ein anderer Kampf als die Suche nach einem sicheren Platz vor einem Sturm. Es war ein Kampf Körper gegen Körper, auf den die Herde sich vorbereitete.

Drdjuck hatte sich noch nie körperlich gegen jemanden wehren müssen. Er hatte sich noch nie geprügelt oder eine Waffe geführt. Aber natürlich kannte er Gewehre, Munition, die aus Läufen abgefeuert wurde.

Wieder drangen die aufpeitschenden Rufe zu ihnen herab. Und dann tauchten plötzlich auf den roten Felsen Gestalten auf. Drdjuck konnte sie über die Büffelrücken hinweg erkennen, wie sie aufsprangen und sich aufbauten. Jungen, große, halb erwachsene Männer, die jetzt knallende Riemen und Peitschen zu schwingen begannen und sich in schnellem Lauf über die Felsen verteilten und die Herde einkreisten. Sie bewegten sich wie Hunde, die eine Herde hüteten, nur schneller, gieriger, gnadenlos. Und jetzt verstand Drdjuck auch Worte.

»Da rüber!«

»Weg vom Ufer mit ihnen! Keins entkommt ins Wasser! Treibt sie in den Hohlweg!«

»Zusammentreiben, sage ich, zusammentreiben!«

»Hört ihr nicht? Weg vom Wasser, raus aus dem Fluss. Wenn sie absaufen, verlieren wir sie.«

»Ist das Tal zu?«

»Und wie!«, kam es lachend zurück. »Die Feuer sind an, und ich werde eine ganze Kuh fressen wie einen Apfel!«

»Halt's Maul, Janki! Sie sind noch nicht hoch genug! Warte auf das Zeichen.« Die Stimme klang befehlsgewohnt. »Kein Tier darf ins Wasser entkommen! Ran an die Feuer, wenn ich es sage, und hinter ihnen macht ihr dicht.«

»Ich warte ja, Ciach! Ich kann warten!«, lachte die Stimme von Janki. »Aber dann töte ich die Leitkuh! Ich habe Hunger und keinen Bock, lange rumzumachen. Ich erledige sie als Erste. Ohne sie sind die anderen panisch und wehrlos!«

Die Stimmen und das zuckende Peitschenknallen prasselten auf Drdjuck ein wie Schläge. Wie lange hatte er keine Menschensprache mehr gehört. Und wie schnell erkannte er sie wieder, eroberte sie ihn, ergriff Besitz ... Drdjuck wurde schlecht. Die Worte hallten in seinem Kopf, er folgte den Bildern, die sie in ihm wachriefen, und merkte, wie sie ihn manipulierten.

Nur weil er sie hörte und ihre Bedeutung in sich aufnahm. Nur weil er sie verstehen konnte, sagten sie ihm, was er zu denken hatte. Hunger ... Essen ... Verlieren ... Gehorchen ... Töten ...

Sie kamen schneller als ein Hagelsturm.

Drdjuck sah zur Anführerin. Sie stand schnaubend in der ersten Linie der Herde und hatte den Kopf gesenkt. Ihre Hörner ragten gefährlich vor ihr über den Boden und zielten auf jeden möglichen

Angreifer. Aber die standen hoch auf den Felsen und machten weiter Lärm. Sie warteten nur auf die Bewegung der Tiere.

Was kann ich tun? Drdjuck begehrte auf gegen die Worte. Was verraten sie mir?

Feuer, dachte er plötzlich. Feuer! Eine Falle … Sie warten … Ich muss die Anführerin warnen. In den Fluss. Wir müssen schwimmen. Wir haben es schon einmal geschafft.

In diesem Augenblick knallte ein Schuss.

Hinter der Anführerin staubte es auf.

»Verflucht, Janki!«, bellte die befehlsgewohnte Stimme.

Fast gleichzeitig stob die Anführerin los. Und die Herde folgte ihr.

Drdjuck wurde mitgerissen. Trotz seiner Angst war er in diesem Moment auch dankbar dafür. Denn die stampfenden Leiber übertönten die Menschenworte in seinem Kopf. Die Anführerin war stark. Und die anderen Büffel waren es auch. Vielleicht hatten sie alle zusammen eine Chance.

Drdjuck hatte gelernt, zwischen den riesigen Leibern zu laufen. Aber er hatte noch nie einen Angriff auf einen Gegner mitgemacht. Als die Herde die Raubkatze gejagt hatte, war er alleine hinter der Herde geblieben. Das ging diesmal nicht. Die Büffel verschmolzen zu einer dampfenden Wand, und Drdjuck hielt sich gerade so zwischen dem Kälbchen und den zwei jungen Bullen. Die Anführerin hatte ihn bewusst dorthin geschoben. Die jüngeren Tiere würden ihn nicht so leicht zerquetschen, und zur größten Not konnte er auch noch versuchen, auf einen der Rücken zu springen.

Dennoch war es eine furchterregende Kraft, als alle Leiber zusammen in dieselbe Richtung stürmten. Für einige Sekunden fühlte sich Drdjuck, als würde der Sturm, der sein Zuhause und seine Familie vernichtet hatte, erneut über ihn hereinbrechen. Die

Hufe der Büffel trommelten über den Boden, wühlten Staub auf, ließen Felsbröckchen zur Seite springen. Die Herde verströmte Mut und Angst gleichermaßen. Schaum stand vor den Mäulern einiger Kühe, und ein heftiger Uringeruch stieg in die Luft.

Zwischendurch knallten immer wieder die Rufe der Jäger. Doch jetzt verstand Drdjuck sie nicht mehr.

Seine Beine flogen über den Boden. Mit dem Oberkörper gegen das Fell des Kalbs zu seiner linken gedrückt, versuchte er der Bewegung der Herde zu folgen. Seine Hüfte zitterte. Wenn er jetzt zu langsam wurde, den Boden unter den Füßen verlor und hinfiel, würde er zertrampelt werden. Er musste sprungbereit bleiben.

Drdjuck spannte seine Muskeln und hielt sich aufrecht.

Seine Füße flogen weiter über den harten Grund. Er dankte den Leibern zu beiden Seiten, gegen die er sich stützen konnte, wenn er wankte. Drdjuck keuchte und schnappte nach Luft. Und zuckte zusammen.

Da war etwas … Ein neuer Geruch erfüllte die Luft. Drdjuck nahm ihn trotz der dampfenden Herde wahr wie einen Schlag ins Gesicht.

Er kam nicht von den Jägern. Auch nicht von den Büffeln.

Es war eine Warnung, die der Fluss herüberschickte. Die Büsche und das Wasser sandten ihn aus. Größer und stärker als jeder Geruch der vergangenen Stunden. Stärker als der Angstschweiß der Herde. Stärker als das Geschrei der Jäger. Und er war eindeutig … Wetter … Das Wetter schlug um.

Und zwar jetzt.

Drdjuck wäre fast hingefallen. Je feiner er die Welt wahrzunehmen lernte, desto mehr spürte er in jedem Moment, was sich auf der Erde und im Himmel abspielte. Das Leben war weit mehr als das, was er früher dafür gehalten hatte.

Es reichte unendlich weit. Und es gab nichts, was zusammen-hanglos existierte. Das bedeutete auch, dass jeder in Gefahr geriet, sobald er sich nicht nach dem augenblicklich stärksten Element richtete. Zumindest dann, wenn er in den Einfluss dieses Elements geriet. Und nichts war im Moment stärker als das Wetter, sobald es sich von seiner extremen Seite zeigte.

Drdjuck wollte schreien, wollte die Büffel warnen, wollte den Jägern die Sinnlosigkeit ihres Tuns auf der Stelle einhämmern. Nichts und niemand war stärker als das, was gleich über sie kom-men würde. Aber er wusste, sie würden nicht hören. So wie in seiner Stadt niemand gehört hatte. Nicht auf seine Großmutter. Nicht auf die heißen Sommer, die Regenstürme, die versiegenden Wasserhähne, das Flackern der Glühbirnen, die verdorrten Felder, das Insektensterben, die Menschen, die nach Norden zu ziehen begannen, die verlassenen Häuser, die ungepflegten Friedhöfe, die Schulen ohne Lehrer, die Busse, die nicht mehr fuhren, die Kran-kenhäuser ohne Ärzte, die leeren Schaufenster, die eingeschlage-nen Scheiben.

Stopp! Drdjuck versuchte, bewusst und mit allen Sinnen in sei-nem Körper zu bleiben. Er durfte jetzt nicht den Kopf verlieren. Wut veränderte nichts. Und Angst brachte keinen Ausweg. Aber die Gefahr des nächsten Wetterereignisses drohte allen. Den feindlichen Männern, der Herde und ihm.

Drdjuck reckte den Hals. Die Herde spürte es jetzt auch. Aber sie musste sich gegen die Jäger zur Wehr setzen. Und die Jäger würden nicht mit sich reden lassen oder ihm glauben. Sie fühlten nicht wie er und nahmen nicht wahr, was er erkannte. Sonst hätten sie auf der Stelle die Jagd abgebrochen. Wie konnte er ihnen die Gefahr trotzdem bewusst machen?

Mitten in diesen Gedanken wurde Drdjuck ein winziges Horn

in die Hüfte gestoßen. Es war das Kälbchen. Seine Botschaft war klar. Wir wollen leben! Wenn wir jetzt innehalten, töten sie uns noch vor dem Wetter. Das sind Wesen, die uns fressen wollen. Sie oder wir. Kämpfe …

Drdjuck spürte den Willen des Kälbchens wie Worte.

Er lief weiter und konzentrierte sich. Er rannte und stieß gleichzeitig in die stille Zone vor. Um ihn herum wurde es bleich. Von einem Augenblick auf den nächsten verloren die Felsen, die Herde und der Himmel jede Farbe. Weißlich raste alles auf ihn zu. Und plötzlich hörte er mitten darin die Menschenstimmen wieder deutlich und klar: »Es ist alles bereit!«

»Sie gehen in die Falle. Gleich gibt es Rinderbraten.«

»Woher wusstest du, dass sie uns angreifen werden?«

»Weil wir sie angegriffen haben. Alle reagieren auf dieselbe Weise. Tötet zuerst die Leitkuh!«

»Das Feuer an!«

»Noch nicht!«

»Ich habe Hunger! Njam, njam! Feuer an!«

»Noch nicht!«

Drdjucks Blickfeld verengte sich. Zwischen den Felsen wuchs aus dem Nichts eine Gestalt empor wie ein Baum. Das war der Sprecher, der die Befehle gab.

Er stand als roter Schatten auf einem roten Felsen und hielt ein Gewehr in den Händen. Einige andere junge Männer hatten sich quer über den hohlen Weg verteilt. Sie bildeten eine lose Kette, ein Nichts gegen die anstürmende Herde. Doch das schien keinen von ihnen zu irritieren. Denn nun rief der große Junge auf dem Felsen: »Ich hab es euch gesagt: Dieses Tal ist der älteste Jagdpferch der Gegend. Seit Urzeiten! Springt zur Seite, wenn ich schieße. Spielt Corrida mit ihnen. Lasst sie laufen. Tötet nur die Leitkuh. Wir werden sie schlachten und grillen! Genug für jeden. Und um die anderen kümmern wir uns später. Und jetzt: Anzünden! Feuer!«

Drdjuck sah zur Anführerin. Aber natürlich verstand sie keine Menschensprache. Sie lief mit gesenkten Hörern, und ihre Augen musterten die Feinde. Sie wollte sie rammen.

»Halt!«, wollte Drdjuck rufen. »Diese Menschen haben uns etwas voraus. Sie haben einen Plan!«

Ein Schuss knallte.

Die Jungen sprangen zur Seite. Sie waren schnell und geschickt. Sie versteckten sich hinter den Felsen. Und lachten. Das menschliche Lachen hatte viele Gesichter. Es konnte Musik sein, in den Himmel gehobene Freude und, so wie jetzt, klingen wie der Tod. Die Büffel stürmten weiter voran. Jetzt war nur noch der Hohlweg vor ihnen. Und sie konnten nicht einfach bremsen. Drdjuck packte die Leiber neben sich fester. Dann kam ein stechender Geruch auf sie zu. Er überdeckte die Öle der Pflanzen. Er überdeckte jede Warnung, die Natur und Elemente an sie aussandten.

Doch als Drdjucks sah, woher er kam, war es zu spät.

Das Feuer brannte.

Feuer

Drdjuck kannte den Geruch aus seinem alten Leben. Er war früher aus den kaputten Karossen ihres Nachbarn in seine Nase gedrungen, wenn der Nachbar die zerfledderten Bücher mit Benzin durchtränkt hatte, die seine Großmutter nicht rausgeräumt und auf den Müll geworfen oder Puppen aus ihnen gebastelt hatte. Der durchdringende Gestank des verfaulten Papiers zog sonst Ratten an. Es zu verbrennen, war dann die einzige Möglichkeit.

Es war der Geruch von Benzin, das in Flammen aufstieg.

Jetzt kam er aus Metallfässern, mit denen der Weg vor ihnen abgesperrt war. Direkt dahinter standen eiserne Kreuze und dichte Stacheldrahtreihen.

»Ich hab sie im Visier!«, verkündete einer der Jäger. »Basta la musica!«

Drdjuck sah, wie der Junge seine Waffe hob und auf die Anführerin zielte. Er sah, wie sein Finger sich um den Abzug krümmte.

Ich werde dich retten! Drdjuck schwang sich auf den Rücken des Büffelkalbs. Es stieß ein helles Muhen aus. Drdjuck kniete sich auf das junge Tier. Aber so war er noch keine Hilfe. Noch waren die ausgewachsenen Büffel größer als er und überragten ihn. Er musste sichtbar werden. Er musste sich den Jägern zeigen, sich höher aufrichten. Er musste sich den Menschen als Mensch zeigen. Nur ein Mensch, wenn überhaupt, hielt einen Menschen auf.

Langsam kam Drdjuck in den Stand.

Der Rücken des Kalbs war ein Meer aus sich bewegenden Muskeln. Und er war ein schwankender Kahn darauf. Doch dann wurde sein Körper plötzlich eins mit der Bewegung des Tieres. Er fühlte seine nackten Füße sicher auf dem Kalb. Er spürte die Wirbelsäule zwischen seinen Zehen. Er spürte sein Tuch um seine Schultern. Er stand locker und hoch aufgerichtet. Er würde nicht fallen. Er war ein Teil des Ganzen und des Tieres. Und er nahm den Schwung der Büffelmuskeln auf. Drdjuck hüpfte über den Rücken des Kälbchens und sah in die Bewegung der Tiere davor. Dann breitete er die Arme aus. Und sprang ab, auf den nächsten Körper. Er tanzte über den Rücken der nächsten Kuh, feingliederig, schnell, ein Junge und ein Büffel in einem. So arbeitete er sich über die Herde hinweg und arbeitete sich nach vorne. Er fiel nicht, er wurde nicht zertrampelt, er flog von hinten auf die Anführerin zu. Wäre es Nacht gewesen, hätten die Sterne zwischen seinen Schulterblättern getanzt.

Dann warf er sich auf den Rücken der Leitkuh, taumelte bei der Landung, fiel …

Fiel um ihren Hals, schmiegte sich an sie und beugte seinen Kopf an ihre Ohren.

»Halt an«, flüsterte er. »Halt an, oder wir sterben.«

Ein Schuss gellte. Der Junge auf dem Fels war im Jagdfieber, hungrig und einsam. Drdjuck spürte es wie einen Schlag. Im nächsten Moment fuhr vor den Hörnern der Anführerin eine Flammenwand empor. Noch mehr Benzin loderte zischend auf. Eine Flamme schoss aus einem verrosteten Fass. Die Anführerin schaffte es in letzter Sekunde, stehen zu bleiben. Dennoch roch ihr Fell sofort versengt und glühte im Feuerschein.

Die Herde dahinter verlor auf der Stelle an Tempo und Kraft. Die Muskeln der Büffel erstarrten wie der Erdboden, wenn grimmige Kälte ihn befiel. Die Anführerin drehte sich um. Ihre Augen sahen Drdjuck an. Was geschieht hier?

Drdjuck richtete sich so hoch auf, wie er nur konnte. Er versuchte, ein Regenbogen am Himmel zu sein. Eine Erscheinung. Er sah zu den Jungen. Er hatte lange kein menschliches Wort mehr an Menschen gerichtet. Er öffnete den Mund. Wollte rufen. Doch er kam nicht mehr dazu.

Denn im selben Moment schrie der Junge mit dem Gewehr: »Da ist einer!«

Drdjuck klammerte sich an die Hörner der Anführerin. Instinktiv beugte er sich an ihr Ohr und flüsterte: »Sie töten dich nicht, sie töten dich nicht!« Die Büffelkuh reagierte nicht.

Nur ihr linkes Auge hielt mit winzigen Bewegungen der Pupille die Jäger im Blick.

Um ihren Kopf zogen schwarze Benzinschwaden. In den erstickenden Qualm mischten sich herzzerreißend die Ölgerüche der Pflanzen vom Ufer, voller Angst vor den Wettern, voller Angst vor dem beißenden Feuer. Die Herde bewegte sich unruhig wie eine Woge, die auf der Stelle stand und keinen Ausweg fand. Drdjuck spürte, dass die Büffelkuh weiter aus der Schlucht hinauswollte. Sie wusste, was kam. In den Feuerwannen knackte es heiß. Beißender Rauch machte das Atmen schwer.

»Wer bist du?« Die Stimme des Befehlshabers klang fordernd. Sie erinnerte Drdjuck an die Stimme seines Vaters, wenn er ihn dazu aufforderte, seiner Großmutter zu helfen. Es war die Stimme eines starken und selbstbewussten jungen Mannes.

»Ich habe dich etwas gefragt!«

Die Stimme hatte einen bedrohlichen Klang angenommen.

Drdjuck versuchte die Drohung zu überhören. Er sah sein Gegenüber aus seinem linken Auge an. Er balancierte auf den Muskeln der Anführerin. Das Kälbchen hinter ihm muhte leise.

Der Jäger trug ein Tuch aus blauem Stoff um den Kopf. Sein Kinn wurde von einem rötlichen Bartflaum umrankt. Er hatte sehr blaue Augen. Sein Kinn war lang und schmal, seine Wangen stark wie Felsen.

Drdjuck spürte zum Fluss hinunter. Die Pflanzen schwiegen. Sie waren jetzt nur noch bei sich. Aus dem tiefen Tal über den Flusslauf kam das Wetter. Es hatte dort freie Bahn. Es hatte ebenso freie Bahn den ganzen Hohlweg hinauf. Sie alle saßen in der Falle, die die Jäger so geschickt errichtet hatten.

»Verstehst du mich?«

Drdjuck reagierte nicht.

Sollte er mit ihm sprechen? Ihm antworten? Musste er das, um die Falle zu öffnen? Gab es einen anderen Ausweg?

Weitere Stimmen ertönten: »Was macht der hier?«

»Das ist ein Kind.«

»Er war zwischen den Büffeln.«

»Ein Kind besitzt keine Herde!«

»Ein verlorener Hirtenknabe.«

»Oder ein Rinderdieb!«

»Papperlapapp, bloß keine Rücksicht. Hat er 'ne Waffe? Knallt ihn ab!«

»Nicht so hastig! Ist doch ein hübscher Sklavenkerl.«

»Stopp!«

Worte. Sie kamen von allen Seiten. Aus den Felsen. Es waren Dutzende. Wie die Herde auf die Anführerin hörten die Jäger auf ihren Anführer. Aber woher kamen sie? Und wer waren sie? Wie hatten sie sie gefunden?

Der Befehlshaber mit dem blauen Tuch gab den anderen Männern ein Zeichen zu schweigen. Er fixierte Drdjuck mit seinen blauen Augen: »Wie bist du hierhergekommen?«

Drdjuck stand still.

»Wie hast du hier draußen überlebt?«

Dieselben Fragen. Drdjuck lächelte und sog die Luft ein.

»Kannst du nicht sprechen?«

Er wollte nicht antworten. Das Tal hinauf strömten immer deutlicher die Gerüche der Pflanzenöle. Eine große Warnung hing in der Luft. Eine letzte. Und doch wollte er nicht mit den Menschen sprechen. Er wollte kein Wort mehr in Menschensprache sagen zu solchen wie ihnen, nie wieder.

Die jungen Männer standen da, als wäre alles in Ordnung. Sie alle würden gleich vom anschwellenden Fluss in die Eisenkreuze gerissen werden, in den Stacheldraht. Sie würden zerrissen werden. So wie die Herde. Wie er selbst. Die Falle war jetzt eine Falle für jeden. Aber das sahen sie nicht.

Der Befehlshaber folgte Drdjucks Blick.

In seinem Kämpfergesicht breitete sich ein zufriedenes Lächeln aus. »Gute Panzersperren, mein Freund«, ließ er vernehmen. »Tschechenigel, Stahlspinnen, Spanische Reiter! Jede Armee der Welt hat ihre eigenen schönen Namen dafür. Und dazu Benzin und Stacheldraht. Deine Herde kommt hier nicht weg, wenn ich es nicht will. Wenn es denn überhaupt deine Herde ist.«

»Niemals!«, rief der Schütze von zuvor. »Der Kerl ist ein Viehdieb.«

Vor seinem inneren Auge sah Drdjuck das Wasser, wie es sie alle in die unüberwindbare Barriere trieb. Jede Wetterflut war stärker als ein Benzinfeuer. Er schüttelte den Kopf.

»Wo hast du sie gestohlen?«, brüllte der Befehlshaber. »In welcher Stadt? Von wem? Gib es zu!«

Drdjuck regte sich nicht. Er starrte auf die Barriere. Wenn der Junge klug war, würde er an seinem Blick erkennen, worum es ging. Er würde ihm in die Seele schauen.

»Vergiss es, mich wie ein bettelnder Köter anzusehen!« Der Befehlshaber jaulte spöttisch wie ein Hundewelpe. »Hör auf, dich stumm zu stellen und mich für dumm zu verkaufen. Ich weiß, dass du mich verstehst. Du hast nicht den Hauch einer Chance. Versuch nicht, mich mit deinen treudummen Augen abzulenken. Du bist ein Dieb! Aber wir sind die besseren Diebe. Wir übernehmen jetzt die Herde. Wir haben euch zwei Tage verfolgt. Du kanntest diese Stelle nicht, nicht wahr? Wasser für alle. Ja, das dachten sie schon immer, die hierherkamen: Wasser zum Leben. Aber nein, hier heißt es: Wasser für den Tod und Fleisch für die Jäger!«

Drdjuck holte Luft.

So viele Worte. Sie drangen auf ihn ein wie böse Träume. Sie durften seine Gefühle nicht ergreifen. Er breitete die Arme aus und zuckte mit den Schultern.

Der Jäger trat auf Drdjuck zu.

»Treib die Herde, wohin wir sie haben wollen. Wenn sie auf dich hört, sind wir schneller als ohne dich. Wir lassen dich auch am Leben. Komm, mach! Es ist aus! In dieser Schlucht haben Menschen schon vor tausend Jahren ganze Herden gefangen, Pferde, Büffel, sogar Soldatenregimenter …« Er lachte klirrend. »Sie ist so wunderbar leicht abzusperren, diese Schlucht. Und das Wasser duftet verführerisch, nicht wahr? Kühl zwischen den heißen Felsen. Nicht wahr?«

Drdjuck sah ihn an und nickte. Der andere sollte wissen, wie kostbar das Wasser war.

»Woher hast du die Herde?« Der Befehlshaber trat näher. Seine Gestalt war jetzt eine schwarze Sonne in Menschengestalt zwischen den Felsen. »Hütest du sie für jemanden? Nein! Zu viel wert für einen Jungen wie dich. Wo hast du sie gestohlen? Wie hast du das geschafft? Bist du ein so guter Dieb?« Der Befehlshaber lächelte schwach. »Hier ist keine Stadt in der Nähe. Wo kommst du also her? Wie hast du die Tiere hergebracht? Wie hast du es geschafft, so viele Tiere am Leben zu halten? Mach endlich den Mund auf …«

Die Horde der Jäger sah Drdjuck feindselig an.

Ein Magen knurrte.

»Wenn er weiter schweigt, fresse ich einfach ihn! Noch vor der Kuh!«, erhob sich eine weitere Stimme.

»Bloß nicht, Simon! Deine Fürze stinken grausam, wenn du Menschen frisst …«

Drdjuck wusste, er heizte den Zorn dieser Jungen weiter an, wenn er noch länger schwieg. Aber die menschliche Sprache verwirrte ihn. Sie drang so leicht in seinen Kopf und versperrte seine Wahrnehmungen. Sie legte sich wie ein kalter Schatten über ihn. Als müsste er den Jungen gehorchen, zu ihnen gehören, nur weil er ihre Sprache verstand. Drdjucks Augen begannen zwischen den Körpern der Büffel und den Jägern hin- und herzufliegen. Warum waren keine Mädchen unter ihnen, dachte er plötzlich? In der Herde waren viel mehr Kühe als Büffel. Bei den Menschen nicht.

Die Herde stampfte unruhig.

»Das Wetter …«, stieß Drdjuck plötzlich hervor.

Seine Stimme klang rau, undeutlich, fast wie ein Krächzen

»Was sagt er?«, zischte der Jäger namens Janki.

Der Befehlshaber sah Drdjuck an.

»Das Wetter«, wiederholte Drdjuck. Seine Stimmbänder fühlten sich an wie verrosteter Stacheldraht. »Es wird nicht mehr lange … bleiben. Es …«

»Soll das ein Trick werden?« Der Anführer sah in den Himmel.

Dort hatte Drdjuck das Wetter früher auch gesucht. Doch der Wetterraum, den er inzwischen kannte, war tiefer und teilte sich über ganz andere Signale mit. Wenn man in den Himmel schaute und es erkannte, dann war es bereits zu spät.

Drdjuck schüttelte wild den Kopf. »Starkes Wetter«, ächzte er.

Der Befehlshaber trat dicht vor ihn.

»Willst du behaupten, du bist ein Wetterkundiger?« Der große Junge warf einen Blick auf die Büffelherde. »Ein Wetterkundiger und Hirte? Alleine? Das habe ich noch nie erlebt. Und schon gar nicht ohne Hunde.« Er presste die Lippen zusammen. Dann sah er sich nach der Gruppe um. »Simon!« Er gab dem Angesprochenen ein Zeichen. »Wie sieht es aus? Kann der Kerl etwas oder nicht? Prüf das! Ich glaube, das hier ist nur ein Viehdieb, der versucht, schlau zu sein.«

Urteil

Simon war nicht so groß wie der Befehlshaber und auf dem Kopf kahlgeschoren. Er ging in lange Fetzen gekleidet, auf seinem Rücken hing eine prall gefüllte alte Fahrradtasche aus Kunststoff, gelb und mit roten Streifen verziert. Auf die Frage des Jungen mit dem blauen Tuch schüttelte er den Kopf.

»Unverändert, Ciach. Und ich sehe hier auch keine Wetterausrüstung außer meiner.«

Ciach stieß mit der Hand auf Drdjuck zu. »Da hörst du es! Noch eine Lüge, und ich muss dich töten.«

Es war ein leere Drohung für Drdjuck. Was meinten die Jäger mit Wetterausrüstung? Und hatte dieser Ciach sich nicht gerade gefragt, ob er, Drdjuck, ihm etwas Wichtiges mitzuteilen hatte? Das ließ sich sicherlich nicht durch irgendwelche Gerätschaften beweisen, die er nicht dabeihatte. Drdjuck balancierte etwas gelassener auf dem Rücken der Anführerin und deutete auf die Wannen, in denen das Feuer loderte.

»Der einzige Weg für euch und meine Herde führt da raus. Denn der Fluss wird anschwellen und alles hier überschwemmen.«

Der Junge namens Simon lachte hell auf. Drdjuck spürte die Verachtung in seinen Worten, als er jetzt sagte: »Du hast ihn durchschaut, Ciach. Er will uns reinlegen.« Er lachte noch einmal. »Was für eine geile Fluchtfantasie! In Wirklichkeit will er nur die Barriere weghaben, und wir sollen sie auch noch für ihn wegräumen!« Simon schnalzte abschätzig mit der Zunge. »Eine schlappe List. Er hat Schiss um sein mickriges Leben.«

»Er hat aber immerhin die Herde am Leben gehalten«, gab der Befehlshaber zurück. »Das muss einem erst mal gelingen.«

Der Glatzköpfige nickte. »Ja, Ciach. Das ist auch wahr.«

Ciach, dachte Drdjuck. Er heißt Ciach. Und der andere Simon. Und der mit dem Gewehr heißt Janki. Ich muss mir die Namen merken.

»So schwach kann er also nicht sein.« Ciach musterte Drdjuck mit stechendem Blick. »Also, Hirtenjunge, du sagst eine Flut voraus? Und sie kommt mit dem Fluss?«

Drdjuck schüttelte den Kopf. »Sturmwasser von oben, aus dem Himmel. Der Fluss bringt nichts. Aber er wird mächtig anschwellen. Sein Lauf ist der leichteste Weg für das Wasser.«

Die Jäger starrten ihn an. »Der redet Dünnschiss«, fuhr Janki auf. Er umarmte sein Gewehr.

Ciach sah wieder zum Himmel. Dann fragte er: »Warum sind die Büffel dann so ruhig, Junge?«

»Was sollen sie tun?«, antwortete Drdjuck. »Sie können nicht fliegen. Und sie werden sich nicht ins Feuer stürzen, solange sie es nicht müssen.«

»Und wenn das Wasser kommt? Wenn es wirklich kommt?«, fragte Ciach mit zusammengekniffenen Augen.

»Dann werden sie versuchen, mit der Flut über eure Hindernisse hinwegzuschwimmen«, entgegnete Drdjuck. »Aber es nicht schaffen. Wie alle hier. Wie ihr auch nicht. Wir landen dann nämlich alle im Stacheldraht.«

Der Befehlshaber schwieg und kniff die Lippen zusammen. »Simon!«, rief er dann. »Miss nach! Kommt ein Wetter?« Seine Stimme klang reglos, aber Drdjuck spürte darin die Unsicherheit.

»Wir haben noch über vierundzwanzig Stunden, Ciach!«, rief Simon. »Das habe ich dir schon gesagt, als wir die Falle gebaut haben. Wir fangen sie, essen und haben danach immer noch genug Zeit für den Rückweg. Kein Wetter, Ciach, kein Wetter!«

»Miss nach!« Der Befehlshaber zeigte auf den Plastikbeutel, den Simon trug. »Mach schon!«

»Du glaubst diesem Viehdieb mehr als mir?« Simon stand der Mund offen.

»Miss nach!«, befahl Ciach. »Eine ganze Herde und ein einsamer Hirte. Das haben wir noch nie gesehen. Irgendwie müssen sie überlebt haben. Und ich sehe keine Ausrüstung bei ihm. Also sieht er vielleicht auf seine Art.«

Einige der umstehenden Jäger murmelten zustimmend.

Simon steckte einen Finger in den Mund, leckte ihn an und hielt ihn dann in die Luft. Er drehte sich grinsend um sich selbst und wedelte mit dem Finger. »Auf diese Art etwa? Hm … Da kommt nichts, Ciach. Kein Lufthauch. Nicht einmal eine Wetterfliege summt hier. Still und glatt die Luft wie ein süßer Mädchenpopo.«

»Simon!« Die Stimme des Befehlshabers klang jetzt schneidend. »Ich will es genau. Wenn der Junge es kann, kannst du es besser, oder nicht?«

Simon riss sich fast seinen Plastiksack vom Rücken. »Klar, Ciach!« Er öffnete ihn und zog zwei schwarze Geräte hervor. Über ein Kabel verband er sie miteinander. »Aljec«, er zeigte auf einen jüngeren Jäger, der Drdjuck bisher noch nicht aufgefallen war. Dieser stand mit gesenktem Kopf am Rand des Hohlwegs. Er wirkte zart und feingliedrig, um seine Lippen spross ein blonder

Bartflaum, seine Haare standen in alle Richtungen. »Bedien die Kurbel!«

»Ja, Bruder.« Aljec trat heran, kniete sich hin und begann eine Kurbel an einem der beiden schwarzen Geräte zu drehen. Sofort flammte im anderen ein schwaches Licht auf, das zwei Skalen beleuchtete.

Simon griff erneut in den Rucksack und zog eine winzige Drohne und eine Steuerung hervor. Drdjuck erkannte das Fluggerät. Ihr Nachbar hatte ein ähnliches in einer seiner Müllkarossen gehabt. Er hatte immer behauptet, es könne fliegen, es aber nie dazu gebracht. Auch diese Flugdrohne sah abgenutzt aus, und Drdjuck fuhr der Geruch von Klebstoff in die Nase. Doch kurz darauf hatte Simon sie in Gang gesetzt, und das winzige Objekt erhob sich sirrend in die Luft.

Sofort begannen die Zeiger der Skalen auszuschlagen.

Simon sah sie reglos an. Er zog einen abgewetzten elektrischen Taschenrechner aus seiner Tasche, tippte darauf herum und wiederholte die Prozedur gleich darauf noch einmal.

»Nichts, Ciach«, rief er dann mit nahezu tonloser Stimme. Dennoch hörte Drdjuck, dass Triumph darin mitschwang. »Alles wie gehabt! Die Luft ist staubtrocken, und der Fluss bringt höchstens Müll. Wir haben noch über vierundzwanzig Stunden, dann wird man sehen, was kommt.«

Drdjuck spürte in die Ölduftwolke, die aus dem Tal immer stärker auf sie zuzog.

»Wir müssen Schutz suchen. Und zwar sofort!«, rief er dem Befehlshaber zu.

Aber seine Stimme ging im Lachen der Jäger unter.

»Er will nur fliehen!«

»Er will die Büffel retten, um sie selber zu fressen.«

»Ein guter Hirte!«

»Ein fressgieriger guter Hirte!«

Drdjuck verharrte. Er war kein Hirte. Er war Teil der Herde. Und sie würden überleben.

Ciach lachte rau. Dann sah er zu Drdjuck und schüttelte den Kopf. »Netter Versuch, Junge.« Er wand das blaue Tuch von seinem Kopf. Darunter kam pechschwarzes langes Haar zum Vorschein, das zu einem Knoten gebunden war. Ciach griff in den Knoten hinein und zog ein stählernes, glänzend dünn geschliffenes Ausbeinmesser hervor. »Tötet die Leitkuh und gießt mehr Benzin in die Flammen. Ich teile die Beute, und wir garen sie durch.« Er nickte Simon zu. »Hol deine Drohne zurück. Und du«, er wandte sich dem jüngeren Bruder seines Wettermanns zu, »fessel den Hirten. Wir bringen ihn Dugan, er wird entscheiden, was mit ihm passiert.«

Während Simon seine Drohne zurücksteuerte, schlugen die Jäger auf ihre Gewehre und ließen Beifallsrufe ertönen.

Aljec, der Bruder des Wettermanns, kam auf Drdjuck zu.

Drdjuck fuhr mit der Hand, so sanft er konnte, über den Hals der Anführerin. Er irrt, dachte er. Seine Geräte sind ungenau. Er wird dich nicht anrühren können, er hat dazu gar keine Zeit mehr. Aber wir müssen warten, bis wir über die Falle schwimmen können. Es ist unsere einzige Chance.

Im selben Moment sträubte sich das Fell der Anführerin.

Drdjuck spürte es unter seinen Fingern. Die Elektrizität der Haare weckte etwas in ihm. Er duckte sich tiefer an ihren Hals und wartete. Er musste nicht hinsehen. Er sah genug aus den Augenwinkeln, und zugleich kam es auch in der stillen Zone auf ihn zu.

Dann ging es los.

Zuerst fuhr ein Blitz in die Erde. Er flammte zunächst im Kräftefeld der stillen Zone auf, dann erleuchtete er auch den Himmel. Er war riesig. Kilometer um Kilometer schnellte er aus seiner Quelle und wuchs dabei zu gigantischer Größe. Hätte Simons Messgerät ihn erfassen können, hätte es in diesem Augenblick einen dreizehn Kilometer langen elektrischen Lichtstrahl angezeigt. Aber das tat es nicht, konnte es nicht mehr, hatte es wahrscheinlich auch nie gekonnt. Denn es verging nicht einmal eine Sekunde, bis die Energie des Blitzes in die Drohne fuhr. Das winzige Fluggerät, das noch ein paar Meter über ihren Köpfen schwebte, explodierte sofort. Im selben Moment brannten die Geräte, die Simon aufgebaut hatte. Der Blitz fraß alles, was elektrisch verbunden war. Die Kabel verschmorten, Kupfer und Plastik schmolzen, Gestank verbreitend, ineinander. Drdjuck spürte es mehr, als dass er es roch. Die Rückkehr der Elemente in die Erdmasse wurde, wie fast immer nach ihrem Dasein in Menschenhand, zu einem verkleisterten, Gift und Gestank verströmenden Klumpen, der sehr viel Zeit brauchen würde, um aus einem Müllzustand wieder ins Leben zurückzukehren.

Dazu brach jetzt der Donner über den Hohlweg herein.

Ciach starrte Drdjuck an.

»Woher …?«

Drdjuck spürte seinen Körper kaum noch. Er wollte nicht sprechen, er war ganz und gar vom Wetter beansprucht. Und genauso ging es der Leitkuh. Drdjuck spürte, wie es in ihr arbeitete, dass sie sich darauf vorbereitete, um ihr Leben zu kämpfen.

»Sprich mit mir!«, brüllte Ciach ihn an.

Drdjuck wusste, dass der Jäger recht hatte mit seiner Forderung. Wenn diese Menschen nicht schnell etwas taten, würden sie alle umkommen. Er hob den Blick und sah den Befehlshaber an.

Gleichzeitig gab er sich seiner Wahrnehmung hin und sagte mit schwerer Zunge: »Öffnet das Tal! Der Fluss kommt!«

Diesmal zögerte Ciach nicht. »Baut ab und sammelt die Sachen ein.«

»Keine Zeit«, entfuhr es Drdjuck. Er hob den Kopf und wies damit hinter sich. »Da!«

Aus dem abklingenden Donner, der auf den Blitz gefolgt war, erhob sich ein tosendes Rauschen. Aljec, der Bruder des Wettermannes, der Drdjuck eben noch hatte packen wollen, warf einen Blick hinab Richtung Flusstal.

Der Fluss hatte sich in Sekunden um viele Meter gehoben. Die Büsche und Bäume am Ufer waren bereits nicht mehr zu sehen. Ihr Ölgeruch war verschwunden. Nur noch Wasser schoss aufbäumend durch die Felsen und sah aus, als wollte es sich mit dem Himmel verbinden.

Über dem rasenden Element jaulte der Wind.

Aljec war von den Jägern am schnellsten im Kopf. Drdjuck bemerkte es sofort. Er sah zum Kälbchen. Auch dessen Blick war auf den Jungen mit den strubbeligen Haaren gerichtet. Dieser drehte sich um und rannte auf die Barriere zu. Dann schob er mit einer kräftigen Bewegung die erste der Panzersperren zur Seite. Der mit den Eisenkreuzen verbundene Stacheldraht sirrte auf. Aljecs Bewegung löste bei den übrigen jungen Männern die Starre, in die sie zu verfallen drohten. Es war wie bei der Herde, wenn die Anführerin den Angriff befahl. Die Jäger warfen sich ihre Gewehre an den Riemen um die Schultern und stürzten auf die Sperren, den Stacheldraht und die Feuerwannen zu. Einige zogen schwere Schneidezangen aus ihren Taschen. Sie arbeiteten Hand in Hand. Unter dem anschwellenden Tosen machten sie den Weg frei, so schnell sie konnten.

Drdjuck sah Todesangst in ihren Gesichtern.

»Haltet die Herde im Zaum!«, brüllte Ciach. Er steckte sein Messer zurück ins Haar, wand sich hastig sein Kopftuch um, sprang auf Drdjuck zu und packte ihn am Arm. »Du bleibst bei mir!«

Er riss Drdjuck von der Leitkuh herunter. Geschickt zog Ciach einen Lederriemen von seinem Gürtel und schlang ein Ende mit einem festen Knoten um Drdjucks Arm und das andere ebenso um seinen eigenen. Er war geschickt. Er fesselte sie aneinander.

Drdjuck nahm es wahr, aber er achtete nicht weiter darauf. Sein Geist und seine Sinne waren auf das Wetter gerichtet. »Ihr folgt uns oder ihr geht unter«, rief er Ciach zu. »Die Büffel werden euch retten. Ohne sie seid ihr verloren. Und ihr lasst sie am Leben!«

Auf Ciachs Gesicht breitete sich ein irres Grinsen aus. »Wir lassen dich am Leben, wenn du Glück hast. Alles andere entscheidest nicht du.«

Drdjuck erwiderte nichts mehr. Konzentriert zu bleiben, war jetzt wichtiger, als Ciachs Worten zu folgen. Er hob seinen freien Arm und gab sich dem Wetter hin. Er ging tief in die stille Zone. Die Anführerin und jedes Tier der Herde leuchteten dunkelblau. Die Jäger lösten sich auf, sie wirkten wie zerplatzende Regentropfen. Der Wind, der über den Fluss und vor der Flutwelle herjagte, trieb das aufspritzende Wasser wie Nadelstiche in Drdjucks Haut. Drdjuck folgte dem Stechen, es wies ihm den Weg, zeigte die Richtung. Der Wind jaulte über ihren Köpfen und den Hohlweg hinauf. Gleich darauf verlor es sich zwischen den Felsen, und in Drdjuck wurde es still.

Deutlich spürte er das Chaos, in dem die Elemente sich befanden. Und wie oft, wenn er sich dem Chaos öffnete, wurde es stiller und stiller in ihm. So still, als befände er sich im Herzen des Aufruhrs, im Auge des Orkans.

Drdjuck hatte diese Verbundenheit mit seiner Umgebung, den Kontakt zu den Elementen zum ersten Mal wirklich wahrgenommen, als die Anführerin und er aus der Flut entkommen waren.

In diesem Moment hatte sich die Flut nicht mehr nur wie eine tödliche Gefahr angefühlt, sie war nicht alles gewesen, was um sie herum herrschte. Denn zu dem reißenden Wasser und dem überspülten Land waren das Himmelslicht und die Ruhe einer Erde in der Ferne gekommen, die nicht von der Flut betroffen war. Und der Ort, den das Wetter traf, war nicht abgegrenzt von allem anderen, sondern war weiterhin mit dem Rest der Welt verbunden, egal wie weit oder nah etwas war.

Chaos, hatte Drdjuck damals zum ersten Mal erahnt, war niemals überall. Es bewegte sich zwischen Wärme und Kälte, verband sich mit einigen Elementen oder hielt andere fern von sich. Chaos konnte rasen, und es konnte sich wie ein toter Schildkrötenpanzer über die Erde legen und sie unter sich ausdörren, ersticken und jeden Funken Leben aus ihr ziehen. Es konnte ebenso schnell sein wie ein riesiger Blitz und ein mächtiges Ungeheuer. Aber es war niemals unendlich.

Jedes Chaos hatte seine Grenzen.

Und dahinter herrschten weiter Frieden und Ausgeglichenheit.

Inzwischen gelang es Drdjuck immer besser, diese Zusammenhänge zu spüren. Es war ein Zustand wie in den letzten Momenten des Schlafs, kurz vor dem Aufwachen.

Er fasste mit beiden Händen die Hörner der Anführerin. Das Seil um seinen Arm spannte dabei, aber Drdjuck kümmerte sich nicht darum. Ciach mochte denken, er hätte Drdjuck in seiner Gewalt. Vielleicht war das Seil in Wahrheit aber auch Ciachs Rettungsanker, den Drdjuck für ihn trug.

In diesem Moment war nur die Herde von Bedeutung.

Ohne die Tiere würde er nicht überleben. Was man ihnen antat, tat man ihm an. Sie teilten ihr Schicksal mit ihm, und er teilte seines mit ihnen.

Und sie waren stärker als Menschen.

Gemeinsam finden wir einen Weg durch den Sturm, dachte Drdjuck und blickte der Büffelkuh tief in die Augen. Wir werden es schaffen. Die Anführerin reagierte. Sie stob sofort los.

Drdjuck vergaß die Jäger. Sie hatten sowieso genug mit sich selbst zu tun. Er hörte jetzt nur noch die Stimmen der Kälber und Kühe.

Durch die aufgerissene Barriere flohen sie vor der Wettergewalt. Der Fluss war weiter am Steigen und kam immer näher. Im selben Moment setzte der Regen ein. Die Tropfen waren groß wie Erdnüsse und zugleich scharf wie geschliffene Klingen. Kälte drang durch Drdjucks Tuch.

Eisige Kälte, die ihm fast das Herz stocken ließ. Aber sie würden überleben, wenn sie den richtigen Weg fanden.

Gleichzeitig wusste Drdjuck, dass dies nur der Anfang war.

Der riesige Blitz hatte den Himmel über ihnen grell erleuchtet und gezeigt, dass der Sturm weit über die Felsenzunge und den Hohlweg hinaus tobte. Er war riesig. Es war kein Anfang und kein Ende mehr zu erkennen.

Wo aber war die Grenze des Wetters?

Drdjuck ließ die Wassertropfen in seine Haut dringen und in seine Seele. In jedem von ihnen war der ganze Sturm abgebildet. Jeder Tropfen trug das Ganze, und jedes Chaos hatte seinen Gegenpol. Ihn galt es zu finden.

Drdjuck stellte ihn sich als blauen, klaren Himmel vor, leichter Wind, ein Himmel mit Dunst und Wolken, die nicht mehr Wasser trugen, als das Leben wirklich benötigte.

Die Anführerin flog jetzt nahezu auf donnernden Hufen über die Felsen. Die Herde folgte ihr wie ein mehrfaches Echo. Irgendwo an ihren Seiten rannten die Jäger ebenfalls um ihr Leben.

Drdjuck nahm sie in der stillen Zone wahr. Auf der Flucht waren sie kleiner als Kälber, ihre Waffen waren nur noch braune Flecken, nutzloser Ballast. Das Wasser erreichte nun die Panzersperren. Der Fluss war um ein Vielfaches angewachsen und riss zuerst die Wannen und dann auch die Eisenkreuze mit sich wie Kieselsteine. Die Feuer erloschen.

Drdjuck blickte nach vorne, den Hohlweg entlang. Ein Stück vor ihnen teilte er sich. Rechts führte er weiter nach oben, auf die Felsen oberhalb des Flusslaufs. Von dort waren er und die Herde gekommen. Links öffnete sich der Weg hinab in die Ebene. Diesen Weg kannte er nicht. Vielleicht waren die Jäger ihn gekommen?

Welchen Weg müssen wir nehmen? Drdjuck hörte auf zu denken und öffnete sich weiter. Er wurde der Regen. Und der Sturm peitschte ihn. Drdjuck wurde der Fluss. Er wurde sein Lauf. Er floss von der Uferzunge zu beiden Seiten um den Hohlweg und die Felszunge. Dann sah er es.

Über eine Furt zu ihrer Linken erreicht man eine Ebene. Der Fluss schoss weit in sie hinein, aber dann fuhr er zurück in sein Bett. Es war eine Frage der Zeit. Noch war die Furt da. Das Wasser stand tiefer, als es je gewesen sein mochte, aber sie würden es durchqueren können.

Drdjuck schrie auf und rannte neben der Anführerin. Er zog Ciach mit sich, der nicht einmal merkte, dass er Drdjucks Bewegungen folgte. Der Himmel war nicht mehr zu sehen, so schwarz war es. Blitze zuckten und nahmen, wenn sie erloschen, das letzte bisschen Licht aus dem Tag. Das Wasser stürzte heran. Aber jetzt wusste Drdjuck den Weg.

»In die Ebene!«, rief er der Anführerin zu. »Hinab in die Ebene!«
Wie immer sprach er mit ihr in Worten, auch wenn sie seine
Sprache vielleicht nicht einmal wahrnahm, sondern nur seinen
Geist. »Das Wasser wird uns folgen, aber nicht ewig. Es wird unten seinen Weg zurück in das Flussbett suchen, und die Furt bleibt
bestehen. Dahinter kommen wir weiter, raus aus dem Wetter, hinaus in die Ebene.«

Ein wilder Zug an der Lederleine, die um seinen Arm gebunden
war, riss Drdjuck fast von den Füßen. Ciach war stehen geblieben
und hielt Drdjuck machtvoll zurück. Sein Blick glühte. Im selben
Moment stoppte die Anführerin. Sie sah Drdjuck an. Sie muhte
laut. Aber sie ließ ihn nicht allein. Sie wartete auf ihn.

»Bist du irre?«, brüllte Ciach. »Hoch da! Nicht runter zum Wasser!« Seine Stimme knurrte, er klang wie ein gereiztes Tier. »Weg
vom Wasser! Willst du uns alle ersäufen?«

Drdjuck riss sich zusammen. Sie waren aneinandergebunden.
Aber Ciach sah natürlich nicht, was er sah. Er sah nur, dass der
Hohlweg zu ihrer Rechten hinaufführte und das Wasser um sie
herum am Steigen war. Er wusste nicht, was gleich geschehen
würde.

»Dort oben werden wir ertrinken«, sagte Drdjuck. Der Regen
schnitt in seine Lippen. »Der Fluss wird über die Felsen steigen. Er
wird in den Hohlweg stürzen. Alles wird überschwemmt. Von
oben und unten. Von vorne und hinten. Also folgst du mir!«

»Da runter?«, fauchte Ciach. Doch er wirkte nicht mehr so sicher.

Er erinnert sich, dass meine Wetterankündigung gestimmt hat,
erkannte Drdjuck.

Ciach sah zu den Felsen über sich. »Da rüber kommt das Wasser?«

»Folge mir!« Drdjuck sprach für einen Augenblick so leise, dass ganz sicher nur Ciach ihn hören konnte. »In den Felsen wird der Fluss uns vernichten wie der Blitz eure Drohne. Er kommt aus der Höhe, gleich! Du weißt, was das Wetter anrichten kann.«

Drdjuck merkte, dass die Männer hinter Ciach unruhig wurden. Sie verstanden nicht, warum sie stehen geblieben waren. Das Wasser hinter ihnen stieg jetzt immer schneller. Und der Fluss hinter den Felsen tat dasselbe. Drdjuck sah ihn in der stillen Zone durch die Steine. Es war nur noch ein Meter. »Wir sterben, oder ich rette euch. Und danach lasst ihr die Büffel und mich gehen.«

In Ciachs Gesicht arbeitete es. Er wusste nicht, was er glauben sollte. Drdjuck hob seinen angebundenen Arm und zeigte über die Felsen zu ihrer Rechten. »Dahinter verläuft der Fluss in seinem Tal. Glaubst du, er wird nur unten am Ufer steigen? Er steigt überall.«

»Woher weißt du das?«

Drdjuck schüttelte den Kopf. »Ich habe dir auch gesagt, dass ihr den Weg freiräumen müsst. Jetzt sage ich wieder, was zu tun ist.«

Ein Regentropfen schlug Ciach auf ein Augenlid. Schmerzerfüllt zuckte der Befehlshaber zusammen.

Dann nickte er plötzlich. »Ich glaube dir.« Er entspannte die Fessel. Drdjuck lief los.

Der Regen hatte den zuvor staubigen Untergrund in gefährlich glatten Schlamm verwandelt. Die Hufe der Büffel fanden keinen Halt mehr. Auf dem seifigen Boden rutschte die Leitkuh die Felsen hinunter. Das Kälbchen war dicht bei ihr. Drdjuck auf ihrer anderen Seite. Ciach taumelte.

»Du führst uns in den Fluss, Ciach!«, brüllte eine Stimme. Es war Janki. »Da unten werden wir alle ersaufen.«

Drdjuck merkte, dass Ciach stehen bleiben wollte. Aber diesmal reagierte er schneller. Er warf den gefesselten Arm vor und schlang das Seil um ein Horn der Anführerin.

Ciach keuchte auf, als er weitergerissen wurde. Der Jäger hinter ihm schrie vergeblich. Zusammen mit Drdjuck schlitterte Ciach über den nassen Felsgrund hinter der Anführerin her.

Im nächsten Augenblick wurden die Jäger von den schweren Körpern der Büffel mitgerissen.

Über ihnen wurde es kalt, noch kälter. Der Wind drehte, er schlug hin und her. Ein Blitz zuckte quer über den Hohlweg und erleuchtete den Fels und die Wassermassen. Über die Felsen, die den Pfad hinter ihnen vom Fluss trennten und neben denen sie eben noch gestanden hatten, schlug das Wasser in einer Woge in den Hohlweg. Es schäumte. Wie ein alles verschlingendes Tier zog die Flut über den Bergrücken hinweg.

Drdjuck wusste, niemand würde später sehen, wo das Wasser gewesen war. Nur der Stein wäre ein wenig mehr geschliffen, kaum einen Millimeter. Jetzt war es der Tod, bald nur noch ein vergangener Wimpernschlag in Millionen von Jahren.

Drdjuck blieb in seinem inneren Bild. Er folgte dem Wasser in sich und in der Anführerin. Er spürte die Erleichterung der Herde. Sie vertrauten der Leitkuh. Und die Leitkuh vertraute ihm, was diese jungen Männer betraf. Drdjuck wusste, er musste die Herde vor den Jägern retten. Ciach hatte ihm nicht sein Wort gegeben. Er war nur gefolgt, weil er überleben wollte. Doch wer in Not gehorchte, musste danach nicht mehr derselbe sein.

Ein Fels rollte neben ihnen in die Tiefe. Das Poltern klang wie ein hohles Trommeln. Das Wasser schoss zwischen ihnen voran. Dann bog es plötzlich vom Weg zu ihrer linken in Richtung Flussschleife ab. Geradeaus lag die Ebene. Die Furt. Der erste Schritt war getan. Noch ehe der Stein zur Ruhe kam, ließ sich Drdjuck tiefer in die stille Zone sinken. Sofort suchte er nach dem blauen Himmel in sich. Wohin?

Der Sturm zog weiter fauchend über sie und schlug auf sie ein. Aber sie würden nicht darin ertrinken. Jetzt galt es dem Wind auszuweichen, den Blitzen, allem, was der Wind mit sich riss und vor sich her stieß. Ohne die Büffel hätte sich Drdjuck nicht auf den Beinen halten können. Ihre schweren Körper waren sein einziger Halt.

Hinter ihm gellten in einem Windloch die jubelnden Schreie der Jäger.

»Ciach! Du hast es geahnt. Das Wasser fließt ab!«

Ein Schuss erklang.

»Hoch lebe Ciach!«

»Es war Simons Werk! Ein Hoch auf den Wettermann.«

Noch ein Schuss.

Drdjuck achtete nicht darauf. Die Herde lief weiter. Sie verließen die Flut, und sie würden auch den Sturm hinter sich lassen, wenn Drdjuck wach genug blieb und keinen Fehler machte. Er ahnte nicht, wie lange ihre Flucht dauern würde. Es gab keine Zeit in der stillen Zone. Es gab sie immer erst wieder danach. Drdjuck fasste tief in das Fell der Anführerin. Er suchte den blauen Weg. Vor seinem inneren Auge tanzte zitternd ein Wassertropfen. Und dann tauchte in seinem Kern ein Stück blauer Himmel auf. Drdjuck wandte sich ihm entgegen. Die Farbe wies nach Süden. Drdjuck erspürte die Himmelsrichtung. Im selben Moment wandte die Anführerin ihren Körper ebenfalls in diese Richtung.

Das Chaos hatte eine Grenze.

Diese Grenze war ihr Ziel. Sie begannen schneller und schneller zu laufen.

Erst als die Leitkuh stehen blieb, sah Drdjuck auf. Die ganze Herde hatte angehalten. Das Fell jeden Tieres war schmutzig und schwer. Ihre Hufe standen in schwarzen Pfützen auf schlammigem Boden. Immer noch war ein leichter Wind zu hören. Aber er schlug nicht mehr auf sie ein.

Vor ihnen lag ein entwurzelter Baum auf dem Boden. Er lag wie hingeworfen mitten zwischen Büschen und niedergedrücktem Steppengras. Er war nicht hier gewachsen. Er war vom Wind hierhergeworfen worden. Ein Stück dahinter lag ein zerbrochener Plastikeimer. Drdjuck sah auf den Lederriemen, der immer noch um seinen Arm und die Hörner der Anführerin gebunden war. Doch dahinter war er zerrissen. Er war nicht mehr an Ciach gefesselt.

Drdjuck wandte den Kopf.

Die Jäger waren noch da. Sie sahen aus, als wären sie durch die Hölle gegangen. Ihre Kleider waren zerfetzt, einigen rann Blut aus Wunden. Ciach stand erschöpft bei seinen Männern. Sein Kopftuch war verrutscht, und sein Haar hing bis auf den Rest des Knotens wirr um seinen Kopf. Mitten darin steckte das silberne Messer. Ihre Waffen und Taschen hatten sie alle noch bei sich.

Drdjuck wandte sich in die Richtung, aus der sie gekommen waren. Dort hinten tobte der Sturm weiter. Er war jetzt ein schwarzer Streifen am Horizont, aber er war nicht zu hören, nicht zu spüren. Nur die Blitze, die unablässig in der Dunkelheit aufleuchteten, verrieten, welche Gewalt er immer noch hatte. Aber das war jetzt nicht mehr von Bedeutung, sie waren nicht mehr im Chaos gefangen.

Ciach hatte Drdjucks Blick bemerkt und kam zu ihm.

»Du hast uns gerettet.«

Drdjuck schwieg. Er sah auf das Messer, das der andere aus

seinem Haarschopf zog. Ciach trat dicht auf ihn zu und schnitt ihm den Lederriemen vom Arm. Drdjuck reagierte nicht darauf. Etwas in ihm spürte, dies war erst der Anfang eines Weges, von dem er nicht ausmachen konnte, wohin er führte. Er sah zum Kälbchen. Sein Blick war auf Aljec gerichtet. Drdjuck nickte. Die Falle hatte nicht zugeschnappt, aber die Büffel und er waren immer noch in der Gewalt dieser Männer mit ihrer Waffen.

Doch jedes Chaos hatte seine Grenzen.

Festgewänder

Ciach schickte Simon, den glatzköpfigen Wetterjungen, der seine Geräte verloren hatte, zusammen mit seinem Bruder Aljec an die Spitze des Zuges. Dann befahl er den Jägern, die Führung der Herde zu übernehmen.

Drdjuck entging nicht, dass die Büffel und er nach der Rettung sofort wieder wie Gefangene behandelt wurden. Egal, dass Ciach ihn losgeschnitten hatte, sie waren ihre Beute. Die weite verwüstete und schutzlose Landschaft, in der sie sich befanden, machte ihm zudem klar, dass ein Fluchtversuch sinnlos wäre. Selbst wenn die Jäger müde und ausgelaugt waren, die Büffel waren nicht weniger erschöpft. Und auch Drdjuck hatte keine großen Kraftreserven mehr in sich. Sie brauchten Geduld. Und der Weg mit den Menschen war immer schwieriger als der Weg mit dem Wetter …

Es war ein trostloses Land, durch das sie zogen. Kaum Gras oder Büsche wuchsen hier. Dennoch machte Drdjuck in der Ebene Überreste von schnurgeraden Wegen aus.

Ciach folgte seinem Blick. »Das waren früher alles Felder.«

Drdjuck reagierte nicht. Wo er einst gelebt hatte, sah es inzwischen gewiss nicht anders aus. Aber Wegreste zwischen toten Feldern waren tote Spuren, die nicht zu einem lebendigen Ort hinführen konnten. Wohin also wollten diese Jungen? So wie sie aussahen und ausgerüstet waren, lebten sie nicht im Freien. Und so wie sie sich gaben und merklich ihren Schritt beschleunigten, je weiter sie kamen, steuerten sie auf ein Ziel zu. Womöglich eine Stadt. Doch das Land war bis zum Horizont flach.

»Wohin gehen wir?«, fragte Drdjuck deswegen nach einer Weile.

»Nach Hause«, antwortete Ciach.

»Ihr habt also eine Heimat, in die ihr zurückkehren könnt?«, fragte Drdjuck weiter.

Ciach schwieg. Unter seinen Stiefeln knirschte der harte Boden. Dann murmelte er: »Wir gehen zu Mugans Haus.«

»Ihr lebt alle in einem Haus?« Drdjuck wurde neugierig. Ein Haus war gewiss kein sicherer Ort für Menschen, die vor den Wettern Schutz suchten. Das klang unwahrscheinlich oder sehr verrückt.

»Ja«, rief Janki, der dicht neben Drdjuck lief und dessen Gewehrlauf die ganze Zeit über leicht auf Drdjuck gerichtet blieb. »Du kannst es auch Eisschrank nennen. Oder Feuerschlot. Es kommt immer aufs Wetter an. Das Haus ändert seinen Namen jeden Tag, wenn du mich fragst.« Er lachte wie verrückt. »Aber das wirst du schon noch selbst erleben.«

»Es bietet mehr Schutz als jeder andere Ort«, wies Ciach ihn zurecht. »Es ist der Ort des Überlebens. Außerdem gibt es weitere Häuser und Straßen.«

»Aber nur Bugans Haus bietet Schutz«, widersprach der Jäger trotzig.

Ciach nickte. »Natürlich. Sein Haus ist unser Schutz. Und trotzdem ist das Drumherum unser Lebensort. Kugans Haus und die Stadt gehören zusammen.«

Der Jäger lachte auf, sagte aber nichts weiter.

Drdjuck fühlte, wie sich das Fell der Anführerin aufrichtete, und senkte den Kopf, während sie weitergingen. Jankis Stimme flößte der Leitkuh offensichtlich Unbehagen ein. Drdjuck streichelte sie. Er konnte im Moment nichts ändern. Er musste abwarten.

Eine Stadt ohne richtigen Namen. Ein Haus mit einem sehr seltsamen Namen. Das passte zu allem, was geschah. So wie auch das Land namenlos geworden war, seitdem keine Menschen mehr darin lebten.

»Wie hast du überlebt?«, durchbrach Ciachs Stimme seine Gedanken.

Drdjuck merkte, wie müde er war. Er musste aufpassen, sich nicht überrumpeln zu lassen.

»Ich bin der Herde gefolgt«, wich er aus. »Sie sind gut darin, zu überleben.«

»Eben wären sie aber ohne dich ertrunken!«, rief Janki. »Du hast sie aus dem Tal gebracht. Nicht sie dich. Du bist gut mit dem Wetter.«

Ciach nickte. »Das kann dich nützlich machen. Also erspar uns das Märchen, Hirtenjunge. Die Herde hat dich nicht angeführt. Du versteckst dich offensichtlich vor Menschen und ziehst möglichst unsichtbar mit einer Herde durch die Gegend. Für wen? Wem gehören die Büffel? Es gibt hier in der Gegend keine Stadt oder Farm, die überlebt hat. Wer bist du also? Wie heißt du überhaupt?«

Drdjuck fasste tiefer in das Fell der Anführerin und schwieg.

»Ich habe dich etwas gefragt. Nur Diebe sagen ihren Namen nicht.« Ciach fragte es nicht, er stellte es fest.

Drdjuck war klar, dass keiner in der Gruppe ihm die Wahrheit glauben würde. Abgesehen davon hatte er nicht vor, sie ihnen auf die Nase zu binden. Also sagte er nur: »Ich heiße Drdjuck.«

Janki kicherte. »Was für ein Name. Das klingt wie ein Furz!«

Ciach sah ihn finster an. Er musterte den Himmel vor sich, drehte den Oberkörper und blickte hinter sie. Die schwarzen Wolken lagen jetzt etwas weiter zurück. »Niemand besitzt in diesen Zeiten eine ganze Herde für sich allein, Drdjuck. Wo hast du sie her?«

»Es sind die Tiere meines Vaters«, antwortete Drdjuck. »Er ist ertrunken, und ich hüte sie seitdem alleine. Du hast recht, ich bin ein Hirtenjunge. Ich habe meinen Vater gesucht. Aber er ist fort. Ich wusste nicht, wohin. Es ist jetzt meine Herde. Ihr seid die Diebe, wenn ihr uns nicht gehen lasst.«

Janki stieß ein dumpfes Fauchen aus. »Hüte deine Zunge, kleiner Hirtenjunge!« Er kicherte. »Hübsches Gedicht, nicht?«

Diesmal verzog Ciach keine Miene. Es war klar, dass er Drdjuck und die Büffel niemals schützen würde. Plötzlich rief Ciach laut nach vorne: »Simon? Wie weit?«

»Ich kann nichts erkennen, Ciach«, kam es von der Spitze des Zuges zurück. »Ohne meine Drohne sehe ich nicht mehr als alle anderen.«

»Ich werde das gleich übernehmen!«, gab Ciach zurück und wandte sich wieder Drdjuck zu. »Ich bringe dich zu Gugan. Danach liegt es bei ihm. Wenn du leben willst, sagst du ihm besser die Wahrheit. Die ganze. Niemand überlebt mit so einer großen Herde alleine im Freien, egal wie wetterkundig er ist. Und wenn du willst, dass ich dich beschütze, erzählst du deine Geschichte besser schon mir. Jetzt! Also, wo kommst du her?«

»Ich weiß es nicht mehr«, antwortete Drdjuck, ohne zu zögern. »Wir sind schon zu lange umhergezogen. Wir haben Glück gehabt.«

»Eben hast du noch gesagt, du bist der Herde gefolgt.« Ciach schüttelte den Kopf, und sein schwerer Haarschopf unter dem blauen Tuch wankte einen Augenblick bedrohlich über Drdjuck und der Anführerin. »Jede Büffelherde hat ein Territorium, das sie nicht verlässt. Aber diese Herde war hier früher nicht. Sonst würde ich sie kennen. Also hast du sie hergebracht und nicht sie dich. Kein Büffel verlässt sein Territorium.«

Drdjuck starrte an Ciach vorbei auf die Hörner der Anführerin. Früher, dachte er, war das so. Weißt du nicht, was passiert ist? Trotzdem, die Logik des Befehlshabers traf zu, wenn man dachte, wie man immer gedacht hatte. Aber was sollte er ihm antworten? Dass die Büffel ihr Land hatten verlassen müssen? Lohnte es sich denn überhaupt, etwas zu sagen? Dieser Junge sah die Herde sowieso schon als sein Eigentum an. Oder als das von diesem Hausbesitzer. In diesem Moment fiel ein einsamer Lichtstrahl aus dem Himmel auf die Hörner der Anführerin und ließ sie rötlich leuchten. Drdjucks Herz begann heftig zu schlagen. Die Schönheit des Lichts überwältigte ihn. Im nächsten Augenblick zerriss die Wolkendecke, und die Abendsonne wurde sichtbar.

»Die Hügel!«, rief Simon im selben Augenblick von der Spitze. »Ciach! Ich sehe die Hügel!«

Der Wettermann deutete voraus in die Ebene. Drdjuck sah es sofort. Tatsächlich erhob sich weiter vor ihnen eine flache Hügelkette. Im Licht der sinkenden Sonne, dumpf vom Dunst, der über der Erde lag wie eine lange Müdigkeit, sahen sie aus wie eine aufleuchtende Woge.

»Was ist da?«, fragte Drdjuck.

»Das erfährst du noch früh genug.« Ciach klatschte in die Hände. »Schneller jetzt. Ich übernehme die Spitze. Der Hirte darf nicht entkommen. Ihr habt ihn im Auge.« Ciach achtete nicht weiter auf Drdjuck und eilte nach vorne.

Unwillige Büffelrufe erklangen, als die Jäger sich um die Herde verteilten und begannen, die Tiere mit den Kolben ihrer Gewehre anzustoßen und mit Schreien zur Eile anzutreiben.

Drdjuck nahm wahr, dass sie die Richtung änderten.

Aber er konnte nicht ausmachen, warum sie das taten. Bis zur Hügelkette sah er nichts als Schlamm und Gras. Nicht einmal ein Baum war zu erkennen. Der letzte Baum hatte, von der Flut dahingespült, auf ihrem Weg gelegen. Seitdem war alles nur noch flach. Seine Freude über das Licht auf den Hörnern der Anführerin verflog, und sein Magen verkrampfte sich. Wohin sie auch gingen, wie konnte er die Herde vor den Menschen beschützen, die dort offensichtlich auf sie warteten? Unruhig stapfte er voran.

Janki ließ ihn nicht aus den Augen. Ohne die Jäger hätten die Büffel schon längst die Richtung geändert und einen Platz gesucht, um sich auszuruhen. Sie wurden nur durch die Jungen angetrieben. Drdjuck überlegte. Er war der Hirte, zumindest sahen die Jäger ihn so. Er konnte sagen, sie brauchten Ruhe, Wasser, irgendeine Pfütze. Und die Kälber benötigten Milch. Vielleicht konnte er so für eine Chance zur Flucht sorgen? Aber gegen die Jungen mit ihren Waffen war kein Ankommen.

Drdjuck haderte mit sich. Seine Schritte auf dem harten Boden hallten wie bedrohliche Schläge in seinem Kopf.

Das leise Muhen des Kälbchens riss ihn aus seinen Gedanken. Einer der jungen Bullen, die vor dem Sturm am Ufer miteinander gekämpft hatten, lief auf staksigen Beinen an eine Kuh heran. Er war offensichtlich am Ende seiner Kräfte, wollte trinken und klagte.

Drdjuck verlangsamte instinktiv den Schritt. Dann rief er laut: »Die Herde braucht eine Pause. Die Kälber müssen trinken!«

»Wozu?«, gab Janki neben ihm zurück und richtete den Lauf

seines Gewehrs auf Drdjuck. »Bis zur Schlachtbank werden sie es schon noch schaffen.«

Es war, als stülpte sich ein schwarzes Tuch über Drdjuck. Jetzt war es raus. Angst machte sich in ihm breit, aber er hielt sie im Zaum. »Was sagst du da?«

»Du bist still!«, gab der Jäger statt einer Antwort zurück. »Ciach führt uns. Nicht du!«

»Welche Schlachtbank?«, fuhr Drdjuck ihn an. »Wir haben euch gerettet! Welche Schlachtbank? Was soll das?«

»Mugans Schlachtbank!«, sagte Janki gelassen. »Sugans Schlachtbank! Fugans Fleisch!«

Die seltsamen Worte verwirrten Drdjuck. Wer waren diese Menschen, die sich hinter den ähnlich klingenden Namen verbargen? War es eine ganze Sippe, die dieses Haus beherrschte? Sprach der Jäger von den Machthabern der Stadt?

Für einen Moment packte Drdjuck eine schlimme Einsamkeit. So einsam hatte er sich nicht mehr gefühlt, seit er seine Familie verloren hatte. Ein dunkler, schwerer Schleier senkte sich über sein Herz wie klebende kalte Asche, die er mit keinem Gefühl zu durchdringen vermochte. In jeder anderen Minute hätte er eine Hand auf das neben ihm laufende Tier gelegt, seine Wärme gespürt, Atem und Bewegung. Aber jetzt schämte er sich, und das schwere Gefühl wurde eine kalte Haut, die ihn zusammenschnürte und nicht zuließ, dass er irgendetwas berührte. Er sah in den grauen Himmel und versuchte sich aus den einsam machenden Gedanken zu lösen und stattdessen die Absichten Ciachs und der Jäger zu durchdringen. Wollten sie sie wirklich alle töten? Das ganze Leben der Herde auslöschen, das Leben, das sie war und anderen brachte? Waren sie so dumm?

Drdjuck hatte lange keine Erfahrung mehr mit Menschen gemacht. Jetzt spürte er deutlich, dass alles, was er im Zusammenleben mit den Büffeln gelernt hatte, ihm nicht unbedingt half, sich den Jägern um ihn herum mitzuteilen. Ciach und die anderen waren nicht bereit, auf ihn zu hören. Sie sahen und interessierten sich nur für sich selbst. Wer nicht sprach und fühlte wie sie, den hielten sie für verrückt oder für ein dummes Kind.

Es hatte sich nicht viel geändert.

Neben Drdjuck muhte es. Durch den Schatten nahm er die Anführerin wahr.

Sie hob den Kopf und blickte ihn aus ihrem rechten Auge an. Genau wie er zitterte sie am ganzen Leib. Das tat sie auch, wenn sie Fliegen verscheuchte. Aber befreiten sich die Büffel vielleicht so auch von Angst und tödlichen Gedanken?

»Tote Haut, tote Seelen …«, flüsterte Drdjuck.

Die Worte waren wie aus dem Nichts gekommen. Das Gesicht seiner Großmutter stand auf einmal vor ihm, wie sie im Garten hinter dem Haus auf einem geflochtenen Stuhl saß, eine Puppe bastelte und ihm zurief: »Sing es, Drdjuck, mein Junge! Sing es hinaus, wenn du an etwas leidest. Der Gesang wäscht deine Trauer weg. Die Musik und deine Stimme sind stark und werden es immer sein.«

»Tote Haut, tote Seelen …« Drdjucks Stimme klang schwach, aber die Töne erhoben sich trotzdem in die Luft. »Kein Licht darin, kalter Sinn, kein Weg hinaus …« Bilder kamen und verwandelten sich in Worte. »Der schwarze Stamm, Asche und Schlamm … Der Mann mit der toten Haut … hat sich aufgebaut … Er will, dass man sich ihm zu Füßen legt …«

»Sei still!« Jankis Stimme fuhr scharf in Drdjucks Ohren. Dann folgte ein noch schärferer Schmerz.

Drdjuck keuchte auf. Der Jäger hielt seine Waffe in den Händen und hob sie drohend zum nächsten Schlag. »Kein Gesang! Letzte Warnung!« Er sah Drdjuck kalt an.

Drdjuck schwankte. Schmerz durchspülte seinen Körper. Die Anführerin reckte ihren Hals und stieß ein Muhen aus. Ihre langen Hörner stiegen in den grauen Himmel, aus dem die Sonne wieder verschwunden war.

Der Jäger stieß Drdjuck den Lauf des Gewehrs ein zweites Mal in den Bauch. »Halt sie still!«

Drdjuck holte mühsam Luft. Er wankte gegen die Anführerin und legte eine Hand an ihre Flanke. Sein Herz schlug zum Zerspringen, und sein Körper sandte Schmerzwellen in alle Richtungen. Doch die Angst, die ihn gerade noch von allen Seiten gepackt gehalten hatte, wich jetzt einer neuen Kraft. Die Luft wirbelte um ihn herum, als wäre er in der stillen Zone. Der Jäger wurde zu einem dunklen, bedrohlichen Schatten, der sich aber doch vor Gesang fürchtete und vor der Stimme der Büffelkuh. Er vertrug keine Gefühle von anderen.

Gefühle. Drdjuck atmete ein. Mitgefühl.

In diesem Moment erfüllte ein lauter Ruf die Luft. »Sicht!« Es war Simons Stimme. »Ciach hat die richtige Richtung gewählt. Wir sind in Sichtweite.«

Diese Nachricht ließ die Männer aufjubeln. Drdjuck hob den Blick über die Rücken der Tiere. Wo waren sie angekommen? In diesem Moment brach durch die aufreißende Wolkenschicht ein weiterer breiter Streifen rötliches Sonnenlicht und beleuchtete die Ebene vor ihnen. Jetzt erkannte Drdjuck, was Simon meinte. Er hatte das Ziel der Jäger bisher in der dunklen Ebene nicht ausmachen können, aber nun zeichneten sich dicht über dem Boden einige kaum wahrnehmbare geometrische Schattenwürfe ab. Sie lagen nur knapp über dem dunklen Horizont und bildeten ein

Muster, das auf menschliche Bauten hinwies. Ein höherer Kubus und darum herum ein paar weitere kleine. Sie waren genauso schwarz wie die schlammbedeckte Ebene. Ohne das Licht von oben wären sie unsichtbar geblieben. Diese Stadt war perfekt getarnt, erkannte Drdjuck. Sie verbarg sich dunkel vor der dahinter liegenden Hügelkette und war flacher als alle Bauwerke, die Drdjuck bis jetzt gesehen hatte.

»Wir haben es geschafft! Ciach, niemand hat deinen Orientierungssinn.« Janki sprang auf und ab und schwang seine Waffe.

Ciach lachte laut. »Mugans Haus! Der Weg zu dir ist fest in mein Herz gezeichnet. Und jetzt bringen wir dir neues Leben.«

Drdjuck starrte auf Ciachs Rücken. Der oberste Jäger stand auf einmal wie ein menschgewordener Fels in der untergehenden Sonne und hob die Arme.

In Drdjucks Magen breitete sich eine glühende Wut aus. »Lügner!«, sagte er deutlich und klar. »Wir haben euch gerettet! Ohne die Büffel wärt ihr alle tot.«

»Ich habe euch da oben freigelassen und euch das Leben geschenkt«, antwortete Ciach, ohne sich umzudrehen. »Wir sind schon lange quitt.«

Drdjuck fühlte, wie er kalt wurde. Es war falsch gewesen, diese Jungen vor der Flut zu warnen. Er hätte wissen müssen, dass sie die Herde und ihn töten würden, egal ob er ihnen half. Nur deswegen waren sie draußen unterwegs, aus Hunger. Sie kannten das Wetter offensichtlich nicht gut. Sie waren Jäger, die aus ihrem Bau mussten, um Beute zu suchen, aber sie nahmen nicht am Leben teil.

Kaum hatte er das gedacht, spürte Drdjuck den Herzschlag der Herde auf sich eindringen. Und dann traf ihn der Blick des Kälbchens. In seinen Augen standen Wärme und Zuversicht. Drdjuck legte seine Hände ineinander und atmete ruhig. Die Büffel waren todmüde und ihr Fell schmutziger, als er es je auf ihren Wanderschaften gesehen hatte, aber sie hatten kein Mitglied der Herde verloren. Ihre Herzen schlugen kräftig und mitfühlend, als wollten sie Drdjucks Herz zum Mitschlagen auffordern. Es war wie ein Trommeln und klang, als sängen sie: »Wir wären alle ertrunken, wenn wir in diese Barriere geraten wären. Es war der einzige Weg. Und er führt uns noch weiter ...«

Im selben Moment nahm Ciach sein blaues Tuch ab, zog sein Messer aus dem Haar hervor und rief den Jägern zu: »Macht euch bereit!« Er winkte Aljec zu sich. »Kümmere dich um den Hirtenjungen. Du bist mir verantwortlich für ihn, für Drdjuck.«

»Lugan wird uns feiern!«, antwortete Aljec.

Ciach öffnete sein Haar. »Der Hirte träumt davon, zu entkommen. Behalt ihn im Auge. Aber tu ihm nur etwas, wenn es nottut. In Zugans Haus wird er seine Meinung ändern. Das hat bis jetzt jeder. Er braucht nur etwas Anständiges zu essen und ein paar Menschen um sich.«

Aljec sah Ciach bewundernd an. »Keiner hat je eine ganze Herde gebracht.« Dann wandte er sich Drdjuck zu und kam auf ihn zu. »Mach, was ich sage, dann passiert dir nichts.«

An der Spitze des Zugs erklang erneut Ciachs Stimme. »Macht euch bereit. Die Jäger kehren zurück! Legt die Festgewänder an.«

Es dauerte nicht lange, bis Drdjuck verstand, was Ciach damit meinte. Es reichte zu beobachten, was Aljec tat. Der Junge zog das Oberteil aus, wendete es und zog es wieder an. Statt in einer einfachen Jacke steckte er nun in einer zerrissenen, aber bunt glänzenden Uniformjacke mit doppelten gelben Streifen auf Hüfte, Brust und den Ärmelenden. Er griff in eine von mehreren Taschen des Kleidungsstücks und zog eine kleine Plastikdose hervor. Er steckte einen Finger hinein und betupfte anschließend mit der Fingerkuppe sein Gesicht. Er trug Farbe auf! Erstaunt sah Drdjuck zu, wie Aljec Muster in sein Gesicht malte. In der Dose waren mehrere Farben. Er malte eine grüne Schicht in Form eines Halbkreises unter seine Augen, brachte goldene Tupfer auf die Wangen, schminkte die Lippen rot und färbte zuletzt seine Stirn gelb. Dann zog Aljec ein aus vielen farbigen Fetzen zusammengenähtes Tuch aus einer weiteren Tasche und wand es sich um seine schmutzige und stinkende Beinkleidung. Drdjuck starrte ihn an.

»Augan will das!« Aljec warf Drdjuck die Worte hin. »Von jedem erfolgreichen Jäger. Nur geschmückte Jäger sind willkommen. Und wehe, du kommst in weißer Kleidung. Dann musst du sterben. Aber da hast du Glück, weißen Stoff sehe ich nicht an dir!« Er lachte auf. »Dennoch solltest du dich auch hübsch machen.«

Drdjuck beobachtete die übrigen Jäger. Janki, Simon und Ciach, alle machten das Gleiche wie Aljec. Jeder von ihnen bemalte sein Gesicht mit unterschiedlichen Farben und Mustern. Viele der Jäger trugen jetzt ähnliche Uniformstücke wie Aljec. An Simons und Ciachs Körpern dagegen saßen schwere Stoffjacken aus leicht glänzendem dunkelblauem Stoff. Sie wirkten auf Drdjuck wie die Kleidung der reichen Geschäftsleute, die er früher in den Straßen seiner Stadt gesehen hatte. Und tatsächlich zogen beide jetzt auch Krawatten hervor, die sie sich um den Hals legten. Leuchtend rote, seidig schimmernde Stoffstücke.

»Wozu ist das?«, entfuhr es Drdjuck.

Auf einmal lächelte Aljec. »Unser Erfolg wird Fugans Haus in die gebührende Aufregung versetzen. Unsere Farben werden blühen. Und wir werden gefeiert und bekommen unseren Lohn!« Er sah Drdjuck abschätzig an. »Und jetzt mach! Du kannst dir aussuchen, ob du zur Beute gehören willst oder zu den Siegern. Ich rate dir aber, Pugans Brauch zu folgen.«

Drdjuck hob sein Kinn. »Und was, wenn nicht?«

»Das entscheidet Kugan!«, sagte Aljec schroff. Er zog ein weiteres Stück Stoff hervor und band es sich um den Hals. Dann bückte er sich, nahm eine Fingerspitze Schlamm vom Boden und klebte sich damit einen blitzenden Plastikstein unter sein linkes Auge.

Drdjuck fasste sich mit einer Hand hinters Ohr und rieb die verborgene Stelle nachdenklich. »Wer sind all diese Leute, von denen du sprichst? Mugan und Fugan und Kugan. Janki hat noch ein paar andere genannt …«

Aljec kicherte. »Es ist einer«, antwortete er. »Er hat nur viele Namen. Und wir folgen seinen Bräuchen. Es ist Hugans Stadt und es sind Bugans Bräuche. Er hat sie uns gebracht.«

Drdjuck verstand nicht. »Einer mit verschiedenen Namen?«

»Er ist alle Namen«, antwortete Aljec. »Mehr musst du nicht wissen. Und Jugans Haus ist Dugans Stadt, und wir sind ihre Bewohner.« Aljec schüttelte sein Haar auf. »Ich bin fertig!«, rief er dann laut in Richtung der anderen Jäger und fuhr gleich darauf, zu Drdjuck gewandt, fort: »Also, hast du dich entschieden?«

»Alle sind bereit«, kam die Stimme von Simon zurück. »Was ist mit dem Hirten?«

Aljec blickte Drdjuck an. »Willst du zu Tugans Fest oder zur Beute gehören?«

Drdjucks Lippen wurden schmal. »Es gibt keine Beute.«

»Du siehst aber nicht aus, als wärst du keine. Und du hast nichts, um die Herde zu schmücken. Das Schmutzige ist immer die Beute. Kugan hasst Schmutz.«

Drdjuck versuchte den Namen zu überhören und nicht darüber nachzudenken, was es damit genau auf sich hatte. Er würde es herausfinden. Von Aljec bekam er im Moment offensichtlich keine richtige Antwort. Schmuck, dachte er stattdessen. Es ging um

Schmuck. Geschmückt zu sein, bedeutete offenbar viel für diese Männer. Die Männer aus Fugans oder Dugans oder Mugans Haus und seiner Stadt, in die man besser nicht mit einem weißen Gewand kam. Drdjuck musste dorthin. Der Büffel wegen und des Kälbchens wegen. Er hatte dort eine Aufgabe.

Drdjuck nickte. »Natürlich wollen wir zum Fest.«

»Na, dann mach dich schön«, erklärte Aljec.

»Nicht ich alleine. Wir alle!«

»Wer?« Aljec schüttelte den Kopf. Dann riss er den Mund auf. »Meinst du etwa die Büffel?«

Ganz so dumm war er also doch nicht. Drdjuck lächelte und musterte die Umgebung. Aljec wusste genau, dass er nicht über eine Festkleidung verfügte wie die Jäger. Er hatte nur sein Tuch, eine zerrissene Hose und ein ebenso kaputtes T-Shirt. Womit sollte er sich schmücken? Es war klar, dass keiner der Jäger ihm etwas von den eigenen Schmuckstücken anbieten würde.

Drdjuck versuchte sich daran zu erinnern, ob er überhaupt jemals so etwas wie Festtagskleidung gekannt hatte. Er rief sich seine Großmutter vor Augen. Doch sie blieb in diesem Moment ein grauer Schatten. Er versuchte sich an seinen Vater und seine Mutter zu erinnern. Sie hatten beide nicht viel Kleidung besessen. Doch dann fiel ihm ihr Nachbar ein. Der seltsame Narr hatte alles in seinen Autowracks gesammelt, was ihm in die Finger gekommen war und sich in die verrosteten Karossen hineinstopfen ließ. Die alten Autos hatten in seinem Garten gestanden, so lange Drdjuck sich erinnern konnte. Nur deswegen hatte Drdjuck überhaupt je ein Auto aus der Nähe gesehen. Auf den Straßen in seinem Viertel hatte er seine gesamte Kindheit über fast keins zu Gesicht bekommen, allenfalls in der Ferne gehört. Öl und Benzin waren in seiner Stadt so gut wie nie zu haben gewesen. Und wenn, dann hatte niemand damit einen Automotor betrieben, sondern den Brennstoff für kleine Motoren in einer Werkstatt oder zum Heizen verwendet. Doch darum ging es jetzt nicht. Immer wenn der Nachbar einen neuen Fund gemacht hatte, war er danach tanzend und singend um seine Wracks gesprungen und hatte sich dazu … Unwillkürlich hob Drdjuck den Blick und schaute in den Himmel. Zu Hause hatte der Himmel oft in tiefem Blau gestrahlt, und die Wolken waren bunt gewesen. Zartes Rosa auf Violett, Gelb und die Struktur eines Achats in den Sturmwolken. Weiter unten das Bernsteinfeuer der Brände unter schwarzem Rauch.

Auf einmal erschien vor Drdjucks Augen doch noch das Bild seiner Großmutter. »Warum sammelst du das ganze Zeug?« Die Stimme der alten Frau bahnte sich einen Weg durch den Schlamm um ihn herum und übertönte die Rufe der Jäger und das müde Muhen der Büffel. Und da sah Drdjuck auch den Nachbarn. Er war von selbst in die stille Zone geraten.

»Wenn ich alles zusammenhabe, wird es ein Fest geben!« Der Nachbar tanzte.

Die Großmutter kicherte. »Wirst du dann deinen ganzen Müll verbrennen?«

»Natürlich, denn dann ist der Schmuck perfekt.«

»Welcher Schmuck? Mann? Wo ist hier der Schmuck?«

Die Stimme des Nachbarn klang in Drdjucks Erinnerung plötzlich wie eine dunkle Prophezeiung. »Das Menschsein erhebt sich nicht mehr über die Welt, es feiert sie. Wenn sie endlich wieder von allem befreit ist, was man ihr davor unter Qualen abgenommen hat, dann ist der wahre Schmuck der Erde wieder sichtbar, wenn alles eingesammelt ist!«

Der Moment erlosch. Drdjuck blickte über die Ebene. Schlamm und da und dort niedergeworfenes graues Gras, das kraftlos am

Boden klebte. Die Wetter hatten die Ebene vollkommen entblößt. Dazu war die Sonne wieder hinter der grauen Wolkenwand verschwunden. Kein farbiger Wolkenrand war mehr zu sehen, kein bunter Lichtstrahl. Nur die Jäger schmückten sich.

»Die Büffel und ich werden alle geschmückt mit euch ankommen«, verkündete er Aljec.

»Ach ja?«

»Natürlich.«

Drdjuck bückte sich und griff in den staubigen Boden. Er war hart und trocken. Aber Drdjuck brauchte Schlamm. Das Kälbchen sah ihn an. Dann ließ es einen Schwall Urin auf den Boden laufen. Die Anführerin begriff sofort. Sie urinierte ebenfalls. Drdjuck zögerte nicht. Er trat mit den Füßen in die Pfützen und mischte das Körperwasser mit dem Staub. Der Boden wurde weich, bildete eine streichbare Masse. Im nächsten Augenblick warf sich Drdjuck eine Handvoll davon auf die Brust und strich eine weitere auf seine Arme. Er bedeckte seine Haut mit Schlamm, riss dann die sterbenden Gräser aus dem Boden und legte sie über sich. Sie klebten an seinem Körper wie der Funkelstein unter Aljecs Auge. Drdjuck bewegte sich schneller. Er lief zur Anführerin und kniete sich vor ihr nieder. Dort begann er sich in der Brühe zu wälzen. Keine Sekunde später machte die Anführerin es ihm nach, und gleich drauf lag die gesamte Herde da und wälzte sich. Alle hatten es gemacht wie das Kälbchen und die Leitkuh. Drdjuck sprang auf. Keine Beute, dachte er. Keine Beute! Er lief zwischen den Tieren entlang, riss Gras aus und wand jedem Büffel ein Büschel um die Hörner. »Ihr werdet Mähnen tragen wie die Götter!«, rief er. »Keiner von uns ist ein Beutetier. Wir kommen frei in diese Stadt. Und wenn sie sich Mugans Stadt nennt, dann sind wir der blaue Himmel über ihr.«

Drdjuck wusste nicht, woher diese Worte kamen. Alles was er tat, geschah wie von selbst. Er lief von Tier zu Tier und schmückte die Büffel mit den Gaben der Ebene.

Die Jäger brachen in schallendes Gelächter aus. »Der stinkende Hirte!«, grölte Janki. »Sugan wird dich in ein weißes Hemd stecken. Haha!«

Aber dann rief Simon: »Schluss damit! Er will uns lächerlich machen vor unseren Leuten.«

Doch Ciach schüttelte den Kopf. »Immer mit der Ruhe! Wer sich vor uns in den Schlamm wirft, zeigt nur, dass er sich uns unterwirft. Lasst ihn weitermachen. Ein stinkender Schmuck ist besser als gar keiner. Lasst ihm seine Idee. Er ist verrückt. Aber warum sollte Pugan nicht seinen Spaß an ihm haben?«

Drdjuck lächelte. Ciach war nicht dumm. Genauso wenig wie Aljec. Es würde sich zeigen, was noch alles kam. So hielt Drdjuck nicht inne, ehe er jeden Büffel geziert hatte.

Einzug

Während sie den letzten Teil des Weges hinter sich brachten, hatten sie die ganze Zeit die niedrig liegenden Gebäude der Stadt vor Augen. Obwohl das Ziel nun in sichtbarer Entfernung lag, schien der Weg Drdjuck länger als die Flucht vor dem Wetter. Vielleicht lag es am nicht enden wollenden unverhohlenen Gelächter der Jäger.

»Das soll ein Festgewand sein?«

»Wugan wird ihn erledigen!«

»Und unsere Beute dazu …«

»Aber davor wird er sie sauber waschen müssen. Kuh für Kuh. Wir fressen ja keinen bepissten Dreck, haha …«

Drdjuck versuchte die Worte zu überhören. Stattdessen konzentrierte er sich auf den Weg.

Je näher sie den tief liegenden Gebäuden kamen, desto seltsamer wirkte das fremdartige Gebilde. Es sah aus, als hätte jemand Dächer direkt auf den Erdboden gebaut. Doch unter den Dächern schienen keine Häuser zu sein. Lediglich der größere Block erhob sich etwas mehr. War die Stadt in einer Schlammlawine untergegangen? Aber dann konnten in den verschütteten Gebäuden gewiss keine Menschen mehr leben. Oder hatten sich die Bewohner Höhlen in den Boden gegraben? Auch das fand Drdjuck nur schwer vorstellbar. Erdhöhlen boten Schutz vor Bränden, aber nicht vor den Fluten. Das Wasser hätte solche Löcher sofort überspült.

Es dauerte nicht lange, bis Drdjuck das Geheimnis der Stadt erkannte. Und als es so weit war, konnte er sein Erstaunen nicht verbergen.

Die Dächer, die er gesehen hatte, lagen nicht auf dem Boden auf, sondern die dazugehörigen Häuser lagen in einer Senke. Das erkannte man aber erst, wenn man fast direkt davorstand. Wer aber baute einen Ort so tief, dass er bei jeder Flut überspült werden musste?

Drdjuck merkte, dass er neugierig wurde und seine Schritte beschleunigte.

Aljec hinter ihm lachte. »Kein Ort war je schöner und sicherer als Pugans Haus!«

Der Weg auf die Stadt zu zeigte jetzt Spuren von Füßen und war ausgetreten. Dazu wurde er breiter und führte deutlich sichtbar um einen flachen Erdhügel herum. Sie begannen den Hügel zu umrunden. Drdjuck spürte die Unruhe der Büffel.

Was sie rochen, gefiel ihnen nicht.

Aber die Jäger stießen die Tiere immer wieder in die Seite. Ein menschlicher Geruch nach Tod lag in der Luft. Die Tiere wussten, dass sie jetzt gefangen waren. Nur das Kälbchen hielt wach Ausschau. Drdjuck berührte die Anführerin. »Ich werde uns retten! Du hast mich gerettet, und ich werde uns retten. Dein Kälbchen weiß es.«

Die Anführerin hob ihre Hörner und spielte mit den Ohren.

Als sie den Hügel zu einem Viertel umrundet hatten, begann Drdjuck die Anlage vollkommen zu verstehen. Hinter dem Hügel führte der Weg steil in die Tiefe in ein flaches Tal. Niemand, der sich aus der Ebene näherte, konnte erkennen, was in dieser Senke lag. Doch wer von unten heraufkam, konnte vom Hügel aus weit über die Ebene blicken. Jetzt aber war der Aussichtsposten verlassen.

Aljec bemerkte Drdjucks Blick. »Wer den Weg nicht kennt, findet Hugans Haus nicht«, sagte er bestimmt. »Es ist unsichtbar. Hinter ihm ragen die Hügel auf und tarnen das Haus mit ihrer langen Kette. Vor ihm liegt ein Sandberg und versperrt die Sicht. Lugans Haus und Stadt sind unsichtbar.«

Drdjuck musste ihm recht geben, genauso war es. Sie hatten den Hügel umrundet. Und die Stadt des Herrschers mit den vielen Namen lag nun direkt vor ihnen.

Nie hatte Drdjuck etwas Vergleichbares gesehen. Der Weg von der Ebene führte als breite Erdrampe hinab in den länglichen Kessel. Rechts und links fielen die Abhänge steil nach unten. Jede Flut musste den Kessel füllen, aber alles, was Drdjuck sehen konnte, sah trocken aus. Alle Gebäude schienen einigermaßen intakt. Ja, sogar Bäume und Büsche wuchsen in dem seltsamen Tal. Am Ende der Rampe erhob sich eine Mauer aus Müll, Stacheldraht und Panzersperren. Doch dahinter konnte man schäbige Bungalows, kaputte Straßen mit löcherigem Asphalt und ein alles andere überragendes, äußerst seltsames Gebäude erkennen.

Es war höher als die anderen, vollkommen fensterlos und schien aus grauem Beton errichtet worden zu sein. Es wirkte wie ein aus dem Himmel gefallener Klotz, der machtvoll und unangreifbar dalag. Es gab kein Gebäude in Drdjucks Erinnerung, das auch nur im Geringsten so ausgesehen hätte.

Vom Boden führten graue Stufen an ein Tor aus dunklem Metall, das matt in einer der Seitenwände glänzte. An einigen Stellen bröckelte der Beton, und dürre Eisenstangen ragten wie abgeschnittene harte Adern ins Freie. Ansonsten war nichts an diesem Gebäude zu erkennen. Und gerade deswegen überstrahlte es all die winzig wirkenden flachen Bungalows und Häuser, die ein starres, rechteckiges Geflecht um das Gebäude bildeten. Kein Laut war zu hören. Kein Lebewesen zu sehen.

Erwartete niemand die Jäger? Warum hatten sie sich dann so herausgeputzt? Bemerkte niemand die Büffelherde? Drdjuck musterte die Umgebung noch genauer. Ein Stück hinter dem fensterlosen Betonklotz ragte noch ein kleinerer Turm in die Höhe, der ihn an einen Kirchturm erinnerte. In die oberen Fensterbögen waren Stufen gemauert, die sich wie Tentakel außen um den Turm herumwanden. Es sah aus, als hätte man sie gebaut, um das spitze Dach umlaufen zu können.

In diesem Moment fuhr Drdjuck ein beißender Geruch in die Nase. Bevor er ihn wahrnahm, hatte die Herde bereits reagiert. Mit einem lauten Muhen blieb die Anführerin stehen. Ihre Ohren zuckten, und ihre Augen verdrehten sich in ihren Höhlen.

»Willst du wohl gehorchen!« Janki hob sein Gewehr und drohte mit dem Kolben auf die Leitkuh einzuschlagen. Wütend sah er Drdjuck an. »Halt sie still, oder ich schlage sie tot!«

»Halt!«, Ciach wies den Jäger zurecht. »Komm, Hirte, zeig, was du kannst. Die Büffel müssen da runter.«

Drdjuck sog vorsichtig die Luft ein. »Es riecht giftig. Sie werden nicht freiwillig hinabsteigen.«

»Dann tun Sie es eben unfreiwillig«, entgegnete Ciach.

Drdjuck trat neben die Anführerin. Er sah in ihr rechtes Auge. Die Büffelkuh erwiderte seinen Blick. In ihrem Körper zuckte es. Drdjuck machte einen Schritt auf die Stadt zu. Er streckte die Hand nach der Anführerin aus. »Komm mit«, sagte er sanft. »Wenn wir leben wollen, müssen wir hier runtergehen. Ich weiß nicht, wohin dieser Weg führt und ob wir ihn erfolgreich beenden werden. Aber wenn wir hier stehen bleiben, sterben wir.« Die Anführerin senkte den Kopf und blickte über die Rampe in die Tiefe. Ihre Nüstern bebten unwillig. Es war ihr anzusehen, dass der Ort sie abstieß. »Ich weiß«, sagte Drdjuck. »Mir geht es genauso.«

Die Leitkuh hob den Kopf, sah zu dem Kälbchen. Das Kalb musterte die Ansammlung von Menschengebäuden aufmerksam. Dann machte es einen Schritt auf die Senke zu. Die Anführerin ging ihm sofort nach. Und die Herde und Drdjuck folgten.

»Na also!«, rief Ciach.

Langsam bewegte sich der Tross auf die Stadt hinter der aufgetürmten Müllmauer zu. Je näher sie kamen, desto deutlicher erkannte Drdjuck, wie zerfallen hier alles war. Viele Löcher in Dächern, Glasscheiben und Hauswänden waren mit Müllteilen, Autoblechen und mit Draht und Klebeband verbundenen Plastik- und Blechkanistern notdürftig gestopft.

»Was ist das für ein Gestank, Aljec?«, fragte Drdjuck.

»Heimatduft!«, rief einer der Jäger lachend. »Du wirst dich daran gewöhnen. Aber du stinkst um einiges schlimmer!«

Die anderen Jäger lachten. Ihre bunten Farben auf der Haut zuckten wie kleine Blitze.

»Ankunft!«, rief Ciach.

Die Jäger verstummten. Kurz bevor sie das Ende der Rampe erreichten, übernahm Ciach allein die Spitze des Zuges. Die anderen gruppierten sich hinter ihm. Lediglich Aljec und Janki wurden am Ende der Herde belassen. Die ehrfürchtige Stille schien sich selbst auf die Büffel auszuwirken. Sie folgten den Menschen ruhig in die Stadt.

Nur das Kälbchen schüttelte unruhig den Kopf.

Immer noch waren keine anderen Menschen zu sehen.

Kaum hatten sie die Mauer passiert, verschärfte sich der schneidende Geruch. Es roch jetzt deutlich nach Chemikalien. Dazu kam der Geruch von Trockenheit und großer Hitze, aufgeheizten Steinmauern. Es wirkte, als wäre schon lange kein Wasser mehr über der Stadt niedergegangen. Eine ausgedorrte Wüstensiedlung in einem großen Kessel, umzäunt von Müll, überragt von einer fensterlosen quadratischen Burg und verziert mit einem krakenartig umwundenen Kirchturm.

Was war das für ein Ort?

An der Spitze der Herde, dicht vor dem Tor, hob Ciach einen Arm und hielt inne.

»Zugan!«, rief er gellend, als kein Schritt und kein Atmen mehr zu hören war. »Deine Jäger sind zurückgekehrt. Deinem Schutz vertrauen sie ihre Beute an.«

Drdjuck sah sich um. Nichts regte sich. Die Häuser wirkten immer mehr wie unbelebte Ruinen.

»Hugan!«, hob Ciach von Neuem an. »Wir bringen Fleisch in dein Haus!«

Diesmal begannen die Jäger mit den Füßen auf den Boden zu stampfen. Es klang wie Trommeln. Doch wieder rührte sich nichts.

Ciach reckte das Kinn in die Höhe.

»Dugan, in deinen Schutz bringen wir, was wir mitgebracht haben. Lass uns die Beute in dein Haus tragen.«

Drdjuck merkte, dass es ihm schwerfiel zu atmen. Auf einmal lastete die andauernde Stille über diesem merkwürdigen Ort wie ein drohender Wetterumschwung auf ihm.

Dann aber geschah etwas.

Auf dem flachen Dach des hohen Betonbaus erschien eine vom

Fuß der Rampe aus winzig wirkende Gestalt. Das Gesicht ließ sich nicht erkennen. Alles, was Drdjuck erkennen konnte, war ein rosa Hut auf ihrem Kopf.

Die Gestalt trat dicht an den Rand des Daches. Sie hob langsam eine Hand in die Luft und ließ sie noch in derselben Bewegung beinahe anmutig weiter zu ihrer rechten Hüfte herabsinken.

»Begehrt ihr Fugans Schutz?«

An der Spitze der Jäger verbeugte sich Ciach tief. »Xugan, die Jäger danken dir. Unsere Beute ist dein!«

Die Gestalt am Rande des Betonbaus hob erneut ihre rechte Hand. Doch diesmal ließ sie sie in der Luft stehen und winkte mit einer kreisförmigen Bewegung. »Die Beute hinein. Und wer will, hinaus! Begrüßt euch, und erwartet das Zeichen.«

Das letzte Wort war noch nicht verklungen, als sich ein lautes Kreischen im Inneren des Gebäudes erhob. Drdjuck zuckte zusammen. Es klang wie ein Schlachtruf aus vielen Kehlen: »Fugan, Hugan, Bugan, Jugan, Kugan!«, gellte es durcheinander.

Unter den Rufen verschwand die Gestalt mit dem rosa Hut von der Dachkante.

Hätte er es nicht bereits erfahren, wäre es Drdjuck jetzt geworden. Die vielen Namen kannten nur einen Träger. Den, den er oben auf dem Dach gesehen hatte.

Es blieb keine Zeit, darüber nachzudenken.

Mit einem Kreischen öffnete sich das dunkle Tor des Baus, und viele Menschen strömten hinaus.

Drdjuck schüttelte verwirrt den Kopf.

Aljec stieß ihn von hinten unsanft an die Schulter. »Stell keine Fragen. Sei froh, wenn du teilnehmen darfst.«

Drdjuck antwortete nicht. Anscheinend war er für manche Menschen ein offenes Buch. Aljec hatte gemerkt, dass er wissen wollte, was hier vor sich ging. War das ein gutes oder ein schlechtes Zeichen?

Ciach wandte sich ebenfalls zu Drdjuck und seinem Bewacher um. »Aljec, bring die Beute ins Schlachthaus. Und dann bringst du den Hirten wieder zu mir. Ich führe ihn Zugan vor.« Er sah Drdjuck zum ersten Mal seit ihrer Ankunft direkt an. »Du willst deine Tiere doch ins Schlachthaus begleiten?«

Drdjuck zögerte.

»Keine Antwort ist auch eine Antwort.« Ciach verzog spöttisch den Mund.

Aljec spuckte auf den Boden. »Da runter, Hirte!« Er wies auf eine Straße zu ihrer Rechten, die abwärts lief und noch tiefer in den Kessel führte. »Wegen dir verpasse ich jetzt das Beste.«

Hinter Aljec kam Simon an. »Armer kleiner Bruder! Du wirst nicht mal sehen, wie ich sie bekomme! Und heute bekomme ich sie! Meine süße Ähre!« Aljec wandte sich ab.

Drdjuck spürte, dass Aljec nur mühsam die Wut in sich unterdrückte. Simons Worte bedeuteten bestimmt nicht das, was die Menschen zu früheren Zeiten unter ihnen verstanden hätten. Drdjuck dachte an Weizen und Hirsefelder. Aber Simon meinte sicher nicht die Halme, von deren Körnern sich Büffel und Menschen ernährt hatten. In seiner Stimme waren Gier und ein Verlangen zu spüren, das Aljec demütigte. Was er zu bekommen hoffte, hatte Aljec sich auch gewünscht.

Drdjuck sah Simon und Aljec ausdruckslos an. »Ich gehe nicht in ein Schlachthaus. Und die Büffel auch nicht! Wenn ihr sie schlachten wollt, müsst ihr zuerst mich fressen. Und zwar lebendig.« Drdjuck legte seine Hand auf die Anführerin.

In diesem Moment stürmte eine Horde Mädchen aus dem Betonbau.

»Aljec!«, rief eines von ihnen mit strohblondem Haar. »Führst du lieber die Büffel zur Schlachtbank als mich in dein Haus? Dann muss ich ja deinen hübschen Bruder nehmen.«

Simon lachte auf und schlang einen Arm um sie. Das Mädchen trug ein langes Kleid aus gelbem Stoff, das ihr weit um den Körper schwang und dessen Saum auf dem Boden schleifte und davon schwarz geworden war. Doch in ihrem Gesicht stand wilde Lebensfreude. »Und wer ist deine Braut?«, brüllte sie Drdjuck entgegen. Sie zeigte auf die Anführerin. »Die da? Liebst du eine alte Kuh?«

Drdjuck ließ die höhnische Frage von sich abprallen. »Sie alle«, antwortete er gefasst. »Ich liebe sie alle!«

Die junge Frau reckte den Kopf. »Ach, alle! Deswegen hast du dich wohl so besonders schön gemacht? Ein Festgewand trägst du wie eine Schmeißfliege. Haha! Du willst wohl auch alle von uns haben aus Hugans Haus?« Sie drehte sich in die Runde. »Habt ihr gehört? Der schlammige Hirte will alle! Alle sollen für ihn da sein und in seinen dreckigen Armen liegen. Aber er stinkt wie ein Ungeheuer.«

Ein gellendes Kreischen schlug auf Drdjuck ein. »Zugan beschütze uns! Er stinkt wie ein Ungeheuer.«

Drdjuck drückte sich näher an den warmen Leib der Anführerin. Auf einmal kehrte die Angst in ihn zurück. Hier unter den Menschen waren die Büffel für den Moment chancenlos. Und er? Die Worte der Jäger und jetzt das Geschrei der jungen Frauen drohten seinen Geist erneut einzusperren.

»Ihr werdet mich fressen müssen!«, wiederholte er, bemüht, stark zu klingen. »Und meinen Gestank einatmen!«

»Nur deine Herde, kleiner Junge!«, kreischte das Mädchen im gelben Kleid. »Die riecht wie bepisstes Fleisch. Aber du nicht.

Vielleicht heben wir uns dich ja für später zum Nachtisch auf.« Sie lachte wieder laut auf.

In diesem Moment drang ein neues Geräusch durch die Luft. Es klang wie das Summen eines riesigen Insektenschwarms. Drdjuck konnte nicht ausmachen, woher es kam. Dann sah er, dass die Jäger und die Mädchen die Köpfe hoben und still wurden.

Am Rande des Dachs des Betonkastens erschienen mehrere Jungen.

Sie hielten verschiedenfarbige Trompeten vor den Mündern. Rote und blaue, schwarze und gelbe. Drdjuck erkannte die Instrumente. Es waren Fußballtrompeten, wie man sie in den Stadien benutzt hatte. Das laute Summen füllte den gesamten Platz zu Füßen des Baus. Die Büffel senkten instinktiv die Köpfe. Ihre Hörner richteten sich in die Höhe. Drdjuck presste sich noch enger an den Körper der Anführerin.

Die Menschen um sie herum dagegen richteten sich auf und sahen nun alle zum Dach.

Dort trat jetzt wieder die Gestalt mit dem rosa Hut hervor. Diesmal erkannte Drdjuck, dass sie nicht größer war als die Jungen mit den Tröten und damit möglicherweise auch nicht älter als sie.

Drdjuck erwartete, dass der Junge mit dem rosa Hut wieder zu sprechen begann. Aber nichts dergleichen geschah. Er beobachtete lediglich die Büffel und die Menge unter sich. Und für einen Augenblick schien es Drdjuck, als würde er auch ihn durchdringend anstarren.

Eine plötzliche Kälte breitete sich in Drdjuck aus.

Aber dann wandte sich der Herrscher um und blickte in Richtung der Kirchturmspitze mit den gemauerten Aufbauten. Er griff mit der Hand in einen Beutel, den ihm ein weiterer Junge hinhielt. Und im nächsten Augenblick wehte roter Staub vom Dach in die Luft.

Es sah aus wie vom Wind emporgehobener Wüstensand. Und eindeutig handelte es sich dabei um ein Zeichen. Denn nun wandten sich alle Blicke dem Aufbau des Kirchturms zu, und schlagartig setzten die Jungen die Plastiktrompeten ab.

Eine erwartungsvolle Stille setzte ein. Dann wurde auf der obersten Plattform über dem Kirchturm ein Feuer entzündet. Es brannte hell auf, aus den Flammen begann dichter weißer Rauch zu quellen.

Wie eine Wolke erhob er sich in den Himmel.

»Das Wetter ist mit uns!«, rief das Mädchen im gelben Kleid, das sich eben noch über Drdjuck lustig gemacht hatte, mit jubelnder Stimme. »Das Fest kann beginnen!«

Simon schlug Aljec heftig auf die Schulter. »Die Ähren sind reif«, grinste er. »Habe ich es dir gesagt, oder habe ich es dir gesagt?«

Unter den Jungen und Mädchen setzte schlagartig wildes Gelächter ein. Da hob der Junge mit dem rosa Hut die Hand. Sofort kehrte das Schweigen zurück. »Der Rauch ist weiß. Das Wetter bleibt auf unserer Seite. Und ich ändere meinen Befehl. Das Schlachthaus kann vorerst warten. Und da alle, ausnahmslos alle ...«, er warf Drdjuck einen neugierigen Blick zu, »... mehr oder weniger wohlgeschmückt sind, schwebt mir ein Spiel vor zu aller Freude.« Er zog seinen Hut ab und schwenkte ihn einmal um seinen Kopf. »Aber keine Eile. Ich will die Beute zunächst im Korral haben. Errichtet ihn und dann vergnügt euch. Und bringt mir den Fremden ins Haus. Auch Simon und Ciach kommen zu mir.« Sein Blick fiel auf die junge Frau in dem gelben Kleid. »Sind wir nicht alle Ähren im Wind?«

Das Mädchen senkte den Kopf. Durch ihren Haarschleier hindurch sah sie Simon bedauernd an.

Ohne ein weiteres Wort drehte sich der Junge mit dem rosa Hut um und verschwand von der Dachkante.

Seine Worte lösten reges Treiben aus.

Die jungen Frauen und Männer jubelten und setzten sich alle zusammen in Bewegung. Sie liefen auf ein flaches Gebäude dicht neben dem Betonbunker zu und öffneten dort mehrere nebeneinanderliegende Tore. Quietschend wurden sie in die Höhe gestemmt. Dahinter sah Drdjuck eine große Garage, in der rote Feuerwehrwagen standen. Er hatte seit langer Zeit kein Auto mehr gesehen. Dann bemerkte er, dass auch diese hier nichts anderes zu sein schienen als die Wracks im Garten seines ehemaligen Nachbarn. Denn sie wurden nicht hinausgefahren, sondern von einigen Jägern, den Mädchen und ein paar Jungen ins Freie geschoben. Nun verstand Drdjuck auch, was der Junge mit dem rosa Hut gemeint hatte, als er von einem Korral gesprochen hatte.

Gemeinsam schoben die Stadtbewohner die schweren Feuerwehrwagen in einem Kreis um ihn und die Herde.

Sie bauen einen Zaun, dachte Drdjuck.

Als Nächstes wurden die Dächer und Motorhauben der Wagen mit Autoreifen belegt, die weitere Hände aus der Garage rollten. Drdjuck verstand nicht, wozu das dienen sollte. Gehörte das zu den seltsamen Schmuck- und Verkleidungsritualen dieser Menschen? Dann aber trugen die Jungen aus dem hinteren Teil der Garage eilig große Stapel an Büchern herbei, die sie in die Reifen häuften.

Feuerstellen, schoss es Drdjuck durch den Kopf.

Er hatte sich nicht geirrt.

»Rein da mit ihnen!«, rief Ciach Drdjuck zu. Der Befehlshaber grinste, als er bemerkte, dass Drdjuck sich zwischen die Büffel drückte. »Den Viechern passiert nichts. Dies ist nur ihre Weide für den Moment. Eine Weide ohne Futter, zugegeben, also eben nur ein sicheres Gehege. Aber wenn sie nicht von selbst ins Feuer springen, werden sie nicht gebraten, und niemand kommt ihnen zu nahe!«

Drdjuck starrte Ciach an.

»Verlass dich drauf, niemand wird hier gefressen, ehe Tugan es nicht befiehlt. Und du kommst mit! Du hast gehört, was Qugan gesagt hat. Er will dich sehen.«

Der scharfe Blick, den der Junge von der Dachkante auf ihn gerichtet hatte, lief Drdjuck plötzlich wie ein kalter Strahl durch den Brustkorb. Er umarmte die Anführerin. »Ich werde mit ihm gehen«, flüsterte er ihr zu. »Ihr werdet jetzt eingesperrt. Der Zaun heißt, dass sie nicht zu euch können. Ihr könnt nicht fort, aber sie werden euch auch nichts antun. Hab keine Angst vor dem Feuer.« Drdjuck dachte intensiv an Flammen, stellte sie sich vor, spürte ihre Hitze, sendete das Bild an die Anführerin und stellte sich dann zwischen sie und die Flammen.

Sie wandte ihm ihr rechtes Auge zu, darin stand große Geduld.

Drdjuck streichelte sanft über ihre Schnauze. Er sah zum Kälbchen. Es stand da und sah die Menschen vor sich an. Aber sein Blick richtete sich auf niemanden. Drdjuck drehte sich um und ging durch die letzte Lücke zwischen den Autos aus dem Korral. Die Stadtbewohner schoben sie zu.

Ciach nahm Drdjuck ausdruckslos in Empfang.

Durch den neu errichteten Korral hatte sich die kalte Geometrie des Ortes noch verstärkt. Der Ring aus kaputten roten Feuerwehr-wagen, der eckige Betonklotz und die umliegenden Ruinen bilde-ten enge Muster, zwischen denen tote Leere herrschte. Alleine die Herde, die sich aneinanderdrängte, während um sie herum die Feuer in den Autoreifen entzündet wurden, wirkte lebendig.

Und sie ist in Gefahr, dachte Drdjuck.

Denn die Menschen wirkten wie aufgezogen, unruhig, hastig und übertrieben heiter.

Er versuchte seine Furcht zu unterdrücken.

»Was will dieser Junge von mir?«, fragte er Ciach.

»Das wird dir Dugan selbst sagen, niemand spricht für ihn«, erwiderte Ciach. »Und du nennst ihn besser beim Namen!« Ciach winkte Simon zu sich. »Und du«, er sah zu Aljec, »kommst auch mit und passt in Mugans Haus auf den Hirtenjungen auf.«

Aljec sah zu der jungen Frau in ihrem gelben Kleid. Sein Blick war sanft und einsam.

»Du wirst gehorchen!«, entgegnete ihm Ciach. »Und wir«, fuhr er zu Simon gewandt fort, »stehen Gugan Rede und Antwort.«

»Sugan weiß, was er tut«, erwiderte Simon. »Und ich später auch!«

Er grinste seinen Bruder an und winkte dem Mädchen im gelben Kleid zu, ehe er Ciach folgte.

Mugans Haus

Das Innere des Gebäudes, das Drdjuck hinter Ciach und Simon betrat, während Aljec sich mürrisch an seiner Seite hielt, verströmte einen anderen Geruch als die Stadt und die Straßen. Es roch weniger giftig und eher nach kaltem Stein und feuchten Mauern. Gleichzeitig wirkte es auf Drdjuck leblos wie ein Fels, der niemals fließendes Wasser in sich gespürt oder Sonne in seine Poren aufgenommen hatte. Drdjuck fühlte den harten, unnachgiebigen Boden unter seinen nackten Füßen. Das ganze Gebäude bestand aus Beton.

Der Schlamm, mit dem er sich eingerieben hatte, war getrocknet und lag inzwischen in einer harten, abbröckelnden Schicht auf seiner Haut. Aber er kümmerte sich nicht darum. Sein Schmuck war sein Schmuck, und er würde ihn mit Würde tragen, bis er abfiel.

Hier drinnen war es viel dunkler als draußen. Doch Drdjucks Augen gewöhnten sich schnell an den Wechsel.

Sie standen in einer riesigen, sehr hohen Halle, die bis unter das Dach des Gebäudes zu reichen schien. Zur Rechten und Linken führten hohe rechteckige Öffnungen in dahinter verborgene Räume, aus denen noch tiefere Dunkelheit in die Halle drang. Das schwache Licht rührte von einem Spalt in der Decke, durch den das letzte Abendlicht drang. Einige weitere Lichtquellen bildeten ein paar funzelige elektrische Birnen, die an den Wänden verteilt waren. Sie sandten ein diffuses, immer wieder ersterbendes und dann neu aufflackerndes Licht in den Raum.

Zu der Spalte im Dach führten im hinteren Teil der Halle breite graue Stufen ohne jedes Geländer an den Seiten. Rechts und links davon reichte die Halle noch weiter nach hinten, doch Drdjucks Blick drang nicht bis dorthin vor. Nur aus dem Dunkel rechts von der Treppe hörte er ein regelmäßiges schleifendes Geräusch. Woher es kam, war aber ebenfalls nicht zu erkennen.

Es war kein Mensch zu sehen.

Ciach schien den Weg, den er durch die Halle wählte, nicht zum ersten Mal zu gehen. Er lief sicher und ohne zu zögern direkt auf die kahlen Stufen zu. Simon folgte ihm.

Drdjuck konzentrierte sich ganz auf die Wahrnehmung seines Körpers und achtete besonders auf seine Füße, um sich nicht zu verletzen. Er folgte den Jägern. Es fiel ihm nicht schwer, mit ihrem Schritttempo mitzuhalten. Auch wenn die harte Geometrie des Ortes und seine dunkle Kälte ihn verunsicherten.

Aljec hielt sich nun etwas hinter ihm.

Als Ciach die erste Stufe erreicht hatte, blieb er stehen. Auch jetzt folgte Simon seinem Beispiel. Dann ertönte ein lautes Summen, und in der Spalte zum Dach erschienen die Jungen, die Drdjuck zuvor an der Dachkante ihre Plastikinstrumente spielen gesehen und gehört hatte. Sie spielten auch hier drinnen. Plötzlich tauchte zwischen ihnen die Gestalt mit dem rosafarbenen Hut auf. Sie trug, wie Drdjuck jetzt erkannte, einen langen Mantel und zerteilte die Instrumentenspieler leicht wie ein Messerschnitt, ohne dass es aussah, als hätten sich die anderen zur Seite bewegt. Der

Junge schwebte beinahe durch sie hindurch. Drdjuck schüttelte den Kopf. Schwebte er tatsächlich?

Kurz darauf erkannte Drdjuck, wo der Effekt herrührte. Der Herrscher mit den vielen Namen stand reglos auf einer Platte oder Planke, die vom Dach herein in die Halle geschoben oder gerollt wurde. Drdjucks scharfe Augen erkannten die Bewegung. Das Geräusch, das diese ganz sicher verursachte, blieb aber unter dem lärmenden Gesumm der Plastiktrompeten verborgen.

Das letzte Abendlicht beschien den rosa Hut auf dem Kopf der Gestalt.

Das Summen wurde lauter.

Aus dem Dunkel rechts neben der Treppe traten zwei weitere Gestalten, die einen kleinen Scheinwerfer trugen, dessen Strahl sie jetzt auf den Herrscher richteten.

Drdjuck erkannte, dass der Junge wirklich nicht älter als er selbst war, wenn überhaupt. Er hatte glasgrün schimmernde Augen und glatte, ebenmäßige Züge. Sein Haar war unter dem Hut verborgen. Die Augenbrauen waren schmal wie dünne Vogelfedern.

Ciach trat auf die erste Stufe und verbeugte sich. Über die vielen Stufen hinab nickte der Herrscher ihm zu. Dabei bewegte sich sein schwerer Mantel, der, wie im Licht des Scheinwerfers zu erkennen war, aus vielen verschiedenen Fetzen zusammengenäht zu sein schien. Er sah aus wie ein wilder Flickenteppich, fast wie das Gewand eines Harlekins, wie Drdjuck früher einmal in einem Zirkus gesehen hatte.

Ciachs Stimme unterbrach seine Erinnerung, als er jetzt leise zu sprechen begann. »Tugan, die Jäger erbitten Schutz in deinem Haus.«

Statt einer Antwort richtete die Gestalt ihren Blick auf Drdjuck. Drdjuck sah ein glutloses Feuer in den Augen des Jungen. Sie strahlten hellgrün ohne Kern, durchdringend und zugleich ohne etwas über ihren Besitzer zu verraten.

»Ist er ein Wetterfühliger?«, hörte Drdjuck das erste Mal die Stimme des Jungen aus der Nähe. Sie war glockenhell. »Hat er nicht nur diese Herde gerettet, sondern auch euch? Ihr seid aus einem dunklen Sturm gekommen. Das Wettermädchen hat es mir gesagt. Sie war sich nicht sicher, ob ihr überhaupt zurückkehren würdet.«

Der Junge sprang plötzlich leichtfüßig die Treppe herunter.

Er ging auf Ciach zu, legte ihm eine Hand auf die Schulter und nickte. »Der Schutz ist gewährt.« Dann ließ er Ciach stehen und wandte sich, ohne Simon oder Aljec eines Blickes zu würdigen, Drdjuck zu, der ein paar Schritte zurückgeblieben war. Der Hut saß quer auf seinem hellen Lockenhaar, das unter dem Hutrand hervorquoll, wie Drdjuck jetzt sehen konnte.

»Bist du ein Wetterfühliger?«, fragte er neugierig. »Hast du meinen Jägern den Weg aus dem Sturm gezeigt? Weg von dem Fluss? Er ist doch sicher über die Ufer getreten! Simons Lehrerin hat es mir gesagt. Und Simon selbst wird es ja auch gewusst haben.«

Simon holte Luft, als der Junge mit dem rosa Hut ihm eine Hand auf die Schulter legte. »Ja, bravo! Der Hirte hat euch gerettet, und du warst klug genug, ihm zu folgen. Man muss immer erkennen, wer stärker ist.« Er zog seine Hand zurück und sah wieder zu Drdjuck. »Wie heißt du?«

Drdjuck sah den Jungen an.

Der Hut aus verwaschenem rosa Stoff glänzte noch heller über dem schmalen, wie geschmiedet wirkenden Kopf, als sich das Scheinwerferlicht jetzt gezielter auf ihn richtete. »Dies ist mein Haus, und du bist willkommen hier.« Der Junge lächelte. In seinen Augen glomm etwas auf. »Und du musst müde sein. Die Herde, meine Jäger auf der Jagd nach dir, und du rettest sie … Das war sicher sehr anstrengend. Und trotzdem hast du nicht vergessen, dich unseren Bräuchen gemäß zu schmücken. Du kennst also nicht nur das Wetter. Du weißt auch, der geschmückte Mann verrät viel über sich und ehrt seine Gastgeber. Man sieht ihn schon von Ferne, und das bedeutet große Kraft, denn obwohl er sich nicht versteckt, überlebt er. Also ist er der beste Kämpfer. Wie der Löwe mit seiner Mähne. Oder der Hahn mit seinem roten Kamm. Und natürlich der edle Pfau im Königsgewand.«

Er trat eine weitere Stufe herab. Dabei schwang der Mantel um seine Beine. In diesem Moment erkannte Drdjuck, woraus das Kleidungsstück gemacht war.

Es waren keine Stoffffetzen. Er bestand aus Tausenden verschiedenen Leder- und Fellstücken, schwarz, gelb, weiß und rot, ocker und sandfarben. Drdjuck erkannte Tierohren, bunte und einfarbige Federn, schillernde Echsenhaut, Schuppen, Zähne und Krallen, pfotenförmige Ausbuchtungen, leere Augenhöhlen, Zungen und andere knorpelartige in den Mantel eingenähte Stücke.

Farben und Formen wechselten sich ab und flossen nahezu hypnotisch ineinander. Es waren zerstörte Formen, neu zusammengefügt zu einem Herrscherkostüm.

Drdjuck dachte an Federschmuck, goldene Litzen auf Uniformen, dunkle Anzüge, Krawatten und Einstecktücher, blutrote Nadeln, Orden, Insignien der Macht.

»Es sind erfahrene Jäger, die du nach Hause geführt hast«, sagte der Junge auf den Stufen vor ihm sanft. »Aber wer bist du? Hast du einen Namen?«

Drdjuck sah wieder auf.

Der Herrscher sah ihn gelassen an. In seinen Augen glomm ein geduldiges Licht.

»Und woher stammen die Büffel?«

Drdjuck verharrte. Er wusste, er musste bald sprechen. Aber noch nicht.

Der Junge nickte. Sein rosa Hut wippte dabei, und sein Mantel öffnete sich für einen Moment vor der Brust und gab den Blick auf ein himmelblaues, sehr sauberes Hemd frei. »Du musst es meinen Jägern verzeihen, dass sie dich mitgenommen haben. Wir leben in schlimmer Not hier. Alle haben seit Monaten fast nur Blätter, Gras, Ratten und Maden gegessen. Es gibt kaum noch Nahrung. Ich nehme an, du weißt nicht, wo du bist?«

Drdjuck schüttelte den Kopf.

»Die Männer und Frauen nennen es großzügigerweise mein Haus, aber früher hieß der Ort Doubthead, so wie der Besitzer der ersten Farm, die auf diesem Land errichtet wurde. Mein vielfacher Urgroßvater, der alte Zahn.«

Zahn!, hätte Drdjuck fast gerufen.

Der Junge lächelte. »Du hast dich nicht verhört.«

Aber ich habe nicht gesprochen, dachte Drdjuck.

»Du musst nichts sagen.« Der Junge sah Drdjuck in die Augen. »Jeder denkt dasselbe, wenn er den Namen hört. Zahn Doubthead, das vergisst man nicht mehr.«

Drdjuck nickte, ohne es zu merken.

Der Junge wandte sich an Ciach. »Hat euer Retter einen Namen? Ist er stumm?«

»Er kann sprechen, Bugan«, antwortete Ciach. Dann zuckte er die Schultern. »Ob er einen Namen hat, weiß ich nicht. Ich wusste nicht, ob er leben wird. Ich habe ihn nicht gefragt.«

»Dann frag ihn jetzt.«

»Ja, Gugan.« Ciach drehte sich zu Drdjuck. »Hast du gehört, Hirte! Pugan will deinen Namen wissen.«

Der Junge mit dem rosa Hut sah Drdjuck durchdringend an.

Drdjuck brach sein Schweigen. »Wir waren in Sicherheit. Aber deine Jäger haben uns eingesperrt. Und weil sie nicht aufmerksam waren, wären wir alle gestorben.«

»Ja, das habe ich schon gehört«, nickte der Junge mit dem rosa Hut.

»Ich heiße Drdjuck«, sagte Drdjuck laut und sah den Jungen an. »Es ist meine Herde, und ich muss mich um sie kümmern. Sie sind eingesperrt, und das Feuer dörrt ihnen die Kehlen aus. Ich brauche Wasser.«

Der Junge mit dem rosa Hut lachte auf. »Es gibt jede Menge Wasser. Aber es ist in den Schächten. Und was alles in diesem Wasser ist, weiß niemand. Du kannst es probieren – aber das kann tödlich sein.«

»Dann brauche ich Gras«, sagte Drdjuck. »Sie können Gras fressen und gewinnen daraus Wasser.«

Der Junge nickte. »Es gibt auch Gras, Drdjuck. Aber das Gras wächst über den Schächten, und es ist nicht gesagt, dass es weniger giftig ist.«

»Und was trinkt ihr?«, entfuhr es Drdjuck.

Der Junge wies zum Dach des Gebäudes. »Wir haben Zisternen. Aber nur für die Menschen im Schutz meines Hauses. Und die Frage ist, begehrst du den?« Er rieb sich über die Augen. »Du kannst also sprechen!«, fuhr er dann fort. »Sprechen und fragen und fordern. Und du bist ein wetterfühliger Wanderer. Du hast deine Herde gerettet und meine Jäger, die euch allerdings zuvor in eine gute Falle gelockt hatten. Eigentlich seid ihr alle also schon tot.« Er hob eine Hand. »Ja, allerdings wären das auch meine Jäger, ich weiß. Ihr saßt alle zusammen in derselben alten Falle. Weißt du, dass es sie schon seit sehr langer Zeit gibt? Lange vor den

Wettern haben Pferdejäger dort ganze Mustangherden in den Canyon getrieben und den Hohlweg versperrt. Das wusstest du nicht, oder?«

Drdjuck antwortete nicht. Ciach hatte ihm das auch schon gesagt. Aber er verstand erst jetzt vollständig, warum die Jäger sie dort gefunden hatten. Es war eine alte Falle, die viele Menschen gekannt hatten.

»Und um deine nächste Frage zu beantworten«, fuhr der Junge mit dem rosa Hut fort. »Wir haben genug Wasser für die Menschen, denen wir Schutz bieten. Denn es kommt viel Sturmwasser hier herab. Unsere Zisternen fangen genug davon auf. Und wir ertrinken deswegen nicht in diesem Kessel, weil der Großteil der Wassermassen in die alten Minen läuft. Das Wasser mischt sich dort nur leider mit dem Gift, von dem die Minen voll sind. Und mit dem Wasser dringt es auch in die Pflanzen. Deswegen gibt es hier nur wenig zu essen. Aber dafür ist mein Haus der sicherste Ort, so weit dein Auge reicht. Die Menschen nennen es, wie gesagt, nach mir. Früher war es ein Bunker. Ein Schutzgebäude, als Menschen diese Minen für sich allein wollten, obwohl sie sie nicht gebaut hatten, nicht davon lebten und nicht in ihnen starben. Wie zum Beispiel Großvater Zahn. Darum hat er diesen Bunker erbauen lassen. Er ist aus bestem Beton. Er hat der Geldgier standgehalten, und er hält Stürmen stand. Drdjuck, ich denke, jetzt verstehst du sicher alles besser?«

Die Stimme des Jungen war Wort für Wort heller und kühler geworden. Und mit jedem Wort merkte Drdjuck, dass es eine eindringliche Stimme war, die einem tief in den Kopf fuhr.

Mit einer mühelosen, kaum wahrnehmbaren Bewegung sprang der Junge mit dem Hut ein Stück die Treppe hinauf. Es sah fast aus, als tanzte er.

Drdjuck spürte Schwindel. Er verankerte seine Füße fester im Boden. Es fiel ihm schwer, auf dem kalten Beton und der künstlichen Feuchtigkeit, die das Bauwerk ausströmte, den Kontakt zur Erde zu halten. Er konzentrierte sich auf die Anführerin und die Herde. Doch er konnte sie von hier drinnen nicht spüren. Das Licht an der Decke flackerte.

Der Junge mit dem rosa Hut lächelte. »Du willst sicher auch wissen, wie ich heiße?« Er bewegte sich ein Stück zur Seite. »Ich trage alle Namen«, sagte er dann. »Und bin frei, auf keinen zu hören. Aber um es den Menschen nicht zu schwer zu machen, dürfen Sie ein Stück meines Namens mit einem immer wechselnden Buchstaben davor benutzen. Nur nicht zweimal denselben. Das fällt ihnen leichter.«

Etwas Derartiges hatte Drdjuck noch nie gehört. Und wahrscheinlich war es klug, sich nicht weiter darum zu kümmern. Er schüttelte leicht den Kopf.

Der Junge mit dem rosa Hut lachte auf.

»Du wirst es lernen.«

Drdjuck schüttelte den Kopf kräftiger.

»Wenn du mich zweimal beim selben Namen nennen willst, versuch es. Dann bekommst du ein weißes Gewand, und ich schicke dich alleine hinaus aus meinem Haus.«

Die atemlose Stille, die sich in diesem Moment in dem großen Raum ausbreitete, war erdrückend. Ohne hinzusehen, nahm Drdjuck war, dass jeder im Raum ihn anstarrte. Selbst das Licht in den elektrischen Glühbirnen schien zu reagieren, denn plötzlich flackerte es hell auf und erlosch dann kurz. In die schwarze Stille hinein drang ein Geräusch. Es war ein Geräusch, wie Drdjuck es sehr lange nicht mehr gehört hatte. Das leise Sirren der sich drehenden Felge eines Fahrrades.

Drdjuck wendete ruckartig den Kopf zur Seite. Das Sirren kam aus der Dunkelheit rechts hinter den Stufen. Es klang, als führe dort jemand auf der Stelle Fahrrad. Mit schweren, gutmütigen Tritten, nicht auf der Flucht vor etwas, nicht auf dem Weg zu etwas, nur tretend, tretend …

Dann flackerte das Licht wieder auf.

»Was ist da?«, fragte Drdjuck den Jungen mit den vielen Namen direkt ins Gesicht.

Das Gesicht des Jungen war vollkommen reglos. Er sah Drdjuck an – und schwieg.

»Wie sprichst du ihn an?« Ciachs Worte klangen fast wie ein Bellen. »Wie hast du ihn anzusprechen?«

Drdjuck lauschte. Ein Teil seines Wesens ging in die stille Zone über, und im nächsten Augenblick nahm er einen dunkelroten Schatten in der dunklen Ecke wahr, der sich gleichmäßig und ruhig bewegte. Drdjuck fühlte sich auf unergründliche Weise von ihm angezogen.

Das Rad sirrte weiter.

»Ich habe dich etwas gefragt!« Ciachs Hand schoss vor und packte Drdjuck am Nacken.

Aber Drdjuck hatte die Bewegung in der stillen Zone kommen gespürt. Er wich Ciachs Hand mit einer leichten Bewegung aus, sodass dieser ins Leere stolperte. Unsanft landete der Jäger vor seinem Anführer auf dem kalten Betonboden der Bunkerhalle.

Ciach aber war auch schnell. Er fuhr herum und sprang auf, alles in einer einzigen Bewegung. Bebend stand er vor Drdjuck. »Du nennst Fugan beim Namen, du nennst Kugan niemals nur bei einem Namen. Du nennst Zugan beim Namen und Tugan entscheidet, ob er dich gehört hat. Und wenn nicht, bekommst du dein weißes Gewand.«

Drdjuck blickte durch Ciach wie durch Luft. Dahinter stand der Junge mit den vielen Namen, der auf keinen hören wollte. Sein rosa Hut leuchtete schwarz, und in seinen grünen Augen glomm es gefühllos. Und plötzlich wurde es Drdjuck klar. »Darum habt ihr Licht«, sagte er leise. »Ihr lasst euch Licht machen. Ein Fahrrad mit einem Dynamo. Jemand tritt es für euch.«

»Aber ja«, ließ sich der Junge mit dem rosa Hut vernehmen. »Es funktioniert ohne Benzin, und wir haben Energie. Erinnerst du dich an die Hamster im Rad oder Arbeiter an Fließbändern?« Er lachte. »Irgendeinen Sklaven gibt es immer. Und dies ist meiner. Er ist zu uns gekommen, er wollte essen. Also habe ich ihm Schutz in meinem Haus gegeben und auf das Rad geschnallt. Er macht seine Sache gut. Aber das ist nicht deine Sache. Dies ist mein Licht, mein Haus, meine Entscheidung, es sind meine Jäger und …«, er sah Drdjuck fast gelangweilt an, »meine Herde, wenn du keine bessere Idee hast, als was ich bisher von dir gehört habe.«

Drdjuck hörte die Worte und kehrte aus der stillen Zone zurück in die Betonhalle.

»Ich und die Herde, wir sind unsere eigenen Bestimmer«, sagte Drdjuck.

»Das ist ein schöner Gedanke«, entgegnete der Junge. »Aber du darfst mir glauben, dass alle Bewohner meines Hauses großen Hunger haben. Ich habe sie davon abgehalten, die Tiere sofort zu töten, zu zerlegen und zu braten. Ich wollte erst mit dir sprechen. Schließlich bist du ihr Hirte. Ich weiß, du trägst die Verantwortung. Und ich vermute, du liebst sie.« Die Stimme des Jungen mit dem rosa Hut blieb gleichgültig bei diesen Worten. »Du weißt jedoch, auch ich trage Verantwortung. Für jeden hier. Für jeden in diesem Haus. Für die jungen Frauen. Für die Jäger. Für den Energiesklaven. Und auch für dich.« Er sah Drdjuck bedauernd an.

Sein Kopf unter dem Hut schien dabei über den Stufen zu schweben. »Alle, die in meinem Schutz leben, haben Hunger. Alle müssen essen. Alle sind lebendige Wesen. Auf welches Leben aber nimmst du keine Rücksicht? Auf alle, die hier in meinem Haus leben! Und da es jetzt gilt: deine Herde oder meine Menschen – wirst auch du lernen, dass es Prioritäten zu setzen gilt. Komm, ich zeige sie dir.«

Der Junge mit dem rosa Hut lief leichtfüßig die Stufen hinab durch die Halle auf das Tor zu.

»Hirte!«, rief er dann, als er am Eingang angekommen war. »Übel riechender Hirte! Du sagst, nichts sei dir wichtiger als deine Herde. Nicht ich, nicht Ciach, keiner der Jäger, nicht der Energiesklave auf dem Fahrrad. Das verstehe ich. Niemand ist dir so nah wie dein eigenes Leben, und da beziehst du deine kleine Büffelherde mit ein. Aber ist nicht genau daran die Welt zugrunde gegangen? Die Stürme, die Feuer, die Fluten, die Dürren, haben sie sich nicht alle genau daran entzündet, sich daraus erhoben, wutentbrannt?! Dass jeder nur immer alles für sich wollte. Alle lebten wir für das Geld, und für das Geld sind wir alle gestorben. Und jetzt bringst du etwas, von dem du wieder nichts abgeben willst?«

Der Junge mit dem rosa Hut sah über den Platz, auf dem die Bewohner der Stadt um die Feuer herum saßen oder tanzten.

»Wen kannst du überhaupt beschützen, Drdjuck? Ich muss alle beschützen in meinem Haus und meiner Stadt. Ich brauche Nahrung, und ich tue, was ich tun muss. Du willst deine Herde beschützen. Gut, vielleicht ist deine Herde stark. Vielleicht hilft sie dir. Vielleicht ist sie aber auch schwach und steht in einer Reihe mit den Opfern, die dem Leben gebracht werden müssen. Das kannst du allein nicht entscheiden. Es sei denn natürlich, du kannst sie auch allein beschützen.«

Drdjuck ging nun auch zum Eingang zurück. Sofort war Aljec dicht hinter ihm.

»Wenn ihr sie angreift, müsst ihr mich zuerst töten«, sagte Drdjuck zu dem Jungen mit dem rosa Hut.

»Aber nein«, antwortete dieser. »Ich greife niemanden an, ich schütze nur. Was uns angreift, ist das Wetter. Das Wasser, der Sturm, die Kälte, das Feuer … Und ich sage dir, wenn du deine Herde davor schützen kannst, dann verfügst du über die notwendigen Gaben. Dann werde ich dir vergeben, dass du versuchst, mich nicht beim Namen zu nennen. Es ist mein Haus, vergiss das nicht. Wenn du es allerdings nicht kannst, sollte nichts dagegensprechen, diese Herde zur notwendigen Gabe des Lebens für andere zu machen.«

Drdjuck verstand nicht, was der Junge genau damit sagen wollte.

Doch im selben Moment lachte Ciach auf. »Der Weg der Prüfungen!«, rief er. »Du willst ihn auf den Weg der Prüfungen schicken, Wugan.«

»Sind wir nicht alle auf dem Weg der Prüfungen?«, antwortete der Junge mit dem rosa Hut. Dann trat er hinaus vor den Bunker.

»Der fremde Hirte macht sich mit seiner Herde auf den Weg der Prüfungen!«, rief er laut. »Besteht er ihn, dann beweist er damit sein Recht auf Überleben. Besteht er ihn nicht, erhält er ein weißes Gewand.«

Spielbälle

Die Feuer auf den Autowracks brannten noch genauso wie vorher, doch der Himmel darüber war dunkel geworden. In die Dunkelheit mischten sich Flammen und Qualm. Und der üble Geruch, der durch die Straßen der Stadt waberte, nahm zu, woher auch immer er kommen mochte. Es roch nach Tod und Gift.

Ciach, der Drdjuck zusammen mit Simon und Aljec wie einen Gefangenen in die Mitte genommen hatte, bemerkte, dass Drdjuck die Nase rümpfte. »Erze und Metalle. Und Chemie, mit der man sie abgebaut hat«, erklärte er. »Wir wissen nicht, was hier früher gefördert wurde. Die Minen sind jedenfalls riesig. Aber der Gestank ist der Preis für unser Überleben.«

»Genau!«, grinste Simon. »Die verdammten Löcher beschützen uns nämlich vor den Überschwemmungen. Sie saugen das Wasser auf wie ein Schwamm, wenn es vom Himmel stürzt oder angerast kommt. Wir leben auf einem giftdurchtränkten Riesenschwamm.« Er lachte und spähte dabei in die Menge, die vor den Stufen des Bunkers versammelt stand.

Neben ihm tat Aljec das Gleiche.

Drdjuck war sofort klar, wonach sie Ausschau hielten. Ohne es sich gegenseitig anmerken zu lassen, suchten die beiden Brüder nach dem Mädchen im gelben Kleid, das sich bei ihrer Ankunft über Drdjuck lustig gemacht hatte. Beide zog es zu ihr, und Drdjuck konnte spüren, dass es sie unruhig machte, ihn bewachen zu müssen, anstatt zu ihr gehen zu können.

Auch Drdjuck hielt Ausschau. Hinter den Flammen und den zusammengeschobenen Feuerwehrwagen konnte er die Herde nur undeutlich ausmachen. Aber sein Herz klopfte erleichtert, als er sah, dass der Anführerin und ihrer Herde offenbar nichts weiter geschehen war. Die Menschen der Stadt hielten sich an die Befehle des Jungen mit dem rosa Hut.

Einige von ihnen standen allerdings dicht bei den Autowracks und starrten die Büffel mit hungrigen Augen an. Doch es war klar, dass sie nicht von allein losstürmen und sie angreifen würden. Noch war es nur ein Begaffen, eine Mischung aus Hunger und dem Geruch nach Speichel, der einer Art, die eine andere zu fressen gewohnt war, im Mund zusammenlief. Die meisten Bewohner aber standen abgewandt von der Herde in kleinen Gruppen zusammen und sprachen und lachten miteinander. Es herrschte eine ausgelassene, vorfreudige Stimmung.

Drdjuck spürte die Erwartung, die in der Luft lag. Die Ankündigung des Jungen mit dem rosa Hut hatte sie deutlich geschürt. Was auch immer es hieß, ein weißes Gewand zu bekommen, es versetzte die Menge in zusätzliche Aufregung. Doch warum das so war, konnte er später herausbekommen. Drdjuck wandte sich Ciach zu. »Ich will zur Herde.«

»Keine Angst, Hirte, ihr kommt gleich wieder zusammen.« Ciach verzog keine Miene, aber Drdjuck hörte in seiner Stimme einen höhnischen Klang.

Was hatte der Junge mit dem rosa Hut gemeint, als er der Menge zugerufen hatte, ihm schwebe ein Spiel zur allgemeinen Freude vor? Und wie konnte er selbst Ciach und seine beiden Jäger dazu bringen, ihm mehr von der Stadt zu erzählen? Diese Menschen waren schwer zu durchschauen. Sie lebten nach Regeln, die Drdjuck fremd waren.

Seine Großmutter fiel ihm ein.

»Ohne Frage keine Antwort«, hatte sie einmal vor sich hin gemurmelt, als sie dem Nachbarn dabei zugesehen hatte, wie er neuen Müll in eines seiner Autowracks stopfte.

Drdjuck hatte neben ihr gestanden und laut gesagt, was er dachte: »Das stimmt doch gar nicht! Wir sehen doch, was er macht. Er sammelt Müll und steckt ihn in seine Autos. Was muss man da noch fragen?«

Seine Großmutter hatte erst den Kopf gewiegt, um ihn dann energisch zu schütteln. Der graue Haarkranz an ihrem Hinterkopf, den sie jeden Morgen sorgfältig zusammensteckte, hatte dabei gewippt wie ein Vogelnest auf einem Ast. »Nun ja«, hatte sie gemeint. »Aber wie steigt man im eigenen Kopf über einen Zaun?«

»Welchen Zaun?«, hatte Drdjuck gerufen.

»Ich frage mich, Drdjuck, warum unser Nachbar diesen ganzen Müll sammelt. Alles, was von Menschen gemacht wurde, hebt er auf und nimmt es mit. Warum sammelt er nicht lieber Früchte oder pflückt Blumen oder geht spazieren?« Und noch ehe Drdjuck darauf eine Antwort eingefallen war, hatte sie hinzugefügt: »Ich denke, es geht um Besitz. Er will all diese Dinge haben, auch wenn andere sie weggeworfen haben. Er will auch etwas haben. Egal ob es nur kaputtes Zeug ist, zumindest besitzt er auf diese Weise etwas. Aber ob ich mit meiner Vermutung richtigliege, kann nur er mir beantworten, fürchte ich.« Und dann hatte sie dem Nachbarn zugerufen: »He, sag mal … brauchst du das alles, findest du es schön?«

Der Nachbar hatte sie nur stumm angeschaut. Er hatte keine Antwort gegeben. Stattdessen hatte er noch ein zerfleddertes Buch in das Auto gestopft und war dann im Haus verschwunden. Er tat einfach, was er tat. Er sagte nichts dazu und fragte sich auch vielleicht nichts. Der Zaun im Kopf. Da hatte Drdjuck ihn verstanden.

Plötzlich hatte seine Großmutter gelacht und Drdjuck gefragt: »Warum reden wir uns öfter etwas ein als etwas aus, nicht wahr?«

Mit dieser Erinnerung fiel Drdjuck etwas auf: In der gesamten Menge war kein einziger Mensch so alt wie sein ehemaliger Nachbar oder seine Großmutter.

Im Gegenteil, hier waren alle jung.

So viele Fragen ohne Antworten. Er musste die richtige Frage stellen, um auch eine Antwort darauf zu erhalten. Es kam auf einen Versuch an. »Warum ist euer Anführer so jung?«

Ein Auflachen Aljecs war die Folge. »Hast du hier irgendeinen Alten gesehen?«, fragte er zurück.

Drdjuck schüttelte den Kopf. »Nein.«

»Na, siehst du!«, sagte Aljec. »Es gibt hier keine. Es gibt nur uns.«

»Warum?«, wollte Drdjuck wissen.

»Weil Wugan es so will«, brummte Simon.

»Das ist falsch«, widersprach Ciach. »Nugan will es nicht nur einfach. Er hat recht damit! Es hat einen Grund. Und das weißt du. Wir alle wissen es. Mehr Leute als uns können wir nämlich nicht ernähren. Und darum: keine Alten!«

»Ja«, murmelte Aljec. »Sugan wollte sie aber auch nicht mehr sehen. Er erträgt sie nicht. Deswegen hat er sie weggeschickt.«

Drdjuck spürte, dass etwas in dem Jüngeren der beiden Brüder arbeitete.

»Aber er hat recht«, wiederholte Ciach energisch. »Wer hat uns dieses Leben schließlich eingebrockt?«

»Die Alten, unsere Eltern«, antworteten Aljec und Simon wie aus einem Mund. Die Worte klangen, als hätten die beiden sie auswendig gelernt. Für eine Sekunde tauchte der Junge mit dem rosa Hut vor Drdjucks innerem Auge auf, wie er sie laut und eindringlich vorsagte.

»Hat Rugan also recht?«, beharrte Ciach.

»Er hat recht«, sagten die Brüder.

»Aber wo sind sie denn dann alle hingegangen?«, fragte Drdjuck.

Simon zuckte mit den Schultern. »Ein paar sind in die Hitze gelaufen. Ein paar im Wasser gelandet. Tugan hat ihnen das Tor zu seinem Haus eben nicht mehr geöffnet.«

»Wir alle waren das!«, stellte Ciach nachdrücklich richtig. »Wir haben den Bunker für uns genommen, weil Gugan es geschafft hat, ihn für uns zu öffnen. Wir haben die Türen geöffnet und sie dann wieder hinter uns geschlossen. Und als sie das nächste Mal offen standen, war draußen keiner mehr da.«

»Wie überall, oder?«, fragte Aljec. Er sah Drdjuck an.

Drdjuck dachte an seine Eltern. Er versuchte, nicht zu oft an sie zu denken, genau deswegen, um nicht vor sich zu sehen, wie das Wasser sie mitgenommen hatte. Nur seine Großmutter war seltsamerweise in seiner Vorstellung immer lebendig geblieben. Sie war irgendwie nicht totzukriegen und lebte einfach in ihm weiter. Und sie war freundlich dabei.

Drdjuck verstand nicht, warum er seine Eltern nicht genauso erlebte. Aber er fragte es sich auch nicht. Er nahm es hin. Nicht jede Antwort braucht eine Frage.

»Nicht alle, nicht überall«, gab er laut zurück.

»Du hast also welche getroffen?«, fragte Aljec neugierig.

Drdjuck schüttelte den Kopf. Auch wenn es nicht stimmte, er wollte nicht zu viel preisgeben. Doch in ihm glomm ein Funke auf, der ihn spüren ließ, dass Aljec vielleicht eines Tages doch eine Antwort auf seine Frage bekommen würde.

Drdjuck schaute zur Anführerin. Das Kälbchen stand dicht bei ihr. Der Rauch biss den beiden in die Augen. Was auch immer gleich geschehen sollte, sie mussten aus dem Feuerkranz raus.

»Nur eine ist hiergeblieben«, sagte Aljec plötzlich. »Sie hat versucht, die Felder zu bestellen. Hat es aber nicht geschafft.«

»Schluss damit!«, gebot Ciach. »Keine Geschichtsstunden, so sagt es Dugan! Das alles geht den Hirten sowieso nichts an. Er hat gleich anderes zu tun!«

Eine Fanfare ertönte. An einer Dachkante des Betonbunkers tauchten wieder einige Jungen auf, die Plastiktrompeten an ihre Münder gedrückt. Gleich darauf erfüllte das dröhnende Surren der Instrumente den Platz vor dem Bunker. Die Anführerin, das Kälbchen und die Herde regten sich nicht. Aber Drdjuck spürte ihren Herzschlag.

Die Büffel wollten laufen. Sie wollten tun, was zu tun war. Gegen die Mauer anrennen, ausbrechen, Ausschau halten. Drdjuck wusste, dass die Herde früher in einem solchen Korral wie bewusstlos immer wieder hin und her gelaufen wäre. Aber das neue Wetter hatte auch die Tiere tief in ihrer Seele verändert. Sie harrten aus, wenn kein Weg mehr ins Freie führte, anstatt ihre Kräfte in Rastlosigkeit zu verschwenden. Und sie stoben los, wenn der Weg offen und die Flucht möglich war. Die innere Unruhe der Büffel verriet ihm, dass gleich etwas sehr Gefährliches passieren würde. Gefährlicher, als es die verharmlosenden Worte der Jungen um ihn herum vorgaben. Sie waren leicht zu durchschauen. Sie redeten wie alle davor. Versuchten sich hinter Worten zu verstecken.

Ich bin da, dachte Drdjuck. Er wollte der Anführerin seine Gedanken schicken. Aber er wusste, dass sie ihn in diesem Moment nicht wahrnahm. Sie hatte auf die Herde zu achten. Sie sorgte dafür, dass die anderen ruhig blieben.

Sie war allein, so wie er es hier auf der anderen Seite der Absperrung auch war.

Zwischen den Bläsern auf dem Bunkerdach erschien der Junge mit dem rosa Hut. Drdjuck wollte seinen Namen nicht denken. Jeder dieser Namen war eine Lüge, und er wollte kein Lügner werden, indem er sie benutzte.

Die Stimme des Jungen folgte auf der Stelle: »Der da«, seine Hand fuhr wie ein Schlangenkopf über die Dachkante und deutete auf Drdjuck, »behauptet, er kann und will die Herde, diese mageren Büffel, beschützen. Ich aber bin der Herrscher meines Hauses und ihr lebt, weil ich lebe!«

Um die Feuerwehrwagen herum schrien Stimmen auf: »Du bist es, Dugan …«, »… Bugan!«, »… Nugan!« Die Namen vermischten sich zu einem einzigen Getöse.

Der Junge mit dem rosa Hut hob langsam seine zweite Hand. »Hört mich! Die Jäger haben Fleisch gebracht. Das Fleisch hat einen Hirten. Er will unseren Hunger nicht wahrhaben und nicht stillen. Das Fleisch soll leben, sagt er. Wir gehorchen seinem Willen gerne. Denn er ist der Hirte dieser Herde. Und jeder Hirte beschützt seine Herde. Solange er seinen Willen durchsetzen kann. Und wir werden testen, wie lange er das schafft.«

»Wir haben Hunger!«, rief Janki, der sein Gewehr schwenkte. »Was will der Kerl überhaupt, die Feuer brennen doch schon!«

Der Junge mit dem rosa Hut breitete seine Arme aus. »Dann schürt die Feuer, damit sie nicht niederbrennen, und bereitet die Bahn vor. Ciach, übernimm du das …!«

Der Junge mit dem rosa Hut trat von der Balustrade zurück.

Ciach drehte sich der Menge zu. »Öffnet die Bahn! Es geht aus dem Feuerkorral zum Schlachthaus. Sobald alle Tiere drin sind, schließen wir die Tore, und die Herde gilt als gerettet von ihrem Hirten. Fehlt ihm aber ein einziges Tier, gehören alle uns. Wir sind Hugans Haus, und wir erwarten, dass jeder, der unser Haus betritt, ein wahrer Retter ist. Ein wahrer Retter wie Rugan. Rettet der Hirte nicht alle Tiere, rettet er keins. Rettet er aber alle, wird Zugan sich ihm zuwenden.«

»Das Spiel beginnt!«, rief Simon. Er lachte dem Mädchen im gelben Kleid zu.

»Öffnet den Kreis!« Aljec trat an einen der Wagen. Dabei ging er dicht an dem Mädchen mit dem gelben Kleid vorbei und zupfte sie am Ärmel, mit ihm zu kommen. Sie warf den Kopf in den Nacken und gesellte sich zu ihm.

»Ein Fest!«, jubelte die Menge.

»Ein Spiel!« Ein kleiner Junge mit graubraunen Haaren, die ihm wie wilde Grasbüschel vom Kopf abstanden, trat vor und blinzelte Drdjuck an. »Ein Fest für dich und deine Büffel, wilder Kuhtreiber, und ein Spiel für uns!«

Drdjuck musterte ihn.

In diesem Moment lief Simon Aljec und dem Mädchen mit dem gelben Kleid hinterher. »Du bist keine Büffelkuh, die hier getrieben wird«, rief er ihr zu. »Geh aus dem Weg!« Dann fauchte er Aljec an: »Willst du sie unter den Hufen sehen?« Simon zog das Mädchen zur Seite und packte danach sofort seinen Bruder. »Und ich bin es, der sie mit gebratenem Fleisch versorgen wird. Nicht du, kleiner Bruder!«

Das Mädchen im gelben Kleid lachte. »Wenn du das schaffst, Simon … Erst muss das Fleisch dir gehören.«

Simon blitzte sie an. »Ob ich das schaffe? Natürlich, Marja. Und dann bist du meine Ähre! Ich besorge dir das beste Stück!«

In diesem Augenblick stieß Aljec Simon in den Rücken. »Das entscheidest nicht du!« Er wandte sich der Menge um das Mädchen herum zu. »Heute wollen wir essen wie die Leute im Norden!«

»Ja«, rief der Junge mit den graubraunen Grasbüschelhaaren. »In so feinen Scheibchen, dass es einem von selbst auf der Zunge zergeht.«

»So fein, wie die im Norden es jeden Tag haben!«, rief in diesem Moment Ciach und lachte klirrend. Er zog sein blau schimmerndes Messer aus seinem Haarknoten und ließ es durch die Luft sausen, trat auf den Jungen zu und legte ihm eine Hand in den Nacken. »Wie heißt du noch mal?«

»Emmo.«

»Wir werden es uns schmecken lassen, Emmo! Denn so will es Sugan!«

»Und ich habe einen Monat Schnecken gefressen«, jammerte das Mädchen, das Drdjuck zuvor zugeblinzelt hatte. »Ich fühle sie noch immer in meinem Mund herumkriechen.«

»Besser als meine Würmer!«, brüllte das Mädchen im gelben Kleid, Marja, wie Drdjuck jetzt wusste. »Sie kriechen in jede Lücke im Fleisch und versuchen, sich Höhlen zu bauen.« Sie lachte wild, tanzte und stieß schmatzende Geräusche aus.

Simon sah sie gierig an. »Ich habe Schlamm und Vogelkrallen in mich hineingestopft«, rief er. »Ich war auf Vogeljagd, und ihr habt die Flügel bekommen und die Brüste.«

»Wer jagt, soll nicht so fett essen!«, lachte Marja ihn aus. »Ihr Jäger müsst geschmeidig bleiben!«

»Ich habe den Dung der Kühe ausgekaut«, rief Janki. »Sag mir nicht, ich wäre nicht geschmeidig.«

»Und ich …«, hob Aljec an, als er schneidend von einer Stimme unterbrochen wurde: »Ich habe von Leuten gehört, die in toten

Flüssen in Dung und Schlamm nach Larven und Würmen schürfen, um damit Waffen zu bezahlen!« Der Junge mit dem rosa Hut war aus dem Bunker herausgetreten. »Und es reicht jetzt mit eurer Angeberei! Die Jäger haben Fleisch gefunden – für alle. Und Ciach wird teilen, wenn es so weit ist. Aber zuerst verdient es euch!«

»Dann kümmern wir uns darum, dass sich der Knabe hier jetzt auf den Weg ins Schlachthaus macht«, betonte Aljec entschieden mit einem Blick auf das Mädchen im gelben Kleid. »Und dann werden wir sehen, ob auch alle seine Tiere ankommen.«

Doch Marja achtete nicht auf ihn, sondern drehte sich lachend in Simons Armen.

Drdjuck betrachtete die Gesichter um sich herum. Mit verzerrten Mündern und aufgerissenen Augen lauerten sie auf etwas zu essen. Für Drdjuck sah es aus, als würden sie schon im nächsten Moment zuschnappen. Jetzt wusste er endlich, was sie von ihm wollten. Er sollte ein einziges Tier an sie verlieren, damit sie alle fressen konnten. Um das zu verhindern, musste er mit der gesamten Herde das Schlachthaus erreichen. Und dabei auch selbst am Leben bleiben. Aber er hatte die Straßenläufe der Stadt nicht gesehen. Er wusste nicht, wo das Schlachthaus lag. Angespannt sah er sich zu der Anführerin um. Sie leckte das Kälbchen neben sich. Und das Kälbchen blickte zu Aljec.

Ciach trat neben Drdjuck. »Hast du gehört?«

»Ja, aber ich kenne den Weg nicht. Ist das eure Art zu spielen?«

»Du findest ihn oder nicht!« Ciach steckte sein Messer zurück ins Haar. »Es reicht, wenn du verstanden hast.«

»Aber wo ist dieses Schlachthaus?«, fragte Drdjuck erneut. »Wenn ich nicht weiß, wo ich hin soll, wie soll ich dort ankommen?«

»Nun …«, antworte Ciach gedehnt. »Es ist das Schlachthaus. Wenn sie dort sicher sind, bist du es auch.«

»Aber das Schlachthaus?«, fragte Drdjuck zum dritten Mal. »Wo ist es?«

Ciach lachte zufrieden. »Du suchst das Schlachthaus für deine Herde, Hirte? Du wirst es finden, denke ich. Folge den Feuern und bring den Weg hinter dich. Du musst doch nur beweisen, dass du der Hirte deiner Herde bist – so wie Hugan für sein Haus.«

Ciach drehte sich abrupt um und blickte zum Jungen mit dem rosa Hut.

Der hob eine Hand.

Drdjuck verharrte und sah zu, wie gleich darauf die Feuerwehrwagen um die Herde auseinandergeschoben wurden.

»Da, da, da! Da lang!« Das Mädchen im gelben Kleid kreischte auf. Sie hielt sich jetzt, ohne auf einen der beiden zu achten, zwischen Aljec und Simon und zeigte in die Straße, die vom Platz weg zwischen den zerfallenen Häusern abwärts führte.

Die Menge trat aus der Bahn, die die Büffel nehmen mussten.

Drdjuck ging auf die Anführerin zu. Ihr Kopf war wie ein tiefes dunkles Tal inmitten des Feuerscheins. Zugleich spürte er die Hitze im Fell der Büffel. Sie warteten. Und sie waren noch immer ruhig. Sie wussten, dass das Feuer seit ihrer Ankunft nicht näher auf sie zugekommen war. Es war kein Wetterfeuer. Es war nur von Menschen gemacht.

Drdjuck versuchte den Verlauf der Straße in der aufkommenden Dunkelheit zu erkennen. Sie führte durch niedrige, eng aneinandergebaute Häuser hindurch.

Plötzlich trat die Anführerin aus dem geöffneten Feuerkreis und drängte sich an ihn. Sie zitterte.

Das Kälbchen folgte ihr. Es war die Ruhe selbst. Es schob sich an der Anführerin vorbei und lief zu Aljec. Der Junge starrte es an. Das Kälbchen hob sein Maul und leckte an Aljecs Bein.

Die Menge johlte auf. »Du sollst es fressen, Aljec.«

Aljec lächelte Marja zu. »Ich brate es für dich, schöne Ähre!«

Simon schnaufte. »Mein kleiner Bruder schwitzt so sehr vor Angst, dass er wie ein Salzstein riecht. Oder vielleicht hat er sich ja auch in die Hose gepisst!«

Das Mädchen im gelben Kleid kicherte. »Erstarrst du für mich zur Salzsäule, Aljec?«

Die Menge johlte.

Im selben Moment sprang das Kälbchen zurück an die Seite der Leitkuh.

Wir müssen in ein Schlachthaus. Drdjuck versuchte die Worte nur für die Anführerin zu denken. Er bekam keine Antwort von ihr. Natürlich nicht, die bekam er nie. Aber er sandte jetzt, was er an Gedanken und Bildern im Kopf hatte: Es ist ein Ort des Todes, aber wenn wir alle dort ankommen, werden wir angeblich leben. Der Herrscher hier ist kein ehrliches Wesen. Doch er hat irgendeinen nächsten Schritt versprochen. Und den werden wir gehen.

Die Leitkuh hob ihre Hörner. Sie zitterte noch immer. Auch sie war am Ende ihrer Kräfte.

Wir werden den Weg gehen, dachte Drdjuck erneut.

Die Anführerin ließ ihre Hufe über den Boden scharren.

Ciach trat auf Drdjuck zu. »Bist du bereit, Hirte?«

Er sah das Blitzen in Drdjucks Augen.

»Was glaubst du, wer du bist?« Ciach stieß es hervor. Seine Lippen spannten sich vor Wut zu einem geraden Strich. »Glaubst du wirklich, du kannst entkommen? Mit all deinen Tieren!« Er lachte auf.

Drdjuck schmiegte sich an die Anführerin. Er grub seinen Kopf in ihr Nackenfell. »Es gibt einen Weg irgendwo durch diese Stadt, und wenn wir ihn bewältigen, muss der Junge mit dem rosa Hut uns leben lassen. Ich weiß nicht, was er wirklich will, aber ich spiele sein Spiel bis zum Ende. Ich gebe niemals auf.«

Ciach öffnete den Mund und spuckte auf den Boden. »Er heißt Tugan, und es ist Gugans Haus!«

Drdjuck lächelte schwach. »Viele Namen sind wie kein Name.«

Die Feuer auf den Feuerwehrwagen flammten jetzt zu beiden Seiten des Einstiegs und beleuchteten die abwärts führende Straße. Aus dem runden Korral waren zwei Feuerbahnen geworden. Dazu gellten die Stimmen und Schreie der Stadtbewohner: »Feuer sind! Hitze glimmt. Da brennt die Luft!«

Die Aufregung war mit Händen zu greifen.

»Wie lange hat es keinen Lauf mehr gegeben?«, hörte Drdjuck Emmo rufen.

»Wie lange haben wir keinen Hirten mehr gesehen?«, antwortete das Mädchen mit dem gelben Kleid. »Aber jetzt ist es wie früher. Er soll loslaufen! Er soll loslaufen. Er soll zeigen, was er kann.«

Drdjuck sah, wie einige aus der Menge lange Stangen ergriffen, die seitlich an den Feuerwehrwagen angebracht waren. An den Spitzen hatten sie Haken und Dornen, und mithilfe dieser Werkzeuge stießen sie die brennenden Reifen von den Autodächern auf den Boden. Unmittelbar darauf teilte sich die Masse, und der Junge mit dem rosa Hut trat auf Drdjuck zu.

»Es ist an der Zeit, Hirtenjunge.« Sein Gesicht zeigte keine Regung, nur sein Blick fiel kurz auf die Anführerin. »Wie viel, glaubst du, wiegt diese Kuh? Wie viele Mäuler wird sie stopfen?«

Drdjuck zuckte zusammen. Dann aber richtete er sich so hoch auf, wie er konnte. Er war müde. Er hatte die Herde und die Jäger, die wie Würmer an ihnen hingen, durch den Sturm geführt und dafür gesorgt, dass sie überlebten. Aber sie scherten sich nicht um die Hilfe, die sie erhalten hatten. Sie benahmen sich wie die Herren der Welt.

»Das ist nicht wichtig für dich«, antwortete er. »Ich muss also meinen Weg mit der Herde ins Schlachthaus finden, irgendwo da unten. Und wenn wir dort ankommen, sind wir sicher, und du wirst dich mir zuwenden?«

»Genau«, antwortete der Junge mit dem rosa Hut. Ein Lächeln umspielte seinen Mund. »Du hast gut zugehört.«

»Aber was heißt das?«, flüsterte Drdjuck.

»Ich kann dich immer retten«, lächelte der Junge mit dem rosa Hut. Er wandte sich um und rief der Menge zu: »Mögen die Spiele beginnen!« Dann drehte er sich zurück zu Drdjuck. »Das Wettrennen geht los!«

Wettrennen …?, dachte Drdjuck. Sollten er und die Jäger zugleich loslaufen?

Im selben Moment tauchte er ab in die stille Zone. Die Farben der Straße schienen nun noch dunkler und schattiger als zuvor, und der Himmel verlor seine Farbe vollends an die hereinbrechende Nacht. Die Anführerin war wieder vollkommen ruhig und stand als dunkelblauer Schatten neben ihm. Drdjuck suchte umher. Was war der Trick bei diesem falschen Spiel?

Hier in der stillen Zone fand er die Antwort: Es war eine Wolke aus stinkender, schwarz qualmender Feuerhitze, die auf Drdjuck und die Anführerin zustob. Ein Feuer, als hätte die Erde wochenlang in Trockenheit gelegen. Es reichte ein Funken, um alles zu entzünden. Es hatte eine Kraft, die einen ganzen Landstrich vernichten konnte.

Im nächsten Augenblick sah Drdjuck das Feuer die Straße hinabrollen. Er spürte die Hitze in das Fell der Büffel springen und in sein Haar.

Die Jungen hatten nicht einfach nur die brennenden Reifen von den Autodächern geholt. Mit den Stangen richteten sie diese auf und bugsierten und rollten sie in Richtung der abfallenden Straße.

Jetzt wurde es Drdjuck klar. Die Straße war nicht einfach nur abschüssig. Sie führte steil in die Tiefe. Der Asphalt war brüchig und kaputt, zerborsten wie die Fassaden der Häuser am Straßenrand. Was ihnen hier bevorstand, war kein Wettlauf. Es war ein Lauf gegen den Tod. Sobald sie auf der Straße waren, würden die brennenden Reifen sie schnell überholen. Und noch dazu stellten einige der Jäger jetzt zu beiden Seiten Wannen auf, gefüllt mit einer stinkenden Flüssigkeit. Benzin. Die gleichen Benzinwannen wie in der Falle am Fluss. Hier versperrten sie den Straßenlauf. Sie würden vom Feuer eingekesselt sein.

Die Augen des Jungen mit dem rosa Hut waren eiskalt.

Jetzt wusste Drdjuck, was er gemeint hatte. Er stand ganz still und blieb in der stillen Zone, wandte nur sein Gesicht und seine Worte nach außen. Er blickte den Herrscher der Stadt von der Seite an. »Ich bin frei zu laufen und meine Herde zu führen, wann und wohin ich will?«

Die Kopfbewegung des Jungen war nur klein. Aber sie reichte aus, um Drdjuck zu zeigen, dass er dabei lächelnd nach den Feuerreifen und dann die Straße hinab über die Benzinwannen sah. »Wann immer du willst. Die Straße ist lang. Das Schlachthaus liegt unten, ganz an ihrem Ende. Du läufst und siehst zu, ob du ankommst. Und ich sehe es auch. Ich sehe zu.«

Drdjuck bekam Angst. Eine solche Angst hatte er bisher auf keinem seiner Wege verspürt.

Er sah das Kälbchen. Es zitterte und drängte sich an die Leitkuh.

Drdjuck spürte die Anführerin und ihre Herde, die jetzt Kraft sammelte.

In der stillen Zone wurde das Feuer größer und größer und mit ihm schien auch die Gestalt des Jungen mit dem rosa Hut immer größer und fürchterlicher zu werden.

Wie konnte er die Büffel an diesem Ort vor dem Feuer retten? Er nahm kein Wasser wahr. Und er spürte, dass die Menge sie auf der Stelle verfolgen würde. Er sah keine Waffen in ihren Händen. Sie brauchten auch keine. Das Fell der Büffel würde in Flammen aufgehen. Das Schlachthaus als Ziel war nur eine Farce. Sie sollten schon vorher tot sein. Sie sollten in den Flammen sterben, stürzen, gegeneinandertaumeln, sich selbst in eine Sackgasse aus toten Leibern verwandeln, die jeden weiteren Schritt stoppte. Und sie hatten keine Chance mehr, sich irgendwo zu verstecken. Denn dies war kein durch ein Wetter entstandenes Feuer in den Weiten vor den Toren der Stadt. Dies war ein Feuer von Menschenhand, gezielt eingesetzt, um zu töten. Es war dieselbe Jagdmethode wie zuvor am Fluss.

Die laut lachende Stimme des Mädchens im gelben Kleid erhob sich aus der Menge. »Besorg mir das schöne Kalb da, Simon! Oder willst du's lieber machen, Aljec? Und bratet es mir gut durch, dann bekommt einer von euch vielleicht, was er will.«

Im selben Moment kam Drdjuck die erste rettende Idee.

Er konnte die Büffel nicht schützen. Aber die Jäger würden vielleicht die schützen, die sie wiedersehen wollten. Drdjuck drückte sich an die Anführerin. Fast hätte er laut gelacht. »Menschen leben mit Menschen. Männer und Frauen … Wir laufen …«, flüsterte er der Anführerin ins Ohr und ließ seine Hand durch ihr Brustfell gleiten, so beruhigend und liebevoll, wie er konnte. »Warte auf mich. Wir werden jemanden mitnehmen.«

Drdjuck ließ die Anführerin los und drehte sich langsam um.

Das Mädchen im gelben Kleid war nicht weit hinter ihm. In ihren Augen stand ein aufgepeitschter Glanz. Ihre Haut war schmutzig, und ihre Züge waren deutlich von Hunger und Verzicht gezeichnet, wie Drdjuck jetzt zum ersten Mal deutlich bemerkte. Aber er durfte keine Rücksicht nehmen. Er musterte sie genau. Sie war einen halben Kopf größer als er, aber wenn er es schaffte, sie zu überrumpeln … Vorsichtig drängte er die Anführerin ein Stück auf Marja zu.

Die Anführerin setzte ihre Hufe rückwärts. Sie wusste, dass Drdjuck ihre Hilfe brauchte. Und sie war bereit, an seiner Seite zu bleiben.

»Bringst du uns das Fleisch schon von selbst?«, rief das Mädchen in diesem Moment. »Simon, ich glaube, er will mich noch lieber als du. Dein Bruder hat mir schon ein Kälbchen versprochen. Aber der Hirte gibt mir eine ganze Kuh!«

Simon starrte Drdjuck wütend an. »Ich fange sie dir, Marja! Ich alleine!«

Drdjuck achtete nicht auf die Worte. Jetzt waren sie nahe genug. Er hob den Kopf und stieß einen lauten Ruf aus. »Mögen die Spiele beginnen!«

In der Menge gellte es auf.

»Er will anfangen!«

»Er will beginnen«, wiederholte der Junge mit dem rosa Hut.

Drdjuck nickte. Er konzentrierte sich ganz auf das Mädchen. Marja stand alleine zwischen Simon und Aljec. Sie berührte keinen von beiden. Sie spielte ihr Spiel mit den beiden Brüdern. Drdjuck sah gleichzeitig, wie die übrigen Jäger und Stadtbewohner die brennenden Reifen noch näher heranrollten. Aber er wusste jetzt, was kommen würde.

Ohne länger zu zögern, packte Drdjuck das Mädchen an den Haaren. Du wirst uns retten, Marja, dachte er. Sie hatte drahtiges, verfilztes Haar, das ihr wild um den Kopf hing. Es war schönes Haar, so schmutzig es auch war. Drdjuck zögerte trotzdem nicht, sie heftig daran zu ziehen. Er würde ihr schrecklich wehtun, und doch riss er sie zu sich.

Marja taumelte nach vorne und schrie klagend auf.

Das reichte. Drdjuck griff sie um die Hüfte, drehte sich zurück und schwang sie mit aller Kraft auf den Rücken der Anführerin. Gleichzeitig sprang er selbst dazu. Der Laut, der im selben Moment aus seiner Kehle durch die Straße hallte, war kaum noch menschlich. Drdjuck brüllte wie ein Stier und rief gleichzeitig in der stillen Zone der Anführerin zu: »Wir laufen um unser Leben!«

Augenblicklich setzte sich die Herde in Bewegung.

Die Hufe donnerten über die kaputte Straße den Abhang hinunter. Einige Büffel rutschten, die jungen Stiere stolperten, aber sie wurden von den schwereren Leibern um sie herum gehalten. Und keiner von ihnen fiel. Sie waren es gewohnt, lange und sicher zu laufen. Sie waren eine zusammengehörige Masse, die sich in Bewegung setzte.

Hinter Drdjuck gellte Aljecs Stimme auf: »Halt! Er hat Marja mitgenommen.«

Die Menge geriet in Bewegung. Einzelne Stimmen, dann viele, die riefen: »Nehmt sie ihm ab!«, »Schnappt sie euch!«, »Haha, zusätzliche Beute! Na, Aljec? Bruderkampf um die Liebe? Na, Simon! Und wenn ich euch beiden zuvorkomme …« Janki stand lachend da und schwenkte sein Gewehr.

»Nein! Marja …« Emmo starrte Drdjuck hinterher.

Angstschreie, Lachen und unterhaltungsgierige Rufe wechselten sich ab.

Doch da trat der Junge mit dem rosa Hut vor. Seine Stimme war schneidend und lauter, als Drdjuck sie ihm zugetraut hatte. »Das ist nur ein Mädchen! Wenn er es mit der Herde bis zum Schlachthof schafft, rettet er sie, und ihr bekommt kein Fleisch.«

Die Menge verstummte, und keiner der Jäger machte weiter Anstalten, dem Mädchen im gelben Kleid zu helfen.

Drdjuck traute seinen Ohren nicht. Das Mädchen veränderte nichts. Sie zählte nicht. Niemand half ihr. Marja ... Sie war nur ein toter Halm an den Hufen der Büffel. Die Jagd auf ihn und die Herde würde genau so stattfinden, wie der Junge mit dem Hut es geplant hatte.

Jetzt spürte Drdjuck den ersten brennenden Reifen hinter ihnen anrollen. Und er sah auch, wer ihn gestoßen hatte. Es war der Herrscher selbst. Und dann stand er da, öffnete den Mund ... und lachte ... und lachte ...

Die Herde stob in die Tiefe.

Der Reifen rollte als stinkendes Feuerrad hinter ihnen her. Und wurde schneller und schneller.

»Wenn du nicht ins Schlachthaus kommst, hast du verloren!« Die gellenden Worte trafen Drdjuck im Rücken. Sie waren trocken und kalt und klar, kein Lachen, keine Spiellust klang mehr in ihnen mit.

Aus den Augenwinkeln sah Drdjuck, wie der Junge seinen rosa Hut mit einer Hand vom Kopf zog und ihn einmal über seinem Kopf schwenkte. Es war wie ein magisches Zeichen. Dann setzte er den Hut wieder auf und sah Drdjuck ausdruckslos nach.

Marja wandte sich zu Drdjuck um. Mit weit aufgerissenen Augen starrte sie ihn an. Wut und Angst spiegelten sich darin.

»Sie werden uns töten!«

Er erwiderte ihren Blick. »Wir müssen zum Schlachthaus, ohne zu verbrennen«, sagte er. »Du kennst die Wege hier. Gibt es einen anderen Weg als die steile Straße?«

Das Mädchen keuchte. Hilflos schüttelte sie den Kopf. Sie sah aus wie ein Kälbchen, das mit dem Kopf in einem Drahtzaun feststeckte und sich nicht befreien konnte. »Die Straßen sind eng. Sie werden dich überall jagen. Sie werden uns mit Feuer überschütten.«

»Sag mir, wohin wir ausweichen können. Wo werden sie uns nicht treffen?«

Marja presste hilflos die Lippen aufeinander. Sie brachte kein Wort heraus.

In diesem Moment schoss der erste brennende Reifen an der Herde vorbei. Zugleich sah Drdjuck, dass weiter unten Autos auf die Straße geschoben und als Nächstes angezündet wurden. Feuerwannen und brennende Autos …

»Das ist eine Falle«, sagte er. »Das war es von Anfang an.«

»Natürlich«, stöhnte Marja.

Drdjuck versuchte ihren Blick erneut einzufangen. »Es muss einen anderen Weg geben!«

Doch in Marjas Gesicht zeigte sich nur noch Entsetzen.

Drdjuck wusste, dass er nicht mehr auf sie zählen konnte. Sie war in ihrer eigenen stillen Zone versunken und würde daraus so schnell nicht mehr auftauchen.

Seine Hand packte das Fell der Anführerin. Sein Plan war gescheitert.

Hinter ihnen kamen Feuer und Rauch immer näher.

Abwärts

Drdjuck sah das Mädchen vor sich zusammensinken. Im nächsten Augenblick lag sie reglos an den Hals des Tieres geschmiegt. Ihre Arme klammerten sich unwillkürlich an die Büffelkuh, aber ihr Gesicht war vollkommen ausdruckslos.

Sie hatte sich aufgegeben.

Drdjuck wandte sich wieder dem Weg zu. Von unten schien die Feuerwand direkt auf sie zuzukommen. Doch im Gegensatz zu den Wettern der letzten Stunden bewegte sie sich nicht. Das Feuer war nicht lebendig, sondern von Menschen gemacht und allein als Barrikade bestimmt, um ihn und die Herde aufzuhalten. Und sie zu töten. Es gab kein schlimmeres Wetter als Menschen, die es auf einen abgesehen hatten.

Dazu wurde die Straße unter jedem Schritt der Büffelhufe zunehmend steiler. Und auf dem glatten Boden begannen sie zu rutschen. Drdjuck suchte mit dem Blick die Straßenseiten nach einem Ausweg ab. Kleine, brüchige Häuser, kaputte Fenster, Ziegelbrocken auf dem Pflaster. Türen, zu schmal, um in sie hineinzuschlüpfen.

Er versuchte weiter Ausschau zu halten und sich gleichzeitig auf die Anführerin zu konzentrieren. Ihr zu signalisieren, dass sie diesen Weg verlassen mussten.

Doch die Büffel liefen, und sie musste sie anführen. Jetzt, da sie aus dem Korral befreit waren, liefen die Tiere um ihr Leben. Und steuerten gleichzeitig direkt auf die Feuer zu, die sich mittlerweile zu einer undurchdringlichen Wand vereint hatten. Weil die Reifen jetzt um sie herumschossen, und immer mehr brennende Autowracks auf die Straße geschoben wurden. Weil überall Feuer war.

Die Leitkuh musste sich in einem Tunnel aus Überlebenskampf befinden. Drdjuck drang nicht mehr zu ihr durch. Er erreichte sie nicht.

Da huschte etwas Dunkles seitlich in sein Blickfeld. Kurz danach war es wieder verschwunden. Aber Drdjuck reagierte sofort.

Er krallte seine rechte Hand in den Nacken der Anführerin und spürte dabei Marjas Haar, das sich zwischen seine Finger schob. Es fühlte sich an wie tote Halme. Wie der falsche Schmuck, den er den Büffeln angelegt hatte, um in diese Stadt hineingelassen zu werden.

Drdjuck stieß einen gellenden Pfiff aus.

Die Anführerin zuckte.

Doch die winzige Pause genügte.

Sie hatten eine Gasse passiert, zu ihrer Linken, kein Lichtschein drang aus ihr. Sie war so schmal, dass höchstens zwei Büffel nebeneinander in sie hineinpassten. Doch Drdjuck zögerte keine Sekunde. Es war der einzige Ausweg.

Er spannte die Muskeln an. Die Anführerin wog so viel mehr als er. Beim Versuch, sie zu lenken, würde er sein Leben und das des Mädchens riskieren müssen. Und doch … Mit beiden Händen griff er das linke Horn der Anführerin und riss es, so stark er konnte, zu sich herum. Gleichzeitig sprang er von ihrem Rücken und versuchte stehen zu bleiben. Natürlich gelang das nicht. Die Kraft und Geschwindigkeit der Büffelkuh war viel zu groß und schien ihn fast entzweizureißen. Seine nackten Füße wurden über den Boden geschleift. Er spürte, wie sie wegzubrechen drohten und etwas Scharfes ihn traf. Er spürte Blut an den Füßen. Drdjuck versuchte den Schmerz zu ignorieren. Er konnte die Anführerin nicht aufhalten, aber er konnte versuchen, ihr ein eindeutiges Zeichen zu geben.

Und in dem Moment erreichte er sie.

Die Leitkuh nahm ihn wieder wahr. Sie hörte auf ihn.

Drdjuck stemmte sich trotz der Schmerzen in seinem Körper in den Boden. Er zog verzweifelt am Horn der Anführerin, während er zugleich halb auf Marja hing. Plötzlich drehte sich alles um ihn, drehte er sich auf der abfallenden Straße wie ein Stein, der einen Berghang hinabstürzt und auf einmal wieder aufwärtszurollen beginnt. Er folgte der taumelnden Bewegung, hob den Kopf und erkannte die Gasse vor sich.

Im nächsten Moment wurde Drdjuck, an die Anführerin geklammert, in die Gasse hineingerissen.

Dunkelheit umfing sie.

Die Herde folgte der Leitkuh, schleuderte gegen die Wände rechts und links. Drdjuck hörte ein wildes Muhen und Brüllen, spürte jetzt auch die Schmerzen der Tiere, die aneinanderstießen, Hörner, Köpfe, die an Mauern prallten. Funken stoben hinter ihnen auf. Brennende Reifen schossen direkt über sie hinweg, prallten gefangen zwischen den Körpern hin und her, trafen ein junges Tier. Es brüllte vor Angst.

Drdjuck krachte gegen eine Wand. Es klang, als würden seine Knochen brechen, und ihn durchfuhr ein so tiefer, lang anhaltender Schmerz, dass ihm die Luft aus den Lungen fuhr. Es roch nach verbranntem Haar. Er rannte, stürzte, wurde geschleudert. Hinter ihm drängten die Büffel, das Kälbchen … Plötzlich tauchte es neben ihm auf, fiel wieder zurück. Drdjuck nahm alles nur wie zuckende Blitze wahr. Es war Chaos. Schmerz waberte durch die Luft, Schreie … Doch die Herde drängte voran.

Auf einmal hielt ihn die Anführerin in ihrem Blick. Sie nahm ihn wieder wahr, ganz und gar. Fast wirkte sie dankbar. Die Feuer hinter ihnen kamen nicht nach. Natürlich bogen brennende rollende Reifen nicht von allein in eine Gasse ab. Sie selbst hatten die Feuerreifen, die sich zwischen ihnen befunden hatten, mit in die Gasse gerissen. Aber alles, was darauf folgte, schoss jetzt hinter der Herde vorbei. Von der Straße war nichts mehr zu hören. Die Schreie der Menschen waren in der engen Gasse verstummt.

Drdjuck wollte nach seinem Kopf greifen, wollte sich schützen vor weiteren Schlägen. Im selben Moment war ihm so, als sähe er ein Licht vor sich. Irgendwo aus der Dunkelheit schien etwas zu leuchten. Wie eine Aufforderung, diesem Licht zu folgen. Drdjuck hatte ein ähnliches Gefühl wie bei einem Wetterbewusstsein aus der stillen Zone. Und doch anders. Er konnte nicht ausmachen, was es war. Nur dass er ihm vertraute.

Das Licht weitete sich zwischen den dunklen Wänden etwas aus. Drdjuck merkte, dass er tiefer in die stille Zone geriet. Plötzlich leuchtete auch Marja auf dem Rücken der Anführerin. Sie war weiterhin wie erstarrt, aber ein schwacher Schein umgab sie.

Was hatte das zu bedeuten?

Das Licht war wie das Licht von Gräsern, der ölige Schein von Bäumen, das Licht des Wassers, das Leuchten aus den Wänden der Berge, das in die Luft des Tals getragen wurde. Und doch unterschied es sich von allem, was Drdjuck seit seinem Aufbruch kennengelernt hatte.

Plötzlich war es wieder verschwunden. Doch die Richtung, aus der es gekommen war, blieb in seinem Bewusstsein. Drdjuck holte Luft. Er atmete aus und holte noch einmal Luft. Er brauchte den Atem.

Seine Füße fanden wieder Halt auf dem Boden, die Anführerin lief jetzt ruhiger. Der Schmerz in seinem Körper verebbte. Er war sicher, nichts war gebrochen. Und es war, als wäre auch die Angst mit einem Mal von ihm abgefallen. Genauso wie von der Anführerin.

In diesem Moment war Drdjuck sich sicher, sie würden das Schlachthaus ohne Tote erreichen. Das Kälbchen lief jetzt wieder direkt neben ihm. Es setzte seine Hufe neben Drdjucks nackte Füße. Es beugte den Kopf vor und leckte Marja über eine ihrer Hände, die reglos vom Rücken der Anführerin herabhingen. Drdjuck schnappte noch immer nach Luft. Dann schmiegte er sich für eine Sekunde in die Dunkelheit des Fells der Leitkuh. Trotz allem waren sie am richtigen Ort. Es war nicht umsonst. Sie folgten ihrer Bestimmung. Es musste einen Weg geben, ohne dass ein einziges Tier ins Feuer ging, weil etwas auf diesem Weg leuchtete. Es war kein strahlendes Licht, nur ein kaum wahrnehmbarer Wegweiser.

Die Herde hatte sich jetzt von einer Flutwelle, die über tödliche Klippen stürzte, in eine ruhige Woge verwandelt.

Um sie herum nahm die Dunkelheit weiter zu.

Drdjuck versuchte zu erkennen, wo sie sich befanden.

In der Dämmerung erkannte er leere Fensterhöhlen in den Mauern neben sich. Zerborstene, zerbrochene Balken, Fensterrahmen in Hauswänden. Glassplitter lagen auf der Straße. Es roch feucht und zerstört. Ein vollkommen verkohlter Balken ragte aus einem Gebäude. Abgerissene Leitungsdrähte hingen wie tote Äste an ihm herab. Dazwischen wuchsen winzige Grasbüschel, die Reste von Elektrizität oder Metall aus dem Holz sogen, was immer ihre Wurzeln auch fanden. Auch die Pflanzen konnten sich nur noch von dem ernähren, was sie fanden. Über den Kabeln erhoben sich von schwarzen Flechten gefleckte Mauern, getränkt von dem allseits herrschenden üblen Geruch dieser Stadt.

Da stieß Marja einen Schrei aus. Auf dem Rücken der Anführerin schlug einer ihrer Arme gegen ein halb abgerissenes Fensterbrett in einer Hauswand. Sie tat Drdjuck leid.

Er würde sie dem Jungen mit dem rosa Hut nicht länger überlassen.

Drdjuck verscheuchte die Gedanken, versuchte sich zu konzentrieren und das Licht wiederzufinden, das ihm einen Weg und Hoffnung aufgezeigt hatte.

Er schaute nach oben. Der Himmel war kaum auszumachen. Nur Schwärze, ohne dass ein Stern leuchtete.

Er musste den Weg zum Schlachthaus finden. Wo entlang?

Drdjuck spähte über die Schulter zurück. Er sah nur Büffel hinter sich. Wenn sie Glück hatten, hielt das Feuer auf der steilen Straße die Jäger noch eine Weile zurück. Sie hatten nicht damit gerechnet, der Herde so schnell folgen zu müssen. Sie hatten sie nur in die Falle treiben wollen.

Etwas blitzte vor Drdjuck auf. Vor ihnen teilte sich die Gasse in zwei und öffnete sich dazwischen zu einem kleinen Platz. In der Mitte erhob sich am hinteren Ende ein flaches Gebäude. Seine Front war aus Glas. Und seltsamerweise war keine der Scheiben zerbrochen. Sie waren blind und dicht mit Graffitis besprüht, aber nicht kaputt. Es sah aus wie ein verlassenes Geschäft, ein alter Supermarkt. Warum war das trotz der Dunkelheit so gut zu erkennen?

Die Büffel liefen auf den Platz zu. Rechts und links des Gebäudes führte die Gasse zweigeteilt weiter ins Dunkel, doch die Anführerin hielt inne.

Damit beruhigte sich auch die Herde.

Das Kälbchen blieb als Nächstes stehen. Drdjuck sah auf die Graffitis auf den blinden Fensterscheiben. Er konnte sie nicht entziffern. Über dem Schaufenster ragten zerbrochene Leuchtbuchstaben in die Höhe, und zwischen den Scherben einiger Buchstaben brannten winzige Feuer, gezähmte Feuer, Licht und Wärme spendend.

Im nächsten Moment nahm Drdjuck eine Bewegung wahr. Zwischen zwei der Scheiben trat eine Gestalt durch eine schmutzige Eingangstür auf die Straße. Sie war klein und gebeugt. Drdjuck meinte, graue Haare auf ihrem Kopf zu erkennen. Eine alte Frau!

Wieder tauchte das Licht auf.

Und es kam nicht von den Feuern … Drdjuck sank tiefer in die stille Zone. Doch das Licht ging auch nicht von der Gestalt aus. Es war irgendwo hinter ihrem Rücken … irgendwo hinter dem Supermarkt. Es war da … und dann verblasste es wieder.

Und dabei wirkte es wie das Licht eines lebendigen Wesens. Wie das Leuchten der Anführerin, wenn sie ihn ansah.

Was war dort? Wer war dort?

Die alte Frau wandte sich Drdjuck zu. Sie war wirklich alt. Er erkannte sie jetzt deutlich. Sie hatte graue Haare, die sie zu einer Art Krone auf dem Kopf getürmt hatte. Drdjuck überlegte, wie man das nannte. Haarkranz? Ein altes Wort der Menschensprache. Auch seine Mutter hatte manchmal … Dagegen hatte seine Großmutter ihr Haar zu einem Knoten … Die Zeiten in Drdjuck vermischten sich, Erinnerungen und jetzt …

Die alte Frau hob einen Arm und deutete auf Marja, die leise

wimmernd auf dem Rücken der Anführerin lag und sich festklam-
merte.

Der Blick der Frau war scharf, und sie wirkte, als würde ihr kaum
etwas entgehen.

Aber das Licht kam nicht von ihr.

»Lass sie bei mir!« Ihre Stimme war kräftiger, als ihre Gestalt es
vermuten ließ. Sie war kleiner als Drdjuck. Kleiner als Marja auf
dem Rücken der Leitkuh.

Sie stand vor dem leeren Supermarkt unter den winzigen Feuern in den zerbrochenen Buchstaben, ruhig und vollkommen gelassen.

»Lass sie bei mir«, wiederholte die Frau. »Egal was der Junge
ohne Namen gesagt hat. Er wird sein Spiel weiterspielen, egal ob
du sie lebend ins Schlachthaus bringst oder nicht. Denn er weiß,
was er seinen Jägern geben muss. Er hetzt sie nur weiter gegen
dich auf.«

Die Anführerin schien auf die Stimme zu reagieren. Anstatt an
der Frau vorbei in eine der Gassen zu laufen, hielt sie an und sah
der Frau entgegen. Mit ihrem rechten Auge.

Drdjuck verharrte neben ihr, und die Herde verteilte sich auf dem
schmalen, nahezu dreieckigen Platz. Es war, als wäre die Jagd zum
Stillstand gekommen. Aber das war nicht so, wusste Drdjuck. Nur
einen Moment herrschte Stille.

»Wo geht es zum Schlachthaus?«, stieß Drdjuck hervor. »Sag es
mir!«

Die alte Frau schüttelte den Kopf. »Du findest keinen sicheren
Weg, nicht alleine, sosehr du dich auch vorsiehst.« Ihr Blick war
starr auf Drdjuck gerichtet. Es waren alte Augen, mit einem hellen

Schimmer überzogen. Sie erinnerten Drdjuck an die Augen seiner Großmutter in den letzten Stunden, im letzten Moment, bevor das Wasser gekommen war.

Die Frau verzog keine Miene. »Du findest den Weg nicht alleine. Aber du musst Marja hierlassen. Ich kann sie beschützen. Und dann kannst du dich und die Herde vielleicht retten. Wenn du sie mit dir nimmst und ihr etwas geschieht, werden dich die Jäger vor Wut darüber in Stücke reißen.«

Drdjuck spürte, dass sie recht hatte. Er hatte das Mädchen zu sich gezogen, um die Jäger aufzuhalten. Aber er hatte den Jungen mit dem rosa Hut unterschätzt in seiner Kaltblütigkeit. Er hatte Marja, ohne zu zögern, preisgegeben. Und jetzt gefährdete Drdjuck Marjas Leben. Das durfte er nicht.

»Wie komme ich zum Schlachthaus?«, wiederholte Drdjuck.

»Du findest den Weg nicht alleine«, antwortete die alte Frau noch einmal. »Und jetzt tu, was ich dir sage. Denn sie kommen.« Sie hob den Kopf und sah aus, als lauschte sie.

Drdjuck hörte nichts.

Die stille Zone um ihn schien sich zurückzuziehen. Doch an ihrem Rande bewegten sich Schatten. Schatten, die näher kamen.

Er nickte, hob Marja von der Anführerin und trug sie zu der Frau. Er stellte sie auf die Beine. Stöhnend stand Marja da.

Die Alte war stark. Sie griff nach dem Mädchen und hielt es. Sie wankte kein bisschen dabei. Dann zog sie Marja mit sich und wies mit einer Kopfbewegung auf die Eingangstür. »Geh dort rein. Durch den Verkaufsraum. Dahinter wird es wärmer.«

Marja zögerte keine Sekunde. Sie schien die Alte zu kennen. Sie strauchelte etwas, aber hielt sich aufrecht, gehorchte und verschwand gleich darauf durch die Tür und hinter den Scheiben wie ein Schatten an einer Wand.

Die Alte wandte sich wieder Drdjuck zu. »Du hast das Leuchten gesehen?«

Drdjuck nickte.

»Folge ihm zum ehemaligen Kirchturm.«

Drdjuck erinnerte sich an den seltsamen Turm mit den Schlangenarmen.

»Sie selbst sieht es nicht, nur du siehst ihr Leuchten. Sie wird dich deswegen nicht mögen!«

»Wer ist dort?«, wollte Drdjuck wissen.

»Das musst du selbst sehen. Ich kann nicht dafür garantieren, dass sie dir hilft. Aber sie ist eure einzige Chance«, antwortete die alte Frau. Sie wies in die beiden Gassen, die um den Supermarkt herumführten. »Teilt euch auf, beide Wege führen um das Gebäude herum. Die Kirche steht auf dem nächsten Platz. Es ist nah. Aber vergeudet keine Zeit dort. Ihr habt keine.«

Drdjuck spürte, dass die Worte der alten Frau nicht nur ihn, sondern auch die Anführerin erreichten. Sie schien sie zu verstehen. Ihre Ohren spielten. Die alte Frau hatte größere Kräfte, als Drdjuck es erwartet hätte. Sie war erfahren und – verbunden.

Plötzlich war Drdjuck voller Fragen. Aber er wusste, er hatte keine Zeit, auf Antworten zu hoffen.

Die Frau machte einen Schritt auf die Anführerin zu und sog ihren Geruch ein. »Du bist eine Schöne.« Drdjuck sah ein Lächeln in den Augen und auf den Lippen der Alten aufblitzen.

Im selben Moment trat das Kälbchen auf sie zu und leckte ihr eine Hand.

Die alte Frau fuhr über seinen Kopf.

»Und nun geht!«, sagte sie sanft.

Nadydine

Drdjuck sah, wie die Anführerin sich abwandte und die Herde antrieb. Sie selbst wählte mit ein paar Büffeln den rechten Weg und ließ die andere Hälfte der Herde links um den ehemaligen Supermarkt laufen. Die Schritte der Tiere klapperten über den Boden aus rissigen Asphaltplatten, hartem, altem Schlamm und Schmutz.

Drdjuck spürte in die stille Zone. Etwas hatte sich in Bewegung gesetzt, heißer als Feuerreifen, wütend und gefährlich.

Er lief los.

In diesem Moment sah er das Licht wieder. Und diesmal erkannte er sofort, dass es aus der Richtung kam, in die sie gingen. Es leuchtete warm, wie früher die Sonne an Tagen, an denen sich der Sommer genähert hatte. Sonne, die das Herz erfüllte und vor der man sich nicht zu fürchten brauchte, weil ihre Strahlen nichts verbrannten. Drdjuck fühlte es wie die weichen Worte seiner Großmutter, wenn sie ihm ein Märchen erzählt hatte. Da verschwand das Licht wieder und zog sich zurück hinter den Platz.

Zugleich aber hatte es in ihm eine Spur hinterlassen, der er jetzt folgte.

Sie eilten voran.

Im selben Moment verklang auf dem Platz vor dem Bunker das Lachen des Jungen mit dem rosa Hut. »Aljec, Simon!«, rief er. »Eure Beute hat wohl beschlossen, euch an der Nase herumzuführen. Vielleicht sollte ich euch noch ein paar große Ringe in die Nasen ziehen lassen, damit er es beim nächsten Mal leichter hat? Und eure Marja hat er wohl auch mitgenommen?«

»Vugan, die Straße hat sie einfach verschluckt«, stammelte Aljec.

»Ihr habt die Seitengasse offen gelassen!« Ciachs Stimme klang scharf. »Ihr hört ja, was Sugan sagt. Ihr habt ihnen vor lauter Feuerreifen nicht zugetraut, dass sie um ihr Leben kämpfen. Dafür werden wir jetzt um unsere kämpfen, zumindest, was unseren Rang und unsere Stellung angeht.«

Der Junge mit dem rosa Hut hob mit einem zustimmenden Nicken seine Kopfbedeckung und schwenkte sie einmal über seinem Haar. »Wenn ihr sie nicht stellt, geht es morgen wieder hinaus für euch. Ohne das Fleisch keine Feier. Dann essen hier alle wieder Spinnen und Larven.«

Die Blicke der Menge richteten sich auf Ciach, den Wettermann Simon, seinen jüngeren Bruder und die übrige Gruppe der Jäger. Ciach fasste sich rasch. Mit einer befehlenden Handbewegung winkte er seine Truppe zu sich. »Der Hirte kennt die Stadt nicht. Wir aber schon.«

»Und trotzdem ist er uns entwischt«, murmelte Aljec.

»Er hat die Spielregeln gebrochen, unsere Regeln!«, brüllte einer der Jäger. »Niemand hat ihm erlaubt, in die Seitengassen auszubrechen.«

»Er hat die Jagd zu einem anderen Spiel gemacht!«, widersprach Ciach. »Wir sind selbst schuld, dass er das konnte.«

»Und er hat Marja entführt!« Emmo, der Junge mit den graubraunen Grasbüschelhaaren, starrte Simon an. »Sie ist dir völlig egal! Meine Schwester ist dir völlig gleichgültig! Du hast gesagt, du fängst ihr die größte Kuh, und jetzt ist sie vielleicht schon tot!«

Auch Aljec sah seinen Bruder mit brennenden Augen an. »Wenn ihr etwas passiert …«

»Du hast gehört, was Gugan gesagt hat«, antwortete Simon dumpf. »Sie ist nur eine von vielen.«

»Keine Zeit für Rockzipfelphilosophie!« Ciach griff an seinen Haardutt und prüfte den Sitz des Messers. »Unsere Stadt ist tausendmal überschwemmt worden und tausendmal ausgedörrt. Die Mauern sind dabei, zu Sand zu werden, und die Häuser sind morsch. Uns schützt nur Tugans Haus vor Untergang und Tod. Wir werden die Tiere fangen und den Hirten vor Hugan führen. Es ist ein Kinderspiel!«

»Es war auch ein Kinderspiel, die Feuerreifen nach ihm zu werfen«, höhnte Emmo. »Aber du hast nicht an die Gasse gedacht …«

Der Schlag, den Ciach Emmo versetzte, schnitt dem Jungen das Wort ab. »Versuch nicht, dich selbst aus der Verantwortung zu stehlen. Was für ein Feigling! Du willst doch immer ein Jäger werden. Jetzt oder nie, Junge. Oder soll ich dich die Hufe der ältesten Kuh fressen lassen?« Ciach hob den Arm. »Los jetzt! Wir haben zu tun.«

Die Gruppe begann den Weg hinabzusteigen, auf die brennenden Autos zu. Rund um sie alle waberte schwarzer Rauch.

Drdjuck und die Herde liefen durch die beiden Gassen, so schnell sie konnten.

Keine hundert Meter weiter trafen die schmalen Wege hinter dem Supermarkt wieder aufeinander. Die Büffelgruppen erreichten die Stelle fast gleichzeitig.

Im selben Moment erkannte Drdjuck, dass der Weg, der eben noch wie eine Gabelung in einem weit verzweigten Labyrinth ausgesehen hatte, nichts weiter war als ein letzter Abzweig, ehe die seltsame Stadt ihre Ausläufer erreichte.

Auf der Rückseite des Supermarkts endeten die Häuser. Hier führte keine Straße mehr nach rechts oder links. Vor ihnen lag nur noch ein Gebäude, das seltsamste Kirchengebäude, das Drdjuck je gesehen hatte.

Aus der Nähe sah es noch sehr viel verwirrender aus, als es zuvor aus der Ferne gewirkt hatte. Aber es war eindeutig eine Kirche. Eine hohe, aus großen roten Steinen gemauerte Kirche, ganz anders als die übrigen flachen Häuser, die aus einfachen Materialien, Blech und Platten gefertigt waren. Und auch anders als der Betonbunker, in dem der Junge mit dem rosa Hut sein Quartier aufgeschlagen hatte.

Drdjuck blieb unwillkürlich stehen.

Warum hatten die Bewohner ein solches Gebäude an den Rand ihrer Stadt gebaut? Warum einen solchen Bau hinter flache und spartanische Häuser? Noch dazu vor einer gewaltigen Talebene, in der nichts weiter zu erkennen war außer hier und da dunkle runde Löcher, Einstiege in die Erde wahrscheinlich; vielleicht das Minensystem, von dem er gehört hatte?

Im selben Moment wurde es Drdjuck klar. Die Antwort lag in der Mine. Das hier musste eine Bergarbeiterstadt gewesen sein. Und früher, ehe der Mensch beim Abbau aller Naturschätze so maßlos geworden war, hatten Bergleute vor dem Abstieg in die Minen und auch danach oft gebetet. So wie die indigenen Völker sich bei den erlegten Tieren dafür bedankt hatten, dass sie ihr Leben gaben, um sie selbst zu ernähren. Kirchen waren, solange sie lebendig gewesen waren, ebensolche Orte des Kreislaufs gewesen, in denen

Menschen den Zusammenhalt zwischen der Erde und ihrem Leben feierten und würdigten.

Drdjuck legte den Kopf in den Nacken. Der Turm war so hoch, dass man seine Spitze im Dunkel kaum erkennen konnte. Aus den Fensteröffnungen schoben sich steinerne Arme wie Schlingpflanzen in die Höhe. Es sah aus, als triebe der Turm Äste aus, die bis in den Himmel wuchsen.

Und zugleich war dies kein Haus, das seine Mauern zur Abwehr errichtet hatte, sondern sich seinen Besuchern entgegenstreckte. Wie Arme, die einen empfingen. Ein Haus mit offenen Armen.

Ein leises Geräusch aus der Höhe ließ Drdjuck zusammenzucken. Kurz darauf fiel etwas neben ihm zu Boden. Er hatte es nicht kommen sehen, auch nicht in der stillen Zone. Keiner der Büffel war zusammengeschreckt.

Es war eine weiße, fingerdicke Larve. Zerquetscht lag sie am Boden. Drdjuck hob sie auf.

»Da hast du was zu essen! Und dann dreh ab und verzieh dich!«

Drdjuck schob sich das Eiweiß in den Mund und kaute. Dann schaute er hoch.

Weit oben in dem fremden Haus stand eine Gestalt in einer Fensteröffnung und sah zu ihm herunter. Mehr noch beobachtete sie die Tiere. Drdjuck ließ sich tiefer in die stille Zone sinken, von wo aus er deutlicher sah. Dennoch erkannte er die Gestalt nicht. Sie war schwächer wahrzunehmen als ein Ölduft. Doch sie war hell und warm und hielt sich zugleich im Schatten einer der rankenden Mauern verborgen.

Von ihr ging das Licht aus.

Sie schwieg jetzt.

Drdjuck schluckte die Nahrung hinunter.

Eine Stille ergriff ihn, wie sie sonst nur in der stillen Zone lebendig war. Auf einmal aber – hier in der zerstörten Stadt, hinter ihnen die Jäger, irgendwo vor ihnen ein Schlachthaus, das vielleicht nach den seltsamen Gesetzen des Jungen mit einem rosa Hut ihr Leben retten konnte – war jetzt dieser Frieden spürbar.

Die Anführerin stieß ein dunkles Muhen aus. Es stieg aus ihrer Kehle zwischen den Armen des Hauses empor und wanderte an den Mauern entlang. Ein Laut wie ein Sonnenstrahl, eine einsame Stimme, die sich erhob.

Die Gestalt oben im Schatten bewegte sich. Sie beugte sich vor. Dann verschwand sie mit einer einzigen geschmeidigen Bewegung, schneller, als ein Stein fiel.

Drdjuck hatte kaum einmal Luft geholt, als sie gleich darauf nur wenige Köpfe über ihnen wieder auftauchte. Er erkannte in der stillen Zone, dass es im Inneren der Kirche Gänge und Treppen gab.

»Du bist der Hirte!«

Die Stimme des Mädchens, das Drdjuck jetzt vor sich sah, war spröde, rau und warm zugleich. Ihre Lippen waren rissig, trocken, ihre Hände und ihr Gesicht von Staub bedeckt. Sie hatte löwenfarbenes Haar.

Ihr Blick hingegen blieb ausdruckslos. »Warum willst du freiwillig zum Schlachthaus? Warum bist du nicht geflohen?«

Drdjuck verstand die Frage nicht.

»Warum bist du nicht raus aus der Stadt?«

»Die Büffel haben nichts getrunken! Sollen sie verdursten?«, antwortete Drdjuck jetzt doch. »Und der Junge mit …«

Das Mädchen fauchte. »Glaubst du jedem, was er sagt? Du hättest fliehen sollen. Jetzt wird alles zerstört … «

Drdjuck hatte keine Zeit für so ein Geplänkel. »Machst du dir etwa vor, dass es hier Frieden gibt?«

»Es hätte so sein können«, sagte sie. »Ich habe meine Großmutter gerettet, bis jetzt!« Sie sah ihn wütend an.

»Sie hat mich gewarnt, dass du unfreundlich sein wirst«, sagte Drdjuck. »Wenn sie die alte Frau im Supermarkt ist. Sie hat auch gesagt, dass wir deine Hilfe brauchen werden. Zeig uns den schnellsten Weg zum Schlachthaus. Wir müssen vor den Jägern da sein!«

Wieder verschwand sie von dort, wo sie stand. Und diesmal kam sie aus einem Bogen zu ebener Erde wieder hervor. Ohne Drdjuck eines Blickes zu würdigen, ging sie auf die Anführerin zu. Und dann geschah etwas, was Drdjuck noch nie gesehen hatte. Das Kälbchen trat auf das Mädchen zu und leckte erst ihre eine Hand und dann die andere. Beide Hände!

Drdjuck wagte kaum zu atmen.

Trotzdem blieb keine Zeit. »Ich bin auf dem Weg«, sagte Drdjuck dunkel. »Wir müssen zum Schlachthaus!«

Das Mädchen fauchte erneut. Drdjuck machte einen Schritt auf sie zu. Ihr Körper strahlte kühl, als wäre sie eben aus dem Wasser gestiegen.

»Jeder der Büffel muss leben! Kannst du mir den Weg zeigen? Ich werde alleine nicht rechtzeitig dort sein. Ich kenne mich hier nicht aus. Es geht nicht um mich!«

Sie hörte ihm zu. Sie schloss die Augen. Es war, als würde sie lauschen.

Im selben Moment tauchte die alte Frau in der stillen Zone vor ihm auf, die Großmutter des Mädchens. Sie stand vor dem Supermarkt und sprach zu jemandem ...

»Sie heißt Marja, nicht Ähre!« Die alte Frau deutete auf das Mädchen im gelben Kleid. Dann sah Drdjuck, zu wem sie sprach. Die Jäger, angeführt von Ciach, standen vor den beiden. Drdjuck bekam Angst um die alte Frau und um Marja. Doch dann geschah etwas Unerwartetes.

Als Ciach Simon und Aljec anwies, Marja zu holen, fuhr diese die beiden Jungen an. »Bleibt mir vom Leib!«

Der glatzköpfige Simon zögerte.

»Was für Feiglinge!«, rief Marja da schon. »Ihr habt sie nicht aufgehalten. Ihr hättet mich in der wilden Jagd sterben lassen. Verbrennen vor den Augen meines Bruders.«

Ihr Blick wanderte zu Emmo. Der Junge mit den graubraunen, grasbüschelartigen Haaren sah sie stumm an. Um seine Lippen zuckte es.

»Nein!«, gellte es da. Es war Aljec. Der jüngere der beiden Brüder sah Marja flehentlich an.

Ihr Blick richtete sich stattdessen auf Simon. »Natürlich!«

Simon wandte den Kopf ab. Sein Schädel glänzte in der Dunkelheit. Er blickte zu Ciach, starrte auf das blaues Tuch um sein Haar.

Doch auch Ciach schwieg.

»Schweigen pflanzt sich fort, Ciach«, sagte die alte Frau leise. »In dir, in Simon, in euch allen …«

Marja stieß einen ungläubigen Laut aus. Mit einer verzweifelten Geste warf sie ihre Hände vor das Gesicht, dann riss sie sie wieder hinab, und für einen Augenblick sah es aus, als würde sie auf die Knie sinken wollen. Doch im nächsten Augenblick richtete sich das Mädchen hoch auf. »Niemals wird einer von euch mir je wieder nahe kommen. Ihr seid tot wie diese Stadt. Wie er … Sugan, Sugan, Sugan!«

Die Jäger starrten sie an.

Drdjuck sah, wie Ciach an das Tuch um sein Haar fasste und nach dem Messer tastete. Doch da griff Aljec nach seiner Hand. »Lass sie!«

Drdjuck verstand die Worte, obwohl sie nur geflüstert waren.

»Lass sie, sie ist außer sich. Der Hirte hat sie entführt, und sie weiß nicht, was sie sagt.«

»Dreimal hintereinander«, keuchte Ciach. Doch dann ließ er die Hand sinken.

Simon regte sich nicht.

»Wo ist der Hirte langgelaufen? Was hat er gesagt?« Ciach trat auf Marja zu. »Du sagst es uns, oder ich muss dich ihm melden! Dreimal hintereinander!«

»Ihr seid die Jäger, ihr müsst die Spuren lesen können«, hielt ihm die alte Frau entgegen. Ihre Stimme klang müde.

Drdjuck sah, wie Marja den Blick auf Aljec richtete. Der Junge stand gegen eine der Wände an der Straße gelehnt und bedeckte sein Gesicht mit den Händen.

»Es gibt sowieso nur einen Weg … Rasch, in beide Gassen hinein!«, ließ Ciach die Jäger ausschwärmen. »Wenn die Büffel uns angreifen, tötet ihr sie. Wenn nicht, tötet ihr keinen. Dann fangt ihr mir nur einen. Den Rest übernehme ich selbst! Ja, fangt mir am besten nur das Kalb. Sondert es ab und werft es nieder. Bindet ihm die Füße zusammen. Und den Hirten will ich daneben haben! Das Kalb wird mein Messer zu spüren bekommen, und er wird dabei zusehen.« Ciach deutete auf Marja. »Ich lasse dich leben. Aber ich werde dich daran erinnern, wann immer ich will!«

Drdjuck sah, wie die Jäger sich wieder in Bewegung setzten.

Nur Aljec ging auf Marja zu. Doch sie wandte sich ab. Aber die alte Frau hielt sie am Arm. »Hilf ihm! Er ist nicht so schwach, wie du denkst. Und er wird alles für dich tun, was er kann!«

Marja sah sie an.

»Du bist eine starke junge Frau«, sagte die Alte. »Ohne uns sind sie verloren.«

»Aber wir nicht ohne sie!«

Die Alte schüttelte den Kopf. »Das weißt du nicht.«

Marja sah Aljec an. »Wenn du mich berührst, kratze ich dir die Augen aus!«

»Ja, Marja«, flüsterte Aljec. Er wandte sich ab und eilte den Jägern nach.

Die alte Frau lächelte. Dann drehte sie sich um. Plötzlich war es Drdjuck, als sähe sie ihn direkt an. Im selben Moment sah er das Licht wieder, dem er gefolgt war. Doch es ging nicht von der alten Frau aus.

Drdjuck hob den Kopf. Das Licht war direkt über ihm. Es leuchtete wie eine einsame Wolke auf dem untersten der gemauerten Arme des merkwürdigen Kirchenbaus. Drdjuck hörte die Stimme der alten Frau, die ihm in der stillen Zone zuflüsterte: »Die Kirche wurde von den Arbeitern gebaut als das letzte Bollwerk gegen die Gifte, die aus der Mine in die Stadt eindrangen. Es war ihre Hoffnung, die Katastrophe aufzuhalten. Sie haben sich dort versammelt und gebetet, dass die Stadt nicht vernichtet würde. Aber dann kam die erste Überschwemmung, und das Gift wurde in jeden Winkel getragen. Das war das Ende der Menschen hier. Nur eine Schulklasse hat überlebt. Sie waren an diesem Morgen im Bunker. So wie meine Enkeltochter und ich. Ich war die Lehrerin der Stadt. Der Junge mit dem rosa Hut, wie du ihn nennst, hat den Schlüssel des Bunkers an sich genommen. Unterschätze ihn nicht. Er hat einen sehr mächtigen Willen. Ich bin nur deswegen noch hier, weil Nadydine in den Wettern lesen kann. Ohne sie hätte er mich genauso sterben lassen wie alle anderen Erwachsenen. Und jetzt geh weiter. Sie werden gleich da sein. Du hast es doch gesehen.«

Im nächsten Moment brach das Licht zusammen. Gleichzeitig wurde die Dunkelheit geflutet von einem merkwürdig rosafarbenen Schein. Drdjuck stand allein am Fuß der Kirche, und vor ihm ertönte eine ungnädige Stimme: »Warum schickt meine Großmutter dich zu mir?«

Drdjuck hörte die Worte, konnte sie aber kaum verstehen. Das dunkelrosa Licht heulte in seinem Kopf wie ein Sturm. »Die Büffel«, stieß er hervor. »Die Herde …«

»Hast du sie ihm verkauft? Glaubst du, damit dein Leben zu retten?« Nadydine starrte Drdjuck an.

»Was … Ich? … Nein!«

»Was willst du dann hier? Was willst du von mir?«

Nadydine … Ihr Name … Das Kälbchen hatte ihr beide Hände geleckt …

Drdjuck kämpfte um sein Bewusstsein. »Ich will nichts von dir … Ich weiß nicht einmal, wer du bist. Nur deinen Namen … Ich muss zum Schlachthaus, Nadydine!«

»Du weißt, wie ich heiße? Meine Großmutter muss viel von dir halten, wenn sie dir sogar meinen Namen verrät.«

Drdjuck schüttelte den Kopf.

Nadydine schwieg. Dann sagte sie plötzlich: »Du hast keine Zeit mehr! Du möchtest zum Schlachthaus? Da gibt es kürzere Wege! Sie haben dir doch die ganze Straße hell erleuchtet …«

Drdjuck stand vor Anstrengung verkrampft da. Dann war da wieder ihre harte, helle Stimme: »Du willst die Büffel lebendig dorthin bringen, damit sie am Leben bleiben? Soll das ein Witz sein?«

»Nein«, ächzte Drdjuck. »Es ist eine Falle. Alles hier ist eine Falle. Aber ich bin hier, um ihr zu entkommen.«

Drdjuck versuchte seinen Körper wieder in Bewegung zu bringen. Sie konnte es nicht verstehen. Es war ein langer Weg. »Ich heiße Drdjuck!«, stieß er hervor. »Ich bin nicht wegen ihm hier. Er hat uns gejagt. Er hat uns gefangen genommen. Aber wir wollten nicht fliehen …«

Nadydine schwieg. Dann sagte sie plötzlich: »Ich kenne einen Weg, und ich bin nicht in seiner Gewalt. Bisher jedenfalls. Ich bin die letzte Wetterfrau. Aber wenn du stärker bist als ich, steckt er meine Großmutter in ein weißes Gewand und schickt sie fort. Dann wird er dich als Wettermann haben wollen.«

»Ich bin nicht stärker als du«, antwortete Drdjuck.

»Aber meine Großmutter vertraut dir mehr als mir. Sie hat dich hergeschickt, ohne mich zu fragen.«

»Weil sie weiß, wie stark du bist«, antwortete Drdjuck.

»Ach was«, sagte Nadydine. Sie sagte es ruhig.

»Der Junge mit dem rosa Hut«, sagte Drdjuck, »belügt jeden.«

Diesmal bekam er ein Lachen als Antwort. »Die ganze Welt spielt verrückt, aber meine Großmutter nicht!« Nadydine breitete die Arme aus. »Und so lange ich lebe, lebt sie auch! Ich soll euch also helfen?«

Drdjuck sah sich um. Die Stadt war hier zu Ende. Es gab keine Wege mehr. Er blickte auf die dunklen Eingänge der alten Minen vor sich.

»Sie werden gleich bei deiner Großmutter sein.« Plötzlich wurde es Drdjuck klar. Er hatte vorausgesehen, was gleich geschehen würde. Er hatte es gesehen, wie die Büffel das Wetter kommen sahen.

Nadydine schwieg. Dann sprang sie plötzlich auf Drdjuck zu. Sie stand jetzt so dicht vor ihm, dass er ihr Gesicht richtig erkennen konnte. Über ihren trockenen Lippen leuchteten zwei dunkle Augen. Sie sah wirklich ein bisschen aus wie eine Löwin. Sie wirkte wie eine große, weite Wüste, die sich unendlich über das Land erstreckte und doch nicht zu heiß war. Und gleichzeitig strahlte sie die angenehme Kühle einer Regenwolke aus.

Sie musterte Drdjuck. »Du siehst aus, als wärst du lange gewandert.«

»Ja«, antwortete Drdjuck. »Aber zeigst du uns jetzt den Weg zum Schlachthof?«

»Einen, den nur ich kenne.«

Drdjuck nickte dankbar. »Kein Büffel darf sterben.«

Nadydine zögerte. »Ich kann es nicht versprechen. Es ist sehr dunkel.«

»Sie werden nicht an der Dunkelheit sterben«, sagte Drdjuck. »Sie nicht und ich nicht!«

»Ich auch nicht«, bestätigte das Mädchen.

Drdjuck sah sie an. Für einen Augenblick spürte er, dass sie ein Teil der alten Frau war. So wie er ein Teil seiner Großmutter. Doch sie ließ sich nicht lange anschauen. »Es ist ein langer Weg«, sagte sie. »Und der gefährlichste Winkel dieser Stadt.«

Drdjuck sah zu den Schächten, die in die Erde führten, und nickte. »Wenn das Wasser kommt, fällt es hier herab, nicht wahr? Die alten Minen retten die Stadt vor den Fluten. Und weil das Wasser sich unten sammelt, kann dort etwas wachsen und leben. Aber was dort lebt, lebt anders als das, was zuvor hier gelebt hat. Ja?«

Nadydine sah ihm ins Gesicht. In ihren Zügen stand eine tiefe Klarheit. »Und auf diese Art siehst du auch das Wetter?«

»Ich sehe das Wetter kommen, und ich kann mich an ihm entlangbewegen«, antwortete Drdjuck. »Und du?«

»Ich sehe es kommen«, antwortete Nadydine. »Aber es hilft nicht, was ich sehe. Es verändert nichts in dieser Stadt.«

»Ihr seid eben keine Nomaden«, gab Drdjuck zurück.

Neben Drdjuck stieß die Anführerin ein leises Muhen aus.

Nadydine seufzte. »Deine Büffel wollen leben. Aber wenn Wasser kommt, wird es in die Schächte stürzen. Dann werden wir alle ertrinken. Wenn kein Wasser kommt und wenn die Jäger hinter uns bleiben, können wir ihnen vielleicht entkommen.«

Drdjuck spürte in die stille Zone. »Dort unten ist auch noch anderes Leben!«

Nadydine zögerte. »Du siehst sie?«

»Wesen«, antwortete Drdjuck. »Viele Beine, keine Augen.«

»Ja«, antwortete Nadydine. »Sie laufen auf dem Wasser und über die dunklen Felder und befruchten die Pflanzen. Wenn wir sie fangen und essen, werden die Pflanzen verschwinden. Deswegen sollte niemand wissen, dass sie dort unten sind. Ich habe sie vorsichtig, sehr vorsichtig am Leben gehalten. Und nur manchmal geben ich ein paar von ihnen an andere Mädchen.«

»Und was fressen sie?«, fragte Drdjuck.

»Ich habe nicht viel für sie«, antwortete Nadydine. »Ich habe ihnen alles gegeben, was der Wind auf die Arme der Kirche getragen hat. Das ist der einzige Ort, wo hier überhaupt etwas anlandet. Und dann haben sie aus den Samen etwas gemacht … auch dort unten.«

»Diese Kirche … sie ist wie ein Spinnennetz aus Stein«, lachte Drdjuck plötzlich.

»Ja …« Nadydine lächelte ein wenig. »Gehen wir«, sagte sie dann.

Drdjuck nickte. »Die Jäger werden bald hier sein. Und wir brauchen einen Eingang in deine Unterwelt.«

Nadydine lachte auf. »Natürlich! Ich werde euch sicher nicht bitten, euch in die Schächte zu stürzen.«

In den Minen

Mit der Kirche im Rücken begann Nadydine in Richtung Tal zu wandern. Hier wurde der Gestank, der die ganze Stadt einhüllte, trotz der offenen Fläche stärker.

Der Boden war genauso ausgetrocknet und leblos wie auf dem Weg, den die Büffel und Drdjuck in die Stadt hinein zurückgelegt hatten.

Drdjuck trieb die Herde zur Eile an.

Nadydine passte sich dem schnellen Gang nicht nur an, sie forcierte ihn. Wie schon zuvor auf den Armen der Kirche, auf denen sie Samen fing, die der Wind herbeitrug, wie Drdjuck jetzt verstanden hatte, bewegte sie sich auch hier in der Ebene geschmeidig und schnell. Sie wich jedem Stein, jedem verrosteten Stück Metall, jedem Stück Stacheldraht mühelos aus.

Dann wies sie plötzlich auf die Reste einer grauen Asphaltbahn.

»Am Ende der Landebahn ist der einzige breite Eingang in die Minen. Dort kamen früher die Loren nach oben.«

»Darin wurden die Erze an die Oberfläche gebracht?«, fragte Drdjuck.

»Ja, aber ich weiß gar nicht genau, was alles«, antwortete Nadydine. »Der Boden ist so voller Gift, mit dem hier die Erde ausgewaschen wurde, dass es eine reiche Mine gewesen sein muss. Und das Zeug wurde nicht umsonst im Bunker gelagert.«

»Der Bunker war für die Funde?«

»Natürlich! Besonders als die Fluten eingesetzt haben. Die Mine wurde erst aufgegeben, als ein Sturm eine der Transportmaschinen vom Himmel geholt hat. Die Reste liegen irgendwo hinter dem Tal auf der anderen Seite.«

Drdjuck schüttelte den Kopf. »Und warum sind die Menschen hiergeblieben?«

»Du fragst wie einer aus dem Norden«, murmelte Nadydine. »Wo sollten sie denn hin? Die Flugzeuge haben nur die Erze und andere Rohstoffe abgeholt. Konntest du denn einfach von dort weg, wo du warst?«

Drdjuck hatte immer gedacht, dass dort, wo viel Geld war, auch Hilfe ankam. Aber so war es wohl nicht grundsätzlich. Im Norden … Wo der Reichtum gelandet war, nutzten die Menschen dieses Geld angeblich noch immer. Er hatte schon die eine oder andere Geschichte darüber gehört, dass es Städte geben sollte, die kaum zerstört waren und sich mit hohen Mauern schützten. Dahinter sollte es bewässerte Felder geben, genauso wie Swimmingpools, Straßen und Autos, prächtige Häuser und Überfluss. Aber vielleicht waren das auch nur verrückte Träume von Menschen, die sich nach der Vergangenheit sehnten.

»Als das letzte Flugzeug am Himmel verschwunden war …«, fuhr Nadydine fort. Sie schwieg unvermittelt. »Der Junge mit dem rosa Hut sagt die Wahrheit, was das angeht. Wir sind die letzte Generation.«

»Aber die Arme an der Kirche?«, rief Drdjuck.

»Mein Vater und seine Freunde haben sie gebaut«, sagte Nadydine. »Sie haben Feuer auf ihnen entzündet, um auf uns aufmerksam zu machen. Den Feuerturm haben sie ihn genannt. Ich habe neben ihnen gesessen und in die Landschaft geschaut. Und sie gewarnt, wenn ein Wetter kam. Aber ein Flugzeug ist nie wieder hier gelandet.« Nadydine war stehen geblieben und zeigte nach vorn. Die Reste der Straße führten abwärts in einen rechteckigen Tunnel. »Das ist der Eingang!«

Die Wände des Tunnels waren zunächst noch von Holzbalken gestützt, dann ging alles in grauen Fels über.

Drdjuck ging, ohne zu zögern, hinein. Die Herde lief ebenso stoisch weiter.

Nadydine folgte ihnen überrascht.

Über ihren Köpfen hing eine in scheinbar unendliche Tiefen führende Decke aus Fels. Ein bisschen erinnerte der Tunnel Drdjuck an den schmalen Weg durch die Felsen zur Wasserstelle im Canyon. Doch dort war immer noch der Himmel zu sehen gewesen, hier nahm die Dunkelheit mit jedem Schritt zu.

Kalte, verbrauchte Luft schlug ihnen entgegen.

»Wir werden nicht atmen können«, entfuhr es Drdjuck. »Wir sind zu viele.«

»Ja, wenn wir uns zu langsam bewegen, werden wir ersticken«, antwortete Nadydine. »Aber wenn wir schnell genug sind, reicht die Luft. Es gibt keine Lüftungsschächte, keine Ventilatoren, die für Luftaustausch sorgen, so wie es früher war, als mein Vater die Schätze aus dem Stein geholt hat. Es ist also eine Frage des Tempos.«

Drdjuck ging schneller.

»Es sind viele Tunnel«, sagte Nadydine. »Deswegen gilt auch, wer zu schnell geht, wird sich leicht verirren.«

Drdjuck bremste seinen Schritt wieder. »Du musst uns anführen.«

Sie trat vor ihn. »Dann sind wir uns einig.«

Drjuck beobachtet sie. »Du kannst sehen im Dunkeln?«
»Natürlich. Und du?«

Drjuck zögerte keine Sekunde, ihr die Wahrheit zu sagen. »Bisher konnte ich es immer. Aber hier weiß ich es nicht.«

Hinter ihm drängten sich die Büffel dicht aneinander. Zwischen den Wänden nahm Drjuck den schweren Rauchgeruch wahr, der aus ihrem Fell stieg. Jeder, der eine gesunde Nase besaß, würde sie leicht verfolgen können. Die Anführerin lief direkt an seiner Schulter, ihre Schnauze bei ihm, sodass er ihren Atem spürte. Das Kälbchen war an ihrer anderen Seite. Und die übrige Herde lief unter der Wolke der Witterung. In der Dunkelheit klangen ihre Hufe auf dem felsigen Grund wie schwere zerplatzende Regentropfen.

Nadydine lauschte vor sich in den immer schwärzer werdenden Tunnel.

Drjuck hielt sich hinter ihr und tat dasselbe.

Wonach suchte sie? Er öffnete seine Sinne.

Zuerst war es nur ein dunkles Echo der Außenwelt. Es klang, als ob der vergehende Tag, der von außen in den Tunnel drang, auf ein großes Schweigen stieß, das ihn wieder zurückwarf. Eine unberührbar wirkende Stille drang ihnen entgegen. Tiefer als nahezu jede Stille auf der Erdoberfläche.

Doch dann spürte Drjuck eine winzige Bewegung. Er folgte ihr in der stillen Zone. Sofort nahm er es deutlicher wahr. Die Bewegung stammte von dünnen Beinen, von wippenden Körpern und von Blättern, die alle ohne Licht wuchsen. Dazu kam ein Tröpfeln von Wasser.

»Es gibt wirklich Leben hier«, flüsterte er.

Nadydine antwortete ihm nicht. Doch im nächsten Moment kam Drjucks etwas aus der stillen Zone entgegen. Es waren nur

Schemen. Dann entfaltete sich für einen Augenblick ein Licht vor ihm, Nadydines Licht, und er vermochte weiter als bisher zu sehen.

»Wir gehen nicht zu ihnen«, flüsterte sie. »Es ist ein See ... Und ich will nicht, dass deine Büffel sie fressen. Wir gehen in die andere Richtung!«

Drdjuck folgte ihr an einer Abzweigung. Sie wählte den rechten Weg. Drdjuck sah jetzt besser. Er bemerkte, dass sich zu beiden Seiten weitere Gänge in den Berg gruben, deren Bahnen viel tiefer zu reichen schienen. Gleichzeitig verlor er das Bewusstsein für die Richtung. Es wehte kein Wind. Und keine Gerüche halfen bei der Orientierung.

Nadydine wies in die Gänge. »Ich war schon in jedem. Sie führen sehr tief. Unter uns sind noch mehrere Ebenen. Aber dort ist nichts, nur selten ein Wasserbecken und alte Gerätschaften. Man kann tagelang laufen, wenn man will. Doch je tiefer man geht, desto gefährlicher wird es. Ich spüre hier unten kein Wetter. Und wenn ein Sturm kommt ...«

Ertrinkt man in den einbrechenden Wassermassen, dachte Drdjuck.

Der Weg senkte sich. Schweigend liefen sie weiter. Auch die Zeit schien in der Tiefe mehr und mehr stillzustehen. Bald kam Drdjuck der Weg, den sie gegangen waren, länger vor als die Straße, die vom Bunker hinabgeführt hatte.

»Die Stollen sind nicht an der Stadt ausgerichtet«, flüsterte Nadydine. »Sie verlaufen in der Tiefe kreuz und quer, ein Netz für sich.«

Drdjuck spürte seine Herzschläge. Fünfzig, siebzig, hundert und noch einmal hundert. Er hörte auf, sie zu zählen.

»Aber du hast ein Gefühl für die Richtung?«, fragte er.

»Ja. Wir sind auf dem richtigen Weg. Unterhalb des Schlachthauses liegt das trockengefallene Flussbett. An seinem Rand sind Höhleneingänge. Bis dorthin reichen die Minen.«

Sie liefen weiter. Drdjuck prüfte die Luft. Bei ihrem jetzigen Tempo schienen sie nichts zu befürchten zu haben, und der Raum um Drdjuck schien sich außerdem zu weiten. Plötzlich stieß die Anführerin ihren Kopf gegen seine Hüfte. Sie hielt die Hörner gesenkt, und das hieß, sie war bereit, sich zu verteidigen oder anzugreifen. Doch dann hob sie ihr großes Haupt wieder, und plötzlich strömte der Atem der Anführerin vor Drdjuck und Nadydine weit hinaus in die Dunkelheit.

Sofort taten die anderen Büffel, das Kälbchen, die jungen Bullen es ihr nach. Warme Atemluft erfüllte die Höhle vor ihnen, und eine große Bewegung setzte ein. Die Luft und die Feuchtigkeit aus den Nüstern …

Nadydine blieb stehen und erstarrte.

Drdjuck senkte sich tief in die stille Zone. Und dann begann er zu sehen, immer mehr zu sehen.

Etwas plätscherte. Etwas kam auf sie zu. Augenlose Körper. Sie fingen die Feuchtigkeit auf. Sie sogen sie in dunkle Kehlen, die in der Dunkelheit plötzlich grün zu schimmern begannen. Sie bewegten sich rasch und sanft zugleich.

Es waren die Wesen, die er schon vorher wahrgenommen hatte. Sie tranken den Atem der Büffel.

Die Büffel wichen keinen Schritt zurück. Sie beobachteten.

Dann ließ das Kälbchen einen kleinen Dunghaufen zu Boden fallen. Ein Platschen ertönte. Sofort eilten die schimmernden Wesen herbei. Sie nahmen den Dung in sich auf. Sie aßen …

Drdjuck spürte das Leben, das sich ausbreitete. So wie es sonst auf der Erdoberfläche geschah. Wie die Gräser nach den Nährstoffen griffen, griffen jetzt die weißlichen Wesen nach dem Dung des Kälbchens. Es waren Spinnentiere … Augenlose Wesen mit langen, dünnen Beinen und einem runden, auf den Beinen wippenden

Körper. Sie kamen aus einem Becken voll Wasser, das unter ihren Körpern in Bewegung geriet, denn sie liefen darauf, tauchten unter und ein … Und sie verteilten den Dung weiter auf die winzigen Pflanzen, die die Felsen und einen Teil der Wände bedeckten. Auch sie schimmerten, sandten Licht aus.

Drdjuck wurde bewusst, dass Nadydine dasselbe sah wie er.

»Sie sind uns entgegengekommen«, flüsterte Nadydine. »Sie spüren das Leben. Es gibt viel mehr von ihnen, als ich bisher dachte.«

»Das sind sie?«, fragte Drdjuck.

»Ich bringe ihnen alles, was ich auf dem Turm finde«, antwortete Nadydine. »Sie sind nahezu das einzige Leben, das hier neu existiert.«

Die Anführerin trat ans Wasser und senkte ihr Maul. Sie roch. Dann begann sie zu trinken.

Erschrocken wuselten die schimmernden Wesen davon.

Die Herde folgte dem Beispiel der Anführerin. Für ein paar Minuten stillte die Herde ihren Durst. Keines der Spinnentiere verschwand in ihren Mäulern.

»Die Büffel fressen sie nicht«, flüsterte Nadydine. Sie klang glücklich.

In diesem Moment ertönten Stimmen aus der Ferne, der Schall in den Tunnel trug sie durch den Fels und über das Wasser. »Ich rieche Rauch! Sie müssen hier sein!« Es war Jankis Stimme.

Die Herde hielt augenblicklich inne. Drdjuck sank tief in die stille Zone, doch er konnte keinen ihrer Verfolger entdecken. Die Stimmen schienen direkt aus dem Wasser zu kommen. Wo waren die Jäger? Wie nah waren sie?

Ein gieriges Lachen klang auf. »Jagt sie tiefer, jagt sie tiefer!«

»Hört auf rumzuschreien«, war Simon zu vernehmen. »Wenn

man hier unten nicht höllisch aufpasst, ist man tot! Wie viele sind hier schon verschwunden!«

»Ruhig Blut!« Das war Ciach. »Das bedeutet auch, hier unten können sie nicht entkommen! Aber Simon hat recht. Nehmt euch vor giftigen Gasen in Acht. Verteilt euch. Denkt an die Luft! Wir müssen sie nur in eine Höhle treiben und nicht wieder rauslassen, dann schlafen sie nach einer Weile von ganz alleine ein.«

Plötzlich verstummten die Stimmen, und totenstille Dunkelheit griff erneut nach der Herde, Drdjuck und Nadydine.

»Der Klang täuscht«, flüsterte Nadydine. »Sie sind noch nicht so nah, der Schall trägt hier unten zum Teil sehr weit.« Sie führte sie wieder weg vom Wasser. »Sie dürfen die Spinnentiere nicht finden. Sie würden sie essen. Es wäre ihr Ende.«

Drdjuck fühlte ihre Angst um die Lebewesen.

»Wohin müssen wir?«, flüsterte er.

»Noch weiter hinab. Auf geradem Weg wären es vermutlich nur ein paar Schritte«, gab Nadydine zurück. »Aber ich habe ja schon gesagt, die Minen sind keine Straßen. Ich kenne die Richtung, aber nicht alle Abzweigungen. Manche Schächte sind eingestürzt, in manchen brechen die Felsen von der Decke. Es gibt schmale Stellen, verschüttete. Ich bin den Weg hier noch nie ganz bis zum Schlachthaus gegangen. Ich habe nur von außen gesehen, dass es einen Eingang gibt, und am Luftzug hier unten gespürt, dass der Weg frei sein sollte. «

»Wir werden es schaffen«, sagte Drdjuck.

Nadydine wandte sich wieder nach vorne und ging weiter.

In diesem Moment trat das Kälbchen dicht an Drdjuck heran. Es stieß ihn in die Seite, stellte sich vor ihn, versperrte ihm den Weg.

»Warte«, sagte Drdjuck leise.

Nadydine sah sich um. »Warum?«

Das Kälbchen beugte sich zur Anführerin und trank. Dann hob es den Kopf und warf Drdjuck einen Blick zu, bevor es sich wieder Nadydine zuwandte. Es stieß sie mit der Schnauze an die Hüfte. Das war das Zeichen.

»Jetzt können wir weiter«, erklärte Drdjuck. »Es hatte Hunger und brauchte Milch.«

»Die Herde und du, ihr gehört wirklich zusammen«, murmelte Nadydine. »Wugan wird es euch nicht verzeihen, wenn ihr am Schlachthaus ankommt. Es wäre gut, wenn wir etwas zu essen fänden, das du ihm dann als Geschenk anbieten kannst.« Unwillkürlich war sie in die Art zurückgefallen, den Jungen mit dem rosa Hut zu nennen, wie es alle hier taten.

Drdjuck lachte leise auf. »Meinst du das ernst?«

»Natürlich!« Nadydine setzte sich in Bewegung. »Vielleicht finden wir weiter oben ein paar Wurzeln. Früher gab es auch Ratten in den Gängen, aber die sind schon lange fort.« Sie schwieg und verfiel in ihr übliches Tempo. Drdjuck lauschte. Die Stimmen schienen verschwunden zu sein. Aber natürlich konnten sie jederzeit wieder auftauchen. Das Kälbchen lief schneller als vor der Wasserquelle. Es musste großen Hunger und Durst gelitten haben.

Plötzlich holte das Mädchen Luft. »Es tut mir leid, dass ich sie als Beute gesehen habe. Ich habe die Jäger auf deine Spur gebracht, Drdjuck. Ich habe die Büffel gesehen.«

»Du hast die Jäger auf uns gehetzt?«

Nadydine nickte. »Ich habe dich nicht gesehen. Nur die Tiere. Und alle hier haben Hunger. Jeder Tag ist ein Kampf ums Überleben. Der Supermarkt war schnell leer. Jetzt lebt meine Großmutter zwischen den leeren Regalen. Sie versucht dort Pilze zu züchten. In ein paar alten Säcken hat sie Erde gefunden, aber die hat ihr Tugan weggenommen. Jetzt versucht sie es im ehemaligen

Kühlraum. Aber dort gibt es nichts außer ein paar alten Verpackungen und abgestandenem Wasser aus der Kühlleitung.«

»Warum hat der Junge mit dem rosa Hut mehr zu essen als alle anderen?«, fragte Drdjuck.

»Er bekommt mehr«, antwortete Nadydine. »Ohne den Bunker wäre hier kaum noch jemand am Leben. Alle geben ihm ab. Und er hat eine Plantage im Bunker mit künstlichem Licht. Dafür hat er sich die Erde geholt. Und Dünger. Hast du den Energiesklaven gesehen?«

Drdjuck erinnerte sich an die Gestalt auf dem Fahrrad und das flackernde Licht. »Kaum«, antwortete er.«

»Von ihm scheint eine gute Kraft auszugehen«, sagte Nadydine. »Ich weiß nicht, warum. Aber es ist, als flösse er selbst mit jedem Tritt in die Pedale in das Licht hinein, das er erzeugt. Seit er die Lampen mit Energie versorgt, wachsen die Pflanzen besser, munkelt man.« Sie hielt inne. »Früher nannte man das einen grünen Daumen …«

Drdjuck nickte. Diesen Begriff hätte seine Großmutter auch benutzt.

»Manchmal habe ich mich gefragt, ob der Energiesklave mir ähnlich sein könnte«, fuhr Nadydine fort. »Aber ich habe nie mit ihm gesprochen. Ich glaube, er spricht überhaupt nicht. Es heißt, er sei stumm. Er will immer nur Fahrrad fahren.«

»Macht er das freiwillig?«, fragte Drdjuck.

»Manche Menschen bewegen sich, um sich nicht erinnern zu müssen«, gab Nadydine zurück. »Oder vielleicht auch einfach, um nicht zu sterben. Ich weiß es nicht.« Sie blickte voraus in die Dunkelheit und strich dem Kälbchen über den Kopf. »Sie werden bald hier sein«, flüsterte sie plötzlich.

Drdjuck versank tiefer in die stille Zone. Für einen Moment war ihm, als könnte er durch Nadydines Augen in den Tunnel blicken. Das Kälbchen schmiegte sich zwischen sie. Nadydine holte vorsichtig Luft. »Wir werden bald Mühe bekommen mit dem Atmen. Wir sind jetzt sehr tief. Und wir müssen Ciach und die anderen abschütteln. Am besten lassen wir sie an uns vorbeiziehen.«

»Wie sollen wir uns hier verstecken, wenn uns die Jäger einholen?«, fragte Drdjuck leise. »Und dann noch ohne Luft?«

Das Mädchen lächelte kurz. »Wir können es schaffen. Ich werde es dir zeigen, wenn es so weit ist. Ciach überschätzt sich und seine Männer.«

Sie eilten weiter. Das Kälbchen trottete Nadydine vertrauensvoll hinterher in die Dunkelheit, und auch die übrige Herde zögerte keinen Moment, sich ihrer Führung anzuvertrauen. Drdjuck wunderte sich nicht darüber. Er spürte eine Verbindung zwischen Nadydine und der Herde, die sich wie ein warmer Mantel um seine Schultern legte. Dennoch blieb er wachsam.

Es war gefährlich, einem Menschen zu schnell zu vertrauen, und es konnte immer etwas geschehen, was zu einem Sinneswandel bei dem anderen führte oder ihn dazu brachte, nur noch an sich selbst zu denken. Jetzt aber ging es darum, die Herde zu retten. Auch wenn Drdjuck klar war, dass der Kampf um ihr Leben mit der Ankunft im Schlachthof nicht beendet sein würde. Die Jäger waren nur ein Teil der Gefahr. Wenn sie ihnen entkamen, würden sie sofort auf die nächste Herausforderung stoßen, den Jungen mit dem rosa Hut selbst. Nadydine hatte recht mit ihrer Annahme, dass es klug wäre, ihn zu besänftigen, wenngleich Drdjuck bezweifelte, dass es mit etwas Nahrung getan wäre. Während er durch die Dunkelheit ging, spürte Drdjuck in der stillen Zone den Hunger und die Wut der Jäger darüber, dass er und die Herde ihnen entkommen waren. Nein, es war eigentlich keine Wut. Es war Angst, was er spürte.

Sie erreichten eine dreifache Weggabelung, an der der Gang sich zur rechten Seite weiter in die Tiefe und zur anderen auf gleicher Höhe fortsetzte. Außerdem gab es einen weiteren, noch weiter rechts von ihnen tief in den Felsen getriebenen dritten Schacht. Nadydine spähte hinein. Die Öffnung erweiterte sich hinter einer steilen Stufe zu einer großen Höhle.

»In diesen Höhlen wurde abgebaut«, erklärte Nadydine. »Meinem Gefühl nach sollten wir diesen Weg nehmen. Wenn wir ihm folgen, müsste er irgendwann hoch zum ehemaligen Fluss führen, und wir kämen in Richtung des Schlachthauses. Aber ich habe das Gefühl, dass die Jäger, wenn sie hier hinkommen, das Gleiche denken werden. Und außerdem brauchen wir …«

»… etwas zum Mitbringen«, setzte Drdjuck ihren Gedanken fort.

Nadydine sah ihn überrascht an. Sie nickte, wandte sich der Höhle hinter dem Schacht zu und ging schneller. Drdjuck merkte, dass er außer Atem geriet. Die Luft wurde dünner.

»Wir müssen zum Grund, da, wo abgebaut wurde«, flüsterte sie. Sie sprang die Felsstufe hinab und deutete hinter sich. »Schaffen die Büffel das?«

»Ja, aber nur langsam und nicht lautlos«, sagte Drdjuck. In diesem Moment ertönte Fußgetrampel hinter ihnen. Es war noch entfernt, aber näherte sich rasch. »Sie sind schnell«, flüsterte Drdjuck. »Und wir dürfen uns nicht zu sehr beeilen, um kein Geräusch zu machen.«

»Sie werden die Herde sowieso riechen«, sagte das Mädchen. Plötzlich blieb sie stehen. Ihr Atem streifte sein Gesicht. »Vertraust du mir das Kälbchen an?«

Drdjuck zögerte. Obwohl es Nadydines Hände geleckt hatte – beide – breitete sich Angst in ihm aus. Ohne das Kälbchen würde vielleicht nie wieder … Er rang mit sich. Was hatte sie vor? Wollte sie doch mit den Jägern gemeinsame Sache machen? Wollte sie ihnen das Kälbchen bringen, um sich zu retten? Belog sie ihn vielleicht schon die ganze Zeit?

»Was hast du vor?«

Nadydine wurde ganz still. Plötzlich sah Drdjuck wieder das Licht um sie.

Schweigend sahen sie einander an. Die Bewegungen hinter ihnen wurden lauter, kamen näher.

»Du darfst jetzt keine Angst haben«, flüsterte sie. »Es gibt ein Versteck, das sie nicht finden werden, wenn wir es rechtzeitig schaffen. Ihr müsst hier immer weiter in die Dunkelheit gehen. Ihr werdet wieder an einen See kommen. Ihr geht in das Wasser, darin erlöschen eure Spuren und mit etwas Glück auch der Geruch. Ich komme mit dem Kälbchen später nach.«

Drdjuck wusste nicht, was er tun sollte. Da sah er, wie das Kälbchen sich dicht an das Mädchen schmiegte. Er nickte.

»Dann weiter. Da runter.« Nadydine wandte sich der Höhle zu, legte die Hand an den Nacken des Kälbchens, stieg mit ihm in die Tiefe und beschleunigte ihre Schritte. Sie trat jetzt so leise auf, dass sie nahezu unhörbar blieb. Drdjuck und die Herde folgten ihr. Natürlich konnten die Büffel auf ihren Hufen nicht ebenso leise hinabsteigen. Aber sie schafften es, ein Tier nach dem anderen.

Unten angekommen, durchquerte Nadydine die Höhle und bog an ihrem Ende in einen schmalen Gang zur Linken ab. Der Gang führte um mehrere Ecken und mündete in eine weitere, größere Höhle. An ihrem Ende erhob sich eine hohe weiße Wand. »Das ist Salz«, flüsterte das Mädchen.

Drdjuck sah, dass ein Tunnel mitten durch die Salzwand führte.

An seinem Eingang blieb Nadydine stehen. »Ihr geht hier durch.

Am Ende des Salztunnels wird es noch tiefer, dort ist das Wasser. Wir treffen uns am Wasser, dort finden wir auch die Nahrung.«

»Und du?«, fragte Drdjuck

Nadydine wies auf einen Tunnel ein Stück weiter hinten. »Dort …« Sie zögerte. »Ich könnte deine Hilfe gebrauchen. Wenn du es wagst, die Büffel allein gehen zu lassen …«

Drdjuck versank tief in die stille Zone. Er glaubte dem Mädchen. Aber was, wenn er sich irrte? Plötzlich kam ihm seine Großmutter in den Sinn: Warum reden wir uns öfter etwas ein, als uns etwas auszureden? Drdjuck ging auf seine Angst zu. Niemand log besser als Menschen, niemand flößte dem Leben mehr Angst ein. Aber diesmal war es an der Zeit, sich die Angst auszureden … Und er war nicht allein. Drdjuck erkannte die Anführerin. Sie war ein dunkelblauer Schatten, der ihn ansah. Drdjuck dachte an den Salztunnel und an das Wasser dahinter. Er dachte an das Kälbchen, das dem Mädchen die Hände geleckt hatte, beide Hände …

Und auf einmal ging die Anführerin von allein auf den Salztunnel zu. Er sah, wie sie den Kopf zur Seite drehte, stehen blieb und am Salz leckte.

»Sie gehen allein«, sagte Drdjuck.

Nadydine sah lächelnd zu den Büffeln.

»Wir brauchen noch ihren Geruch«, sagte sie dann, trat an das Kälbchen heran und wischte mit ihren Händen über sein Fell. »So viel wir bekommen können!«

Drdjuck verstand sofort. Er wandte sich zu einer der größeren Kühe und wischte über sie. An einigen der Tiere klebte noch etwas von dem Schlamm, mit dem er sie geschmückt hatte. Er zupfte die trockenen Gräser und die trockene Kruste aus ihrem Fell. Dann tauchte er unter die Körper und suchte nach einer Urinpfütze. Er hatte Glück. Rasch tunkte Drdjuck die Masse ein und knetete sie weich. Neben ihm kniete Nadydine und machte bereits das Gleiche. Gleich darauf hielt jeder von ihnen einen guten Haufen der stark nach Büffel riechenden Masse in der Hand.

»Das sollte reichen!«, sagte Nadydine.

Drdjuck erhob sich, sprang zur Anführerin und legte seine Stirn an ihren Kopf. Er löste sich, und sie betrat sofort den Salztunnel. Die Herde folgte ihr.

Nadydine und Drdjuck warteten, bis das letzte Hufpaar verschwunden war. Die Schritte wurden leiser und verklangen. Dann war es still.

»Jetzt werden wir die Jäger an uns vorbeilocken«, erklärte Nadydine. Sie brach einen größeren Salzstein ab, steckte ihn ein und lenkte Drdjuck in den anderen Gang.

Dieser führte nach wenigen Metern durch eine weitere Höhle und dahinter wieder in einen Tunnel. Es war ein riesiges Bergwerk, in dem sie sich befanden. Viel größer, als die Stadt darüber vermuten ließ. In diesen Gängen war die Luft noch stickiger, aber Drdjuck wusste, dass die Büffel auf dem Weg in Sicherheit waren und ein zweites Mal Wasser trinken würden.

Nadydine bog in einen weiteren, diesmal höheren und weiteren Tunnel zu ihrer Linken ab.

»Das ist der Gang, der zur großen Gabelung führt«, sagte sie. »Wir sind einen großen Bogen gegangen. Jetzt gehen wir den Jägern entgegen.«

»Direkt auf sie zu?«

»Ja, aber nicht lange.« Nadydine verlangsamte ihre Schritte.

Da nahm Drdjuck eine leise Bewegung wahr. Aus einem der Seitenschächte kam ein weiches Geräusch, als würden winzige Körper über den Fels huschen. Es klang sanft und angenehm, nicht gefährlich.

»Das sind sie«, sagte Nadydine. »Die Schwestern und Brüder der Wasserspinnen.«

Sie trat in den seitwärts führenden Gang. Sofort huschte etwas vor ihr davon. Nadydine wandte sich um. »Wir können es schaffen. Schnell jetzt! Geh weiter in den Gang hinein auf Ciach und die Jäger zu. Streu ein wenig von dem Dung aus. Der Geruch muss dort beginnen und dann an diesem Tunnel vorbeiführen. Ich mache das Gleiche in die andere Richtung. Das Kälbchen bleibt bei mir, wenn ich schneller bin als du, muss es mir helfen, die Spinnen zu beruhigen.«

Drdjuck gehorchte. Er bewegte sich so leise wie die zarten Bewegungen, die er gerade im Dunkeln gehört hatte. Nach einigen Metern begann er kleine Spuren aus Schlamm, Dung und Gräsern auf den Boden zu werfen. Die Masse erfüllte die Luft im Gang sofort mit ihrem Geruch. Drdjuck lief weiter auf die Jäger zu. So weit, bis er sie wahrnahm. Es waren kräftige Schritte, die durch den Tunnel hallten.

Drdjuck verteilte den letzten Rest der Spur und huschte dann schnell zurück. Er fand den Seitengang sofort wieder, denn er wusste jetzt, wo die leisen Bewegungen zu hören waren.

Nadydine kam ihm entgegen. »Du bist schnell, und du bist leise«, sagte sie anerkennend. »Jetzt hier hinein.« Sie schob das Kälbchen in den Seitengang und legte ihm beruhigend eine Hand auf den Nacken. »Keine Angst«, flüsterte sie ihm zu. »Sie werden kommen, und sie werden an dir lecken. Sie suchen den Duft und deinen feuchten Atem. Aber sie werden dich nicht beißen, hab keine Angst.« Sie schob das Kälbchen weiter in die Tiefe. Dann zog sie den Salzbrocken hervor und brach ihn in zwei Teile. Einen gab sie Drdjuck. »Reib dich ein bisschen ein, da, wo du schwitzt. Aber verletz dich nicht, es brennt wie die Hölle.« Sie rieb ihren Brocken vorsichtig über ihre Haut, während sie tiefer in den Gang hineinging.

Drdjuck machte es ihr nach. Nach wenigen Metern blieb Nadydine stehen. Sie lauschte. Aber sie lauschte nicht auf die Jäger hinter ihnen, sondern auf das, was vor ihnen war.

Drdjuck erkannte die Spinnen. Es waren helle, weißlich schimmernde Schatten, Schatten auf vielen Beinen.

»Auch sie haben keine Augen«, sagte Nadydine. »Es sind die Gleichen wie im Wasser. Aber die hier bleiben nicht im Wasser. Und wenn sie zusammentreffen, tun sie einander nichts.«

»Wie hast du sie gefunden?«, wollte Drdjuck wissen.

»Sie haben angefangen zu leben, als die Algen im Wasser entstanden. Ich hatte ein paar Algen dort ausgesetzt, um sie zum Wachsen zu bringen. Dann sind sie gekommen. Sie fressen die Algen, aber sie pflegen sie auch. Irgendwie wachsen die Algen mit ihnen zusammen besser. Und sie sind bedürftig nach Wärme. Die Spinnentiere lieben unsere Körperwärme und unser Salz, deswegen kommen sie. Erschrick dich nicht.«

Im selben Moment krabbelte etwas an Drdjucks Bein empor. Er hielt still. Er hatte die Angst ziehen lassen und vertraute Nadydine inzwischen ohne Zögern. Und sie behielt recht.

Die Spinnenwesen, die auf ihn, das Kälbchen und Nadydine stiegen, schmiegten sich wippend an ihre Körper. Sie sogen die Wärme aus ihnen, ohne sie zu verletzen, und leckten aus winzigen Mäulern das Salz und den Schweiß von der Haut. Sie saßen auf ihnen in der Dunkelheit, wie Drdjuck in der Sonne saß, wenn er an einem kühlen Abend nach Wärme suchte. Wie er sich an den roten Felsen am Flussufer gelehnt hatte. Und sie wirkten in ihrer Bewegung wie winzige Wellen, die um ihn spielten und einen Schauer über seine Haut laufen ließen.

Er spürte mehr, als dass er es hörte, wie Nadydine neben ihm ein winziges Lachen ausstieß. »Fühlst du es?«, flüsterte sie.

»Es ist, als würde ein Wind durch einen gehen«, antwortete Drdjuck.

»Wenn ihnen richtig warm wird, dann spinnen sie Netze«, sagte Nadydine.

Sie trat zurück an den Eingang der Höhle und breitete die Arme aus. Die Spinnen auf ihr, die Drdjuck jetzt in der stillen Zone als helle, vielbeinige Schatten wahrnehmen konnte, waren über ihren ganzen Körper verteilt. Und wirklich: Nadydine legte eine Fingerspitze an die Wand, und eine der Spinnen begann ein Netz zwischen dem Finger und der Wand zu weben. Gleich darauf folgte ihr eine weitere. Vorsichtig zog Nadydine ihre Hand mit den Spinnen darauf zur Seite.

Es ging sehr schnell.

Einige der Spinnentiere sprangen von selbst an die Wand und die Decke. Drdjuck trat neben Nadydine und das Kälbchen. Zu dritt standen sie im Eingang der Höhle, und die Spinnen spannen von ihren Körpern aus zwischen den Wänden und der Decke ein Netz, das in wenigen Sekunden immer größer und dichter wurde. Sie standen mitten im Netz und versorgten die Spinnen mit Wärme. Die Seidenfäden sprudelten nur so aus den Tieren hervor.

»Jetzt gehen wir langsam zurück«, sagte Nadydine. »In den Tunnel hinein. Zerreiß das Netz so wenig wie möglich, nimmt das Kälbchen ganz vorsichtig mit.«

Drdjuck wusste jetzt, was sie vorhatte. Er zog das Kälbchen, er und Nadydine traten langsam vom Netz zurück. Es blieb schwingend zwischen den Wänden, wurde dichter und ein nahezu undurchdringliches Gewebe, durch das kein Auge drang und das die Höhle von oben bis unten zum Gang hin verschloss.

Die Spinnen blieben auf ihnen und webten weiter.

»Langsam«, sagte Nadydine, »ganz langsam …«

Dann näherten sich die Schritte. Drdjuck hörte sie. Sie schlugen hart auf den Boden. Es waren die Schritte hungriger, wütender Menschen, die gehorchten, aber unverbunden waren mit allem anderen außer sich selbst und ihren Ängsten.

Der Weg

Drdjuck verharrte reglos, ganz im Gegensatz zu den Spinnen. Sie tanzten weiter auf dem Kälbchen, Nadydine und seiner Haut herum und hörten nicht auf zu weben.

Als die Jäger kurz darauf den verschlossenen Eingang der Höhle erreichten, blieben sie zwar stehen und starrten auf das dichte Netz, doch keiner von ihnen berührte es auch nur mit dem Finger.

»Ekelhaft«, brummte Janki. »Ich habe gehört, die Mädchen kommen hier runter und essen diese wippenden Viecher. Zum Kotzen! Wenn ich mir vorstelle, die in meinem Bauch zu haben …«

»Weiberfraß«, lachte Simon auf. »Sei froh, dass sie so was runterkriegen, so bleibt von den besseren Sachen mehr für uns.«

Drdjuck versuchte nicht darauf zu hören, was die beiden sagten. Er hatte die Augenlider tief gesenkt, hielt den Blick aber unverwandt durch das Netz auf sie gerichtet. Er wollte sie sehen. In der stillen Zone nahm er deutlich wahr, dass die Jäger Nadydines Leuchten, das er selbst inzwischen ganz deutlich wahrnahm, überhaupt nicht sahen. Auch das Kälbchen, das nur verhalten atmete, spürten sie nicht. Ihre Sinne beschränkten sich auf Bewegung und Geruch.

»Haltet euch nicht auf!«, meldete sich Ciach zu Wort. »Hier ist noch mehr Dung. Weiter. Gleich haben wir sie. Wenn ich mich richtig erinnere, gehen hier nur noch drei Tunnel ab. An denen teilen wir uns notfalls in zwei Gruppen auf. Am Ende des dritten Gangs kommt der vergiftete See. Da können sie nicht sein, oder sind schon tot.«

Drdjuck fuhr zu Nadydine herum. Das Mädchen sah ihn an. Das Leuchten um sie war warm und klar. »Kein Gift«, formten ihre Lippen. »Deine Herde ist sicher. Das habe ich nur verbreitet, um den Ort zu schützen. Und ich habe den Dung in einen anderen Tunnel geführt …«

Drdjuck sah den vorbeiziehenden Jägern nach.

»Wenn die wüssten, wie sie riechen, würden sie nicht versuchen, sich zu verkriechen«, lachte Janki und folgte dem Geruch des Büffeldungs.

In diesem Moment aber kam eine der Gestalten zurück. Drdjuck spürte die Bewegung, ehe sie das Netz erreichte. Es war Aljec. Drdjuck hielt den Atem an. Dann wurden zwei Hände vorsichtig in das Netz geschoben und zerrissen einige Fäden. Gleich darauf folgte eine Nase und schnupperte.

Drdjuck zögerte nicht. Mit dem Zeigefinger schnippte er lautlos eine der Spinnen gegen die Nase.

»Uh!« Aljec keuchte erschrocken. Eine Hand fuhr sich hastig über die Nase. Dann zog er sich zurück. Die Sinne des jüngeren Bruders waren feiner als die des Wettermanns Simon, dachte Drdjuck. Doch es gab nichts weiter zu befürchten. Aljecs Schritte entfernten sich bereits.

»Na, Brüderchen, doch ein Spinnlein genascht?«, erklang gleich darauf Simons Stimme aus einiger Entfernung. »Wusste ich doch, dass du Mädchenfraß liebst. Marja wird dich nie als richtigen Mann sehen. Dazu braucht es mehr Jagdinstinkt, kleiner Bruder!« Er lachte.

Es erfolgte keine Antwort. Und gleich darauf waren die Schritte der Brüder mitsamt der Jägerschar in der Dunkelheit verschwunden.

»Wir müssen auch weiter!« Nadydine zog sanft die Fäden von sich und klebte sie an den Fels, wo sie Platz fand. Dann tat sie das Gleiche beim Kälbchen.

Auch Drdjuck befreite sich vorsichtig.

»Woher wusstest du das?«, fragte er sie.

»Man lernt viel, wenn man aufmerksam lebt«, gab Nadydine ausweichend zurück.

Drdjuck musste lächeln. »Ja«, stimmte er zu. Er schaute in die stille Zone. »Du wolltest sie essen, aber dann hast du gesehen, dass sie füreinander sorgen und die Algen hüten, nicht wahr? Und darum ...«

Nadydine sah ihn erschrocken an. »Woher weißt du das?«

»Ich sehe es«, antwortete Drdjuck. »Ich sehe hier bei euch ab und an etwas in den Menschen. So wie ich sonst das Wetter sehe. Vielleicht ist das für die Büffel immer so. Vielleicht nehmen sie so auch einander wahr. Ich weiß es nicht, ich bin noch am Lernen.«

Im selben Moment berührte Nadydine den Kopf des Kälbchens und lauschte. »Du bist der Herde viel näher, als ich dachte«, entfuhr es ihr. »Dabei ist es nicht deine Herde, sondern sie haben dich zu sich genommen.«

Drdjuck schwieg. Auch sie sah viel. Aber er war noch lange nicht bereit, ihr alles zu verraten. Wenn sie es selbst herausfand, würde er sich allerdings ihrem Wissen nicht in den Weg stellen.

Zu dritt gingen sie durch den Tunnel und folgten dabei den Jägern ein Stück. Kurz darauf erreichten sie die Kreuzung, von der Ciach gesprochen hatte, und bogen dort in Richtung See ab.

»Jetzt haben wir Zeit«, flüsterte Nadydine. »Hier werden sie zuletzt suchen.«

Der Weg war diesmal nicht allzu lang, und das Wasser empfing sie mit den Geräuschen, die es macht, wenn es gegen Büffelkörper schwappt, die darin stehen und trinken.

Auch hier gab es viele von den weißen Spinnentieren, da auf dem See eine dichte Algendecke schwamm. Drdjuck sah, dass die Spinnen auf den Büffeln saßen, ihr Salz leckten, ihre Wärme genossen und ihren Atem tranken. Noch mehr der Wesen aber waren im Wasser und fraßen den Dung der Tiere. Dann würden sie ihn weitergeben an die Algen. Es war ein Kreislauf von Geben und Nehmen. Die Büffel wedelten vergnügt mit den Ohren.

»Wir nehmen einige von den Algen mit«, erklärte Nadydine. Sie zeigte auf einen alten Einkaufskorb aus Plastik, der am Wasserrand stand. »Die Jäger haben recht gehabt. Hierher komme ich manchmal, um zu ernten. Sie denken allerdings, ich würde Spinnen essen und der See sei vergiftet. Außerdem nehme ich immer nur einen kleinen Teil der Algen für mich. Ich habe Gugan gesagt, dass ich herkomme, um zu prüfen, wie giftig das Wasser ist. Ich erzähle ihm dann immer, es sei sehr giftig, und bringe ihm zum Beweis ab und zu eine Probe, von der jedem, der etwas davon trinkt, schlecht wird. Ich habe noch ein paar alte Tabletten aus dem Supermarkt, ein Brechmittel. Die mische ich rein.«

»Warum?«, fragte Drdjuck.

»Hier entsteht Leben«, erklärte Nadydine. »Wenn Vugan es wüsste, würde er es sofort auslöschen. Dann gäbe es einmal zu essen und danach nichts mehr.«

»Aber wenn wir ihnen die Algen bringen, erfährt er es doch.«

»Ich bringe ihm dann und wann ein paar Algen«, murmelte Nadydine. »Nur ihm alleine. Er weiß nicht, dass sie von hier kommen, nur dass ich sie aus dem Bergwerk habe. Er lässt sie mich vorkosten, und wenn sie mir bekommen, verschlingt er sie.«

»Aber wenn ich sie ihm bringe, weiß er, wo ich war.«

»Welchen Weg solltest du sonst genommen haben?« Sie lächelte und zuckte die Schultern. »Die Rettung hat ihren Preis. Er wird dich wohlwollender behandeln, wenn du ihm etwas zu essen mitbringst, das er nicht jeden Tag haben kann.«

Drdjuck sagte nichts weiter dazu. Er beugte sich zum Wasser und füllte den Korb mit beiden Händen. An Nadydine gewandt, fragte er: »Schaffen wir es noch, sie zu überholen?«

»Mit Leichtigkeit.« Sie nickte. »Wir kehren nicht zu der Kreuzung zurück.«

Der Weg aus den Minen heraus war nicht mehr lang, aber die abgestandene Luft in den Tunneln war schwer zu atmen, und das wurde auch nicht besser, als sie den Ausgang erreichten. Die nachtschwarze Luft lag giftdurchtränkt über der Stadt.

»Die Ausdünstungen kommen aus dem Boden«, erklärte Nadydine. »Hier in der Nähe wurde der giftige Aushub vergraben. Hätten die Arbeiter alles unten gelassen, wären sie erstickt.«

»Wo sind die Jäger?«, flüsterte Drdjuck.

Nadydine deutete über die dunkle Ebene. »Der Schacht, dem sie gefolgt sind, endet in einem trockengefallenen Teich, den die Minenbesitzer damals über den Schächten angelegt hatten. Sie haben Koikarpfen darin gehalten. Selbst wenn die Jäger den See in der Mine kontrollieren, werden sie das Wasser nicht berühren und umkehren, wenn sie die Herde dort nicht antreffen.«

»Aber dann finden sie die Spinnentiere.«

»Nein.« Nadydine schüttelte den Kopf. »Sie kommen nicht zu jedem. Sie fliehen sofort. Ich bin erstaunt, dass sie vor dir nicht zurückgeschreckt sind.«

Sie schloss die Augen und sog die Nachtluft ein.

»Das alles hier war vor langer Zeit einmal eine Farm in einem Tal. Vier Familien waren hier zu Hause, bis sie gezwungen wurden, ihre Häuser zu verlassen. Der Minenbesitzer hatte das Land gekauft. Er war ein Vorfahre von Nugan. Aber jetzt komm, wir müssen dieses Gelände umgehen, wenn wir nicht in die Schächte stürzen wollen. Oder sehen die Büffel im Dunkeln wie ich ...«, sie zögerte kurz, »... und du?«

»Ja.« Drdjuck nickte.

»Wir ... können es ... beide.« Sie sah Drdjuck an. »Wir ... alle.«

Drdjuck kam es vor, als würde Nadydine das Wort *wir* zum ersten Mal seit sehr langer Zeit aussprechen. Aber er sagte nichts dazu. Er schaute auf die Büffel, die langsam nacheinander aus der Dunkelheit des Schachtes in die Nacht traten.

»Dann geht es noch schneller«, schob Nadydine plötzlich nach. Sie streckte den rechten Arm aus und wies voraus. »Das Schlachthaus liegt direkt da vorne. Es ist das letzte Gebäude unten am Stadtrand. Du musst keine Angst haben, es ist leer. Es gibt keine Schlachtbänke mehr. Es gibt dort genauso wenig wie in dem alten Bunker. Es ist nur ein Ort mit einem Namen.« Sie machte eine lässige Bewegung mit der Hand und ließ den Arm wieder sinken.

»Warum wollte der Junge mit dem rosa Hut mich dann dorthin haben?«, fragte Drdjuck.

»Er wollte dir nur beweisen, dass du deine Herde nicht retten kannst und dass er der wahre Herr hier ist. Das tut er mit jedem, der hierherkommt.«

»Sind denn schon andere gekommen?«

»Gekommen oder gefangen worden«, antwortete Nadydine. »Und sie sind alle geblieben und haben sich eingefügt. Aber sie hatten nur eine Gans oder einen Hund dabei«, fügte sie dann hinzu, »nie eine ganze Herde.«

»Weil sie es draußen nicht schaffen«, murmelte Drdjuck. Er sah sie an. »Aber du würdest es schaffen.«

Das Mädchen mit dem löwenfarbenen Haar verzog den Mund. Es sah fast aus wie ein Lächeln. »Vielleicht. Aber meine Großmutter ist alt, und ich werde sie nicht verlassen. Sie hat mich alles gelehrt, was ich weiß. Von ihr habe ich die ersten Samen bekommen, die ich auf dem Turm gepflanzt habe.«

»Und woher hatte sie sie?«, wollte Drdjuck wissen.

»Aus einem Beutel mit Vogelfutter.« Nadydine setzte sich in Bewegung, und Drdjuck folgte ihr unwillkürlich.

»Und du hast gedacht, damit wirst du hier alle ernähren können?«

»Nein.« Sie schüttelte den Kopf. »Aber vielleicht einige. Oder zumindest meine Großmutter. Die Kirchenarme sind der einzige Freiraum, über den ich verfüge.«

»Würdest du die Stadt verlassen wollen?«, fragte Drdjuck.

Diesmal schwieg sie. »Geh jetzt!«, sagte sie dann und blieb stehen. Sie wies noch einmal voraus in Richtung Stadtrand. Drdjuck blickte auf das letzte Haus, das sich genauso baufällig und verloren erhob wie der Rest des Ortes. Die Anführerin hielt sich dicht bei ihm. Nadydine streichelte das Kälbchen neben sich.

»Du wirst die Tiere beschützen!«

»Und du?«, fragte Drdjuck.

Nadydine schwieg. »Ich komme zurecht. Aber wenn du dich nicht wehrst, wirst du hier untergehen.« Sie drehte sich entschlossen um und begann über die Fläche in Richtung Kirche zurückzuwandern. Drdjuck sah ihr nach.

Plötzlich drehte sie sich um. Sie legte beide Hände vor den Mund und rief leise: »Er schickt alle fort, er muss niemanden töten. Sie

sterben von ganz allein. Dann müssen sie ein weißes Gewand anziehen und sich so weit entfernen, bis man sie nicht mehr sehen
kann. Und wer so weit geht, der kommt allein nicht zurück. Du
bist der Erste, der von dort herkommt. Und ich weiß, das macht
ihm Angst. Du spürst das auch. Ich merke das. Irgendwie spürst
du, was ich spüre. Aber anders als ich. Und du bist auch anders.
Du steigst nicht auf alte Kirchtürme und versuchst, eine Stadt zu
retten. Du und die Herde, ihr verbindet euch mit dem, was ihr
spürt, anstatt euch davor zu verstecken. Und du bist mit Absicht
hergekommen. Ich weiß es. Aber ich verstehe nicht, wozu. Warum
fliehst du nicht einfach? Er könnte euch doch niemals folgen, bei
allem, was du kannst. Was willst du hier?« Sie schwieg und sah
ihn unverwandt an. Diesmal war es ein pochendes Schweigen.
Ein Fluss aus unausgesprochenen Gedanken. Ein Hoffen auf einen Weg in die Zukunft, wie Drdjuck plötzlich bemerkte. Wie
ein Tier, das sich in die Dunkelheit begab, wohin es seine Pfoten
bisher noch nie gesetzt hatte. Ein anderes Leben, unbekannt, aber
möglich.

Du hast recht, dachte Drdjuck. Laut sagte er: »Danke für deine
Hilfe!« Seine Stimme klang klar und weit, obwohl er leise sprach.

Dann drehte er sich um. Seine Augen hatten sich vollkommen
an das Nachtdunkel gewöhnt, und er sah das einfache viereckige
Gebäude deutlich vor sich aufragen. Ein alter Geruch von toten
Knochen wehte ihm von dort entgegen. Er spürte, dass die Anführerin davor zurückscheute.

Drdjuck legte ihr seine Hand auf den Rücken. »Wenn wir dort
sind, haben wir dem Jungen mit dem rosa Hut bewiesen, dass wir
gemeinsam überleben«, flüsterte er ihr zu. Für sich dachte er, dass
er Nadydine hätte fragen sollen, ob der Junge mit dem rosa Hut je
einen Menschen freiwillig hatte gehen lassen. Aber die Antwort

war auch so klar. Natürlich nicht. Und natürlich würde er auch die Herde nicht freilassen. Drdjuck wusste, dass sie nur überlebten, wenn es der Herde und ihm gelang, von hier wegzukommen. Vielleicht würde man sie noch einmal jagen. Und sicher wäre es zunächst leicht für die Jäger, ihnen zu folgen, denn in der Ebene war die Herde über weite Entfernungen gut zu erkennen. Doch andererseits hatten die Büffel in den Höhlen getrunken und von den Algen gefressen und sich so gestärkt. Sobald das erste schwere Wetter begann, würden sie entkommen, vielleicht zusammen mit denen, die das Kälbchen ausgewählt hatte.

Natürlich mussten sie sich anpassen, wo auch immer sie waren und wo immer sie hinkamen. Das galt auch für diesen Ort. Und auch wenn die Art der Anpassung dem Ziel, das er und die Herde hatten, widersprach. Es war der einzige Weg, um zu überleben. Denn das war am Ende das Ziel – zu überleben und eine Zukunft zu bekommen. Nur nicht so, wie diese Stadt es versuchte.

Drdjuck sah zum Kälbchen. Es wusste, was es tat. Und er hatte gelernt, es zu verstehen.

Für einen Augenblick war Drdjuck glücklich und fühlte sich frei von allem. Dann wandte er sich wieder der Stadt und ihrer Aufgabe zu.

Diese Stadt, dachte er, war auf ihre Weise wie ein sehr unberechenbares Wetter. Aber anders als einem Wetter konnten die Herde und er dieser Situation nicht ausweichen. Genauso wenig, wie sie sich mit ihr vereinen durften. Denn Städte wie diese waren der Grund, warum alles gekommen war, wie es war.

Die Büffel hatten sich beruhigt. Wahrscheinlich hatten sie sich an den seltsamen Geruch des Schlachthauses gewöhnt und spürten, dass kein Wetter drohte. Und sie vertrauten auf Drdjuck. Er hob den Kopf und nahm wahr, dass das Schlachthaus verlassen war.

Sie würden hineingehen und dort auf ihren Widersacher warten. Sie würden sich ihm stellen.

Im Moment gab es nichts anderes zu tun.

Im Schlachthaus

Das Gebäude war größer als alle anderen Häuser, die Drdjuck bisher in der Stadt gesehen hatte, abgesehen von dem Bunker und der Kirche.

Es hatte nichts Menschliches an sich. Der Boden war mit schmutzigen Fliesen bedeckt, auf denen dicke Schlieren schmieriger Substanzen verlaufene Muster gebildet hatten. Es konnte sich ebenso um Blut handeln wie um jede andere Flüssigkeit, die gerann, fest wurde und dabei mit dem Staub und Schmutz verklebte, den sie anzog.

Drdjuck und die Herde hatten den Schlachthof durch eine verbeulte Hintertür betreten.

Das Kälbchen hob den Blick.

Drdjuck hielt ihm den Korb mit den Algen hin. Es fraß, ohne zu zögern.

»Dafür ist gute Nahrung da«, sagte Drdjuck sanft. »Zum Leben, nicht, um damit Macht auszuüben.«

Der Atem des Kälbchens streifte sein Gesicht und erfüllte ihn mit Wärme und Zuversicht. Zugleich sandte das Kälbchen einen Geruch aus, der zeigte, wie müde und erschöpft es war. Er selbst würde nicht anders riechen, dachte Drdjuck.

»Ich werde ihn niemals nennen, wie er genannt werden will«, sagte Drdjuck laut. »Und ich mache ihm keine Geschenke.« Er spürte, wie sich seine Muskeln entspannten und seine Sinne den Ort erkundeten. Die Tiere an seiner Seite waren lebendiger als jeder Stein, jede Fliese und jede alte Gerätschaft hier drin. Sie sollten diesem Ort des Todes nicht länger als unbedingt nötig ausgesetzt sein.

Drdjuck sah sich um.

Ein breites, schweres Metalltor reichte an der Vorderseite des Schlachthofs bis unter die Decke. Es war geschlossen. Drdjuck ging darauf zu, legte die Hände an einen Griff und stemmte sich dagegen. Das Tor war schwer, aber er war stark geworden. Mit beiden Armen stieß er das Schlachthaustor auf.

Vor ihm lag eine große leere Fläche, die aus nichts weiter als festgetretenem Boden zu bestehen schien. Darum herum war ein leichter Maschendrahtzaun zwischen Betonstreben gespannt, die aus einem flachen Mauerstück aufragten. Drdjuck glitt in die stille Zone und sah sie sofort. Sie lauerten rund um den Vorplatz hinter dem Zaun.

Drdjuck beschloss, die Stille zu unterbrechen und ein Zeichen ihres Sieges auszusenden. Er öffnete den Mund und rief laut: »ABC oder welchen Buchstaben du auch immer gerade ums Maul geschmiert haben willst, Junge ohne Namen … Wir sind vor deinen Jägern angekommen, und wir sind alle am Leben. Ich habe meine Herde beschützt, und meine Herde hat mich beschützt. Und jetzt komm aus der Dunkelheit und zeig dich.« Drdjuck hob seine Nase hoch in die Luft und begann übertrieben zu schnuppern. »Ich kann dich nämlich riechen. Du riechst wie ein feiger Kerl, der sich in den kaputten Städten versteckt, um nicht wieder hinaus zu müssen in die Welt da draußen und unterzugehen in den Stürmen. Du riechst nach Angst und nach Mutlosigkeit. Und du riechst schlechter als die schrecklichsten Unwetter und Feuer, die wir durchquert und überlebt haben.«

Die Schatten, die hinter dem Zaun kauerten, begannen rotviolett zu glühen. Drdjuck trat weiter vor und hob sein Kinn noch ein wenig höher in die Luft und atmete geräuschvoll aus. Er ließ den Blick schweifen. Weiter rechts hinter dem Zaun brannte das letzte Feuer in einem der Gummireifen, die von oben, vom Bunker aus, die Straße hinabgerollt waren. Das Gummi stank fürchterlich. Das Kälbchen kam neben ihn und hielt ebenfalls Ausschau. Sie befanden sich am tiefsten Punkt der Stadt. Aus dem Boden drang der Geruch von Hühnergebeinen, verbranntem Müll, Chemikalien, Abfall, Plastik und Metall. Es war ein Ort, an dem der Boden Schmerz ausstrahlte.

Plötzlich rüttelte eine Hand an dem alten Zaun. Es klang wie eine künstliche Klapperschlange.

»Große Worte!«, rief es dann.

Drdjuck musste lächeln. Der Rufer versteckte sich hinter einer der Betonstreben. »Aljec, bist du das? Oder du, Simon? Eure Stimmen klingen sehr ähnlich, wenn ihr euch fürchtet. Habt ihr den Weg aus der Mine doch schon gefunden?«

Das Schweigen, das auf Drdjucks Worte folgte, klang wie angehaltener Atem, wie die Anspannung, wenn jemand mit aller Macht versuchte, sich nicht in die eigene Hose zu pinkeln.

Die Menschen, dachte Drdjuck, ich fange an, sie zu spüren. Ich habe lange nur das Land und das Wetter wahrgenommen. Jetzt muss ich aufpassen, nicht zu sehr wie sie zu werden.

»Pfeil!«, befahl in diesem Moment eine leise Stimme. Ein dünnes Geräusch ertönte, Holz, das an Holz gelegt wurde, eine Sehne, die sich spannte. »Schlammjunge«, fuhr dieselbe Stimme dann fort, »du überschätzt, wer du bist. Das Kälbchen da neben dir werden wir noch heute Nacht zu uns nehmen, es sei denn, du kannst es verhindern. Ich ziele zwischen seine Augen. Der Pfeil ist lang und der Bogen gespannt. Er durchdringt mit Leichtigkeit Handfläche, Arm und Stirn. Aber ich denke, ein Arm und eine Handfläche vor der Stirn des Tieres könnten verhindern, dass es stirbt. Möchtest du dein Tier beschützen?«

Er muss jemanden töten, um zu beweisen, wer er ist, dachte Drdjuck und handelte augenblicklich. Er zog sein Tuch von der Schulter und wand es mit einer schneller Bewegung zusammen wie einen Putzlappen, aus dem man das Wasser wrang. Damit war es fester als ein Drahtseil. Drdjuck spannte es zwischen seinen Händen.

»Manche brauchen immer jemanden zum Töten«, sagte Drdjuck kalt. »Und ohne mich und die Herde hättest du nur deine eigenen Leute, die du umbringen könntest. Du glaubst, du wirst nie verlieren. Ich glaube, du irrst. Denn du wirst nur gewinnen, wenn du ein guter Schütze bist!« Drdjuck stellte sich vor das Kälbchen. »Versuch es! Schieß es tot durch mich hindurch. Wenn du es schaffst, werden die Büffel erst den Zaun niedertrampeln und dann jeden von euch. Aber dazu wird es nicht kommen.« Drdjuck riss das gespannte Tuch vor seine Brust.

In diesem Moment wurde die Stelle, an der Drdjuck stand, von einem einzelnen Scheinwerfer erhellt. Er war auf Drdjucks Gesicht gerichtet und sollte ihn offensichtlich blenden. Dazu beleuchtete er ihn wie eine Schießbudenfigur. Drdjuck hörte das schnelle Sirren eines Fahrradreifens. Der Energiesklave … Er ließ sich in die stille Zone sinken. Der Pfeil kam lautlos. Er verfolgte seine Bahn. Der Pfeil war auf sein Bein gerichtet. Drdjuck spannte das Tuch noch fester und hielt es an die richtige Stelle. Der Pfeil prallte an ihm ab wie ein Stein an einem dicken Baumstamm.

Drdjuck bückte sich und hob ihn auf. Er zerbrach ihn, drehte das Tuch auseinander und schwenkte es wie eine Fahne. »Du musst schon wissen, was du willst, ABC-Junge!«, rief er in die Dunkelheit. »Ein Jäger wirst du jedenfalls nicht.«

In diesem Moment ertönte ein lauter Schrei: »Meins!«, rief eine Stimme, die Drdjuck bisher noch nie an diesem Ort gehört hatte. »Meins!«

Die Stimme ließ Drdjuck erschauern.

»Kein Jäger?« Der Junge mit dem rosa Hut ließ seine Waffe sinken. »Aber vielleicht ein großer Finder!«

Drdjuck sah, dass er sich dem Energiesklaven zuwandte, der auf seinem Rad saß und unermüdlich weitertrat. »Du!«, rief er ihm zu. »Du möchtest das Tuch von dem Hirten haben?«

»Meins!«, rief der Junge auf dem Fahrrad erneut.

Drdjuck spürte den Klang der Stimme in sich nachhallen. Er kannte sie.

»Also, das heißt dann wohl Ja!« Der Anführer der Stadt wandte sich Drdjuck zu. »Du bist geschickt mit deinem Tuch und genauso frech mit deinen Worten. Aber mein treuer Licht- und Windspender möchte dein Tuch haben. Und deswegen möchte ich, dass du es ihm gibst. Das ist der Preis dafür, dass ich dich unverletzt lasse. Oder glaubst du, dass eine Kugel aus Jankis Gewehr sich auch mit einem Stück Stoff aufhalten lässt?«

Das Kälbchen stieß ein Muhen aus.

Der Junge mit dem rosa Hut lachte. »Selbst dein Tier stimmt dir zu, Schlammhirte. Du wirst verstehen, dass die, die in meiner Stadt anderen helfen zu leben, alles bekommen, was ich ihnen geben kann.« Der Junge mit dem rosa Hut streckte die rechte Hand in Richtung Drdjuck aus. »Also gib es mir.«

Drdjuck war froh, dass der andere so viel sprach. Er hatte den

Jungen auf dem Fahrrad, den Energiesklaven, bisher nur im Dunkeln gesehen. Und auch jetzt war sein Gesicht hinter der aufgestellten Lampe, die er mit dem Fahrrad antrieb, nahezu unsichtbar. Aber die Stimme hatte Drdjuck erkannt. Es war Kianos Stimme. Es war die Stimme seines Bruders.

Kiano war Zeit seines Lebens ein Junge ohne viele Worte gewesen. Er hatte zu Hause wie in der Schule meist schweigend am Leben teilgenommen. In seinen Bewegungen war er niemals langsamer als Drdjuck gewesen, aber in seinen Worten schon. Und wer nicht viel sprach, den hielten die meisten für dumm. Aber Drdjuck hatte Kiano oft genug dabei zugesehen, wenn er Hausaufgaben machte. Und er wusste, dass sein jüngerer Bruder alle Mathematikaufgaben schneller löste als er selbst. Kiano hatte immer mehr als andere in seiner eigenen Welt gelebt. Noch bevor die Welt für alle zu einer anderen geworden war. Und doch hatte er immer auch die Welt um ihn herum wahrgenommen. Nur gesprochen hatte er nicht mit ihr. Oder nur sehr selten, nur ein Wort dann und wann. So wie auch in diesem Moment. Ein Wort. Ein Wort, das Drdjuck besser verstand, als der Junge mit dem rosa Hut es verstehen konnte.

Für den Augenblick war die Gefahr vorüber, und Drdjuck zögerte nicht, sich auf die neue Situation einzustellen. Er hob das Tuch, schwenkte es weiter, aber jetzt nur, um zu zeigen, dass er es übergeben wollte, und trat dann nah an den Zaun.

Durch die Maschen blickte er zu dem Jungen auf dem Fahrrad. Sein Gesicht blieb weiter im Dunkeln. Drdjuck konzentrierte sich auf die Augen. Auch sie blieben so gut wie unsichtbar, doch Drdjuck gelang es trotz seiner Aufregung, einen entscheidenden Schritt in die stille Zone zu tun.

Hinter ihm muhte die Anführerin.

Das Kälbchen stampfte.

Dann flammten die Augen des Energiesklaven, wie Kiano hier genannt wurde, in der stillen Zone vor Drdjuck auf, braungrün mit einem türkisfarbenen Rand voller winziger brauner Punkte. Es war das Türkis in der Korona, wie es nicht viele Augen in sich trugen. Ein Meer, das ans Ufer schlug, oder ein Wald, in dem sich das Himmelslicht in den Blättern fing. Es war dieselbe Farbe, die sich auch in Drdjucks Augen fand, wenn auch sehr verborgen in tiefem Braun. Es war die Farbe der Augen ihrer Mutter und sie weckte tiefe Erinnerungen in ihm.

Drdjuck legte das Tuch vor dem Zaun ab. »Natürlich, ABC-Junge, du gibst deinem Energiesklaven, was du ihm geben kannst. Und dieses Tuch kannst du ihm geben, denn ich gebe es dir.«

Der Junge mit dem rosa Hut stutzte. Er sah aus, als hätte er nicht damit gerechnet, dass er es so leicht bekommen würde. Drdjuck wusste, er musste jetzt aufpassen. Er warf einen schnellen, deutlichen Blick auf den Bogen und die Pfeile im Köcher.

Der Junge mit den rosa Hut lachte auf. »Du bekommst sie nicht. So nah kommst du mir nicht.«

Drdjuck senkte den Kopf. Dann sagte er leise. »Gut, aber wenn du eins der Tiere tötest, wirst du mich sofort danach töten müssen. Und das wird dir nicht ohne Schaden gelingen. Die Herde würde dich angreifen und dich und deine Jäger versuchen niederzutrampeln. Und wenn ihr sie danach noch jagen könntet und sie fliehen müssten, finden sie die Wege weg von hier besser als deine Jäger. Es würde eine schwere Jagd für sie. Ohne uns wären deine Jäger übrigens auch schon längst tot. Wusstest du das eigentlich? Völlig egal! Was auch immer du uns antust, wird dazu führen, dass du dir selbst schadest.«

Der Junge mit dem rosa Hut sah Drdjuck abschätzig an. Zugleich aber winkte er Ciach zu sich und befahl ihm: »Lass Feuer machen rundherum, bringt die Autos her und rollt sie eng zusammen. Den Kordon können sie nicht durchbrechen.«

Drdjuck hielt den Kopf gesenkt. Die Büffel und er waren durch so viele Feuer gegangen und scheuten ein paar Brandwunden nicht. Aber natürlich wusste der Junge mit dem rosa Hut nicht, warum sie wirklich hier waren.

»Ja, Kugan«, beeilte sich Ciach zu sagen.

Der Junge mit dem rosa Hut hob seinen Bogen und legte ihn sich um die Schulter. »Wenn ich es will, stürzt du, Kuhjunge«, sagte er zu Drdjuck. »Und was mich angeht, für heute begnüge ich mich mit einem anderen Stück Haut für meinen Mantel als einem Stück Büffelfell oder der Haut ihres Hirten.« Er lachte lautlos und wandte sich Drdjuck zu. Sein Mund war aufgerissen im Lachen, und seine Augen blickten starr. »Gebt mir stattdessen das Haar von dem Mädchen, das der Hirte mit sich gerissen hat. Schneidet es ihr ab und holt mir die Alte!«

»Sie sind schon da, Sugan!« Simon trat herbei. »Sie sind selbst gekommen, um zu sehen, was das Schlachthaus erzählt.«

Der Junge mit dem rosa Hut lachte. »Siehst du, Hirte, sie kommen alle, wenn ich es will. Sie wollen Tücher, sie wollen Geschichten, sie wollen essen. Doch erst will ich meinen Mantel verziert haben.«

Aus dem Hintergrund wurde Marja herbeigeführt. An ihrer Seite ging die Großmutter von Nadydine. Durch den Zaun sah Aljec Drdjuck an. »Ich weiß genau, wie du es bis hierher geschafft hast. Du hast Glück, dass Gugan seinem Wettermädchen nichts antun will. Aber ihre Großmutter hast du heute um ihre Zukunft gebracht. Es ist nur eine Frage der Zeit, bis sie ein weißes Gewand trägt.« Er drehte sich um und lief auf Marja zu.

»Schneid ihr die Haare ab!«, gellte es da. Ciach tauchte neben ihm auf. »Du hast gehört, was Sugan gesagt hat.«

Aljecs Gesicht verzog sich zum Weinen. Marja sah ihn ohne eine Regung an.

»Tu, was er sagt!«, zischte die Alte.

Er muss gehorchen, dachte Drdjuck, wie alle hier. Ohne den Bunker sind sie verloren, so wie sie leben. Simon trat auf Aljec zu. »Mach es, oder du bekommst ein weißes Gewand, das weißt du! Dann siehst du sie nie wieder.«

Marja trat auf Aljec zu. »Mach es!«, sagte sie. »Ich will es!«

Aljec zog ein Messer aus der Tasche und mit einem einzigen langen Schnitt kürzte er die Haare des Mädchens um mehr als die Hälfte.

Der Junge mit dem rosa Hut lächelte sie an. »Daraus flichtst du mir einen schönen Flicken. Und dann …«, er wandte sich der Großmutter zu, »nähst du ihn mir auf meinen Mantel. Dicht am Herzen, dort soll er golden leuchten. Und vergiss nicht, daneben bleibt ein schöner Platz für die Tätowierungen meines Energiesklaven, wenn er mit seinem neuen Tuch nicht gut umgeht.«

Er hielt inne, wandte sich in den Feuerschein und fuhr dann deutlich hörbar für alle fort:

»Denn wer ein Geschenk von mir empfängt und es nicht behandelt, wie ich selbst es behandeln würde, der ist des Geschenks nicht wert und damit auch nicht des Lebens. Ich gebe es euch, und ich kann es nehmen. Wer von heute an das Wort ABC-Junge, zu dem der Hirte sich verstiegen hat, in den Mund nimmt, der wird auf meinem Mantel enden. Und was von demjenigen nicht dort weiterlebt, werde ich den Büffeln hier zu fressen geben. Denn diese Büffel werden leben …«

Der Junge mit dem rosa Hut breitete die Arme aus.

»Der Hirte hat heute bewiesen, dass er seine kleine Herde gegen Gefahren schützen kann. Zu nichts anderem diente das kleine

Spiel, das wir veranstaltet haben. Er wird seine Herde also auch anderswo zu schützen in der Lage sein. Das ist gut. Allein dafür haben wir ihn heute getestet. Und deswegen räumen wir jetzt auf. Wenn der Vorhof zum Schlachthaus mit den Feuerwagen umzäunt ist, bringt Marja und die Alte in ihren Supermarkt, damit sie dort an die Arbeit gehen. Die Büffel bleiben hier im Korral. Und nur wenn ich zu großen Hunger bekomme, schlachtet der Hirte einen und brät ihn mir ...« Er sah Drdjuck an. »Solange ich keinen Hunger habe, passiert das nicht. Und ich verspüre keinen, im Augenblick.«

Er wandte sich wieder den Jägern zu. »Sammelt den Kot der Tiere ein und gebt ihn dem Wettermädchen. Sie hat mir gesagt, er macht den Boden fruchtbarer für Pflanzen. Das wollen wir sehen.« Er winkte Aljec zu. »Gib dem Energiesklaven das Tuch. Und dann macht ihm noch ein schönes neues Bild auf die Haut. Macht ihm ...« Er sah scheinbar ziellos umher. »Macht ihm einen Büffel, das Kälbchen da, das ist doch was!«

Dann drehte sich der Junge mit dem rosa Hut um und schritt davon.

Hinter Drdjuck kam Nadydines Großmutter an. »Junge!« Verstohlen zog sie einen grünlichen Brotklumpen aus ihrer Kleidung und reichte ihn ihm. »Du wirst all deine Kräfte brauchen. Iss es vor dem Schlafengehen, es wird dir helfen, in Ruhe zu schlafen. Sonst drehen sich eh nur deine Gedanken. Denn du warst lange nicht unter Menschen, nicht wahr?«

Sie sah Drdjucks forschenden Blick.

»Ich habe Moos und kleine Holzspäne eingebacken. Es sättigt nicht lange, aber es füllt deinen Magen. Nimm! Und halte durch.«

Drdjuck nahm das Stück Brot und steckte es ein. Die alte Frau nickte und ging davon.

Im selben Augenblick flackerte das Licht des Scheinwerfers auf, als Kiano sich auf seinem Rad das Tuch umlegte. Drdjuck sah verstohlen zu ihm hin. Sein Bruder war nie tätowiert gewesen. Warum behauptete der Herrscher das? Was war geschehen? Doch er konnte jetzt nicht zu ihm gehen, durfte ihm nicht zu nah kommen. Es war zu gefährlich.

Drdjuck spürte dem Jungen mit dem rosa Hut nach. Er hatte wirklich keine Angst vor Drdjuck. Er hatte einfach keine Gefühle. Er war wie eine Erde ganz ohne Wetter, kannte kein Heiß und kein Kalt. Er war wie ein seelenloses Hagelkorn, das sich seinen Weg bahnen wollte, ohne Rücksicht. Bereit, sich den Kopf an einem Felsen aufzuschlagen und alles zu verlieren, was es zu verlieren gab, nur um am Ende allein übrig zu bleiben. Er benutzte sein Gehirn ohne jede Verbindung zu seinem Herzen. Er war ein Wesen ohne Wurzeln, vollkommen isoliert, bereit zu herrschen.

In diesem Moment kam Janki auf Drdjuck zu. »Du sollst dem Energiesklaven das Bild malen!«

»Ich?« Drdjuck brachte all seine Kraft auf und lächelte Janki an. »Ich kann nicht malen.« Sein Herz schlug schnell. Er durfte sich nicht verraten. Er wusste nicht, ob Kiano ihn auch erkannt hatte. Kianos Äußerungen hatten nie viel über seine Gefühle verraten. Allein dass er sie überhaupt von sich gab, hatte Drdjuck immer gezeigt, dass sie brüderlich miteinander verbunden waren.

»Komm mit!« Janki packte Drdjuck an einer Schulter und sein Gewehr fest mit der anderen Hand. Dann zog er Drdjuck an Kiano heran und riss dem Energiesklaven das Tuch von den Schultern. Er zeigte auf den nur spärlich bekleideten Körper. »Such dir eine Stelle aus, Hirte.«

Auf Kiano waren mehrere, zum Teil grobe Tätowierungen zu sehen. Sie zeigten ein Fahrrad, Berge und ein paar Zahlen.

Janki ließ das Tuch auf den Boden fallen.

»Meins.«

Drdjuck bückte sich und hob das Tuch wieder auf. Er hielt es Kiano hin. »Deins!«, sagte er.

Sein Bruder nahm es nicht entgegen. Er behielt die Hände am Lenker und trat weiter hektisch in die Pedale.

»Deins«, sagte Drdjuck.

Früher hatte Kiano das Tuch so gut wie immer bei sich gehabt. Es hatte ihn begleitet wie andere Kinder eine Puppe oder ein Stofftier. Und so war es auch gewesen, als Kiano kein kleines Kind mehr gewesen war. Drdjuck fühlte Jankis Blick auf sich gerichtet. Wenn er die persönliche Beziehung zwischen Drdjuck und Kiano erkannte, würde das Kianos Leben noch mehr in Gefahr bringen.

»Soll ich es dir umlegen?«

Kiano trat weiter in die Pedale.

»Deins«, sagte Drdjuck noch einmal.

Kiano trat schneller. »Meins«, sagte er. Dann sprudelte es plötzlich aus ihm hervor: »Vier Quadrat sechzehn … fünf … fünfundzwanzig … oben, oben, oben.«

Drdjuck unterdrückte ein Lächeln. Kiano hatte Potenzzahlen immer geliebt. Potenzzahlen, Wurzeln, Formeln konnten ihm die Welt bedeuten. So mussten die Zahlen auf seine Haut gekommen sein. Wer auch immer die Bilder gestochen hatte, hatte die Anregung dafür womöglich aus Kianos Worten erhalten.

»Er versteht mich nicht …« Drdjuck wandte sich Janki zu.

»Leg es ihm um den Hals.« Der Jäger schüttelte den Kopf. »Er merkt sowieso nichts. Er will es nur haben. Mach schon! Leg es ihm um den Hals, und dann mach ihm das Bild. Schnell, wir sind alle müde.«

»Reicht das Tuch nicht?«, gab Drdjuck zurück. »Ich bin auch müde. Ich muss mich ausruhen.«

»Am Ende deiner Kräfte?« Janki lachte. »Sollte ich dich über-schätzt haben?« Er lachte erneut. »Dann wirst du hier schlafen, hier draußen. Ohne Licht. Und wenn ein Sturm kommt, wirst du im Sturm schlafen. Kommt ein Sturm?«

Drdjuck zuckte die Schultern. »Wenn ein Sturm kommt und ich danach nicht mehr da bin, wirst du sehen, dass ein Sturm gekom-men ist.«

Janki legte den Kopf in den Nacken und lachte noch wilder. Er sah sich um und zeigte auf eines der Feuer. »Bringt dem Wetter-mann ein wenig Asche.« Einer der Jäger lief los.

Als er mit der Asche in der Hand zurückkam, gab er es Drdjuck. »Einen Büffel!«, befahlt Janki. »Auf die Stirn.«

Drdjuck nahm die Asche und malte Kiano einen kleinen Büffel auf die Stirn, ein Kälbchen.

Janki lachte. »Was für eine Scheißzeichnung! Wenn du ihm die mit richtiger Farbe stichst, sieht es aus wie ein Kackhaufen. Ku-gan wird sie niemals für sich wollen. Aber ich glaube, das hatte er sowieso nicht vor. Wir haben hier nichts zum Tätowieren. Er wollte uns nur amüsieren!« Janki wandte sich seinen Leuten zu. »Alle zurück in den Bunker, bis auf die Wachen«, ordnete er an. »Die hier sollen schlafen, wo sie wollen, Hauptsache, der Hirte bleibt im Korral.«

Lachend ließ er Drdjuck und die Herde vor dem Schlachthaus zurück.

Erinnerungen

»Wenn ich nur mit ihm hätte sprechen können …« Drdjuck lag unter der Anführerin, melkte das volle Euter und spritzte sich die Milch in den Mund. Er spürte, wie mit der warmen Milch Zuversicht und Wohligkeit in ihm aufkamen.

Die Nacht war kühl, und es war gut, zwischen den Büffeln zu liegen.

Drdjuck dachte an seinen Bruder. Ihre Kindheit glitt in so sanften Bildern durch seine Erinnerung, dass er für Momente so tief in ihr versank, dass die Gegenwart um ihn herum ganz verschwand. Es war, als wäre eine Pause von allem eingekehrt. Und auch wenn sie hier eingesperrt waren und von Wächtern umzingelt, war es zugleich eine Rast, die sie hielten.

Es war mit den Menschen nicht anders als mit dem für die meisten unvorhersehbar wirkenden Wetter. Wer leben wollte, musste es mit dem einen wie dem anderen nehmen, wie es kam. Nur war für Drdjuck das Wetter leichter hinnehmbar als die meisten Menschen.

Ein Sturm übte keine Kontrolle aus. Er befand sich – so wild, wie er auch tobte – nur in seinem eigenen Gefüge. Dürre und Hitze, Regenmassen, die viel zu schnell vom Himmel fielen und als reißende Flüsse Pflanzen und Tieren den Tod brachten. Gift, das sich verteilen musste, weil es durch die Gegenden flog oder floss. Genauso wie Gifte, die sich ablagerten und ausstrahlten. Hitze, Wasser, Luftmassen – sie alle verhielten sich nach ihrer natürlichen Beschaffenheit. Sie konnten gar nicht anders.

Und die Menschen … Hatten sie vielleicht auch keine Wahl? Doch!

Drdjuck hörte auf, Milch zu trinken, und erinnerte sich wieder an früher.

Auch wenn Kiano fast nie gesprochen hatte, waren sie als Kinder viel zusammen gewesen und hatten gespielt. Oder die Welt erkundet.

Sein Bruder hatte es geliebt, Musik aus dem Radio zu hören. Und das einzige Radio, das es in ihrer Nähe gegeben hatte, gehörte dem Nachbarn. Er stellte es oft an, wenn er in seinen Autowracks herumwühlte. Kiano hatte dann begeistert zugehört und zugesehen, wenn nur noch die Beine des Nachbarn aus einer der Karossen herausgeschaut hatten, während er mit Oberkörper, Kopf und Händen in seinen kaputten Schätzen steckte, jedes Teil in die Hände nahm und beäugte. Der Nachbar hatte das nicht oft getan. In der Regel stromerte er durch den Ort und suchte nach neuen Funden. Einmal hatte er vergessen, das Radio auszuschalten, als er auf Suche gegangen war.

Kiano hatte es bemerkt und war sofort mit seinem Rad auf das Grundstück des Nachbarn gefahren. Zunächst hatte er sich nur vom Sattel aus in eines der Autowracks gebeugt, gleich darauf aber begonnen, das Radio zu umkreisen, das auf einem Baumstumpf gestanden hatte.

Drdjuck hörte das Lied in sich aufklingen. Es war ein fröhlicher Song gewesen, der damals oft gespielt worden war, und obwohl Drdjuck befürchtet hatte, dass der Nachbar plötzlich zurückkommen und Ärger machen würde, hatte er den Anblick seines Kreise ziehenden Bruders so schön gefunden, dass er ihn nicht unterbrochen hatte. Tatsächlich aber war der Nachbar nicht zurückgekommen, und Kiano hatte nur deswegen mit seinem Spiel aufgehört, weil die Musik durch eine Ansagerstimme unterbrochen worden war. Da war er von selbst vom Grundstück gefahren, vor ihrem Haus vom Rad gestiegen, hatte sich an die Mauer gelehnt und war kurz darauf in der Sonne eingeschlafen.

Vielleicht hatte er dabei ähnlich von der Musik geträumt, dachte Drdjuck, wie er selbst sich jetzt daran erinnerte. Ein tiefer Frieden durchströmte ihn, ein Moment ohne Kampf und Anspannung, wie er ihn sonst fast nur mit dem Kälbchen erlebte.

Als das Kälbchen ihm das erste Mal die Hand abgeleckt hatte, war Drdjuck schon mehr als ein Jahr mit der Anführerin und der Herde unterwegs gewesen. Er hatte natürlich verstanden, dass sie ein Kalb in sich trug, doch es war die erste Geburt, die er miterlebt hatte. Die Kühe der Herde hatten das Kälbchen, das sofort nach der Geburt umhersprang, in ihre Mitte genommen, zugleich aber Drdjuck die Nähe zu ihm niemals verwehrt. Schon bei ihrer ersten direkten Begegnung fuhr es mit seiner Zunge über Drdjucks Hand. Drdjuck hatte gedacht, dass er salzig schmecke, und es hatte bis zum Beginn der Suche gedauert, dass er den wahren Grund erkannt hatte.

Das Kälbchen war anders als die übrigen Büffel. Es lebte tiefer in der stillen Zone als die Anführerin. Das hatte Drdjuck über die Bilder erkannt, die er von dem Kalb empfing.

Es konnte die Wetter weit früher ausmachen als alle anderen. Und dann war es eines Tages auf ihrer Wanderung auf einen verlassenen Hof abgebogen, hatte dort den Einbeinigen gefunden und ihm die Hand geleckt ...

Drdjuck kehrte zurück in die Gegenwart.

Nein, die Menschen waren überhaupt nicht wie die Wetter. Sie hatten eine Wahl.

Drdjuck sah den aufgerissenen Mund des Jungen mit dem rosa Hut vor sich.

Sie hatten nur trinken wollen, dort unten am Fluss. Sie hatten auf sauberes Wasser gehofft und es gefunden. Sie waren den Sinnen der Büffel gefolgt, hatten ihre Kräfte zusammen eingesetzt, um miteinander zu überleben. Sie hatten die Wetter anerkannt und nicht versucht, sich über den Zustand der Erde zu erheben. Als lebten sie in einer Stunde der Geburt.

Es war offensichtlich, dass es unmöglich war, so weiterzumachen wie zuvor. Das Leben hatte seine gewohnten Konturen für immer verloren. Und doch gab es hauptsächlich Menschen, die an dem Alten festhielten.

Sie waren wie Wassertropfen in einem trockengefallenen, aufgeheizten Flusstal, die dachten, sie könnten fließen, während sie schon verdunsteten. Und doch wollten sie alles um sich herum haben und essen wie gewohnt.

Seit dieser Zustand eingetreten war, lebte Drdjuck wie in einem einsamen Traum. Und ohne die Anführerin, die Herde und schließlich das Kälbchen wäre er darin umgekommen.

Doch das Glück hatte auf seiner Seite gestanden, und neue Träume waren in sein Leben gekommen.

In gewisser Weise lebte er seitdem fast genauso stumm nach außen wie Kiano. Die Welt, wie er sie sah, war vielleicht anders als die seines Bruders. Aber sie war bestimmt genauso unvorhersehbar und eigen. Und Drdjuck wusste, sie war voller Leben.

Er würde Kiano von hier wegholen. Denn auch das Kälbchen wollte es.

Und doch fühlte er sich noch gefangen von der Gegenwart dieses Ortes. Mitsamt einem Jungen, der einen rosa Hut trug und tat, als wäre es eine Krone. Mit einem Mädchen namens Nadydine, die leuchtete und mehr sah als andere und ihre Großmutter nicht alleine lassen wollte. Mit einer traurigen Gestalt mit abgeschnittenen Haaren, zwei Brüdern, die einem selbst ernannten Herrscher folgten, dem sie vielleicht gar nicht folgen wollten, einem sehr gehorsamen Jäger und seiner noch gehorsameren Bande. Und dem allgegenwärtigen Gedanken von Macht … das alles in einer Stadt, die untergegangen war durch den – wie es seine Großmutter genannt hatte – Tod der Menschen aus ihren eigenen Taten.

Drdjuck hob den Kopf und trank einen weiteren Schluck Milch.

Er war so müde. Er hatte Angst zu schlafen. Irgendetwas wollte der Junge mit dem rosa Hut von ihm. Vielleicht hätte er ihn nicht ABC-Junge nennen sollen. Aber es hatte gutgetan, den anderen wissen zu lassen, dass man nicht daran glaubte, was er behauptete und als Wahrheit darstellte. Der Junge mit dem rosa Hut hatte sich ganz von allein zu seinem Gegner bestimmt.

Und ebenso entschlossen würde Drdjuck weiterhin alles dafür tun, die Herde am Leben zu halten und dem Weg, den das Kälbchen wies, weiter zu folgen.

Dafür würde er alles geben, auch sein Leben.

Und das galt nun auch für Kiano. Seinen kleinen Bruder, von dem er geglaubt hatte, seine Spur für immer verloren zu haben. Er hatte ihn gefunden in einer Stadt, die wie das letzte Auto auf einer geschmolzenen und zerbrochenen Straße in der Gegend lag. Ein vorgetäuschter Rückzugsort.

Drdjuck ließ den Kopf zu Boden sinken und sah am Körper der Anführerin empor in den Himmel.

Er war schwarz. Dunkle Wolken trieben über ihn hinweg und

ließen kein Sternenlicht hindurch. Der Blick hinaus ins All war versperrt. Die Erde war mit sich selbst beschäftigt. Sie war einsam wie alle, die auf ihr lebten. Drdjuck zögerte. Nein, manche waren einsamer als andere. Und ihnen zu gehorchen, war ein Fehler.

Er schloss die Augen und sank in die stille Zone.

Irgendetwas wollte der Junge mit dem rosa Hut von ihm. Irgendetwas wollte er von der Herde.

Und nach was suchte Nadydine?

Ihr Gesicht zog Drdjuck vor Augen wie ein anbrechender Morgen.

Warum dachte er immer nur an die Gefahr und an die, die sie heraufbeschworen? Warum dachte er nicht einfach an Nadydine, die sie gerettet hatte, die ihnen den Weg gezeigt hatte? Warum dachte er an die Übeltäter anstatt an die Helfenden?

Vielleicht war das eine Schwäche. Eine Schwäche, die Kiano nie gehabt hatte.

Dabei hatte Drdjuck, seit er die Leitkuh getroffen hatte und der Herde folgte, selten an Bosheit, Macht- und Konkurrenzkampf denken müssen. Solange er keine Menschen traf. Doch noch nie war ihm jemand wie der Junge mit dem rosa Hut begegnet.

Nadydine, dachte er. Warum gehorchst du ihm? Glaubst du, deine Großmutter kann sich nicht selbst schützen oder für sich selbst entscheiden?

Drdjuck fühlte, wie die Dunkelheit in ihm heraufkroch. Er war jetzt wirklich müde. Er musste schlafen. Nadydine. Er musste sie wiedersehen. Er musste sie treffen.

Er musste zurück in die Wildnis. Zurück ins Leben, das zwar unstet war, dem er sich aber mehr und mehr verbunden fühlte und darum dort weniger einsam war.

Drdjuck sank tiefer in die stille Zone. Seit er mit der Herde lebte, geschah das immer kurz bevor er einschlief. Und wie immer hoffte er darauf zu spüren, was die Büffel wahrnahmen, und sich darüber der Herde für die Nacht inniger anschließen zu können. So war er auch nachts ein wirklicher Teil von ihr.

Doch heute war etwas anders …

Es gelang ihm nicht, in den Geist der Herde einzutreten. Es waren nicht die Tiere, die ihm den Zugang verwehrten. Sie lagen fast so ruhig wie gewohnt neben ihm und versuchten zu schlafen. Fast, denn er spürte eine Unruhe in ihnen, dieselbe Unruhe, die auch ihn befallen hatte.

Seine Gedanken hatten diese Tatsache in den letzten Minuten verdrängt, aber jetzt nahm Drdjuck es deutlich wahr, dass seine Verbindung zu den Büffeln von etwas überlagert wurde. Es fühlte sich an, als hätte sich eine Barriere zwischen die Herde und ihn geschoben. Und diese seltsame Barriere bestand aus nichts anderem als seinen Gedanken an – die Menschen.

Der Junge mit dem rosa Hut, ganz egal wie Drdjuck ihn nannte, war in seine Gedanken gesprungen wie ein böser Traum. Drdjuck schaffte es kaum, nicht an ihn zu denken. Lediglich auf der Flucht durch die Gassen und später, als er mit Nadydine durch das Tunnellabyrinth gewandert war, konzentriert auf die lebenswichtigen Entscheidungen, hatte er nicht an den anderen gedacht.

Doch jetzt war er wieder da, als schöbe er sich permanent in seinen Kopf, sobald Drdjuck versuchte, zur Ruhe zu kommen. Als wollte er ihn vom Schlafen abhalten und seine Verbindung zur Erde unterbrechen. Es war ein unangenehmes Gefühl. Der Junge mit dem rosa Hut beschäftigte Drdjuck viel mehr als das eigentliche Leben. Es war, als bohrte der andere mit seinen Worten und Taten ein Loch in Drdjucks Kopf, um in diesem immer stärker herumzufuhrwerken zu können und ihn besinnungslos zu machen.

Drdjuck wurde plötzlich klar, dass er seit Stunden nicht auf das Wetter konzentriert gewesen war. Er hatte auch nicht nach Wasser Ausschau gehalten, nicht nach Gras, nach Grün ... Er hatte sich nicht mit der Herde zusammen, wie sie es sonst jeden Tag machten, auf die Suche nach dem nächsten Weg begeben. Er war plötzlich nur noch in dieser Stadt.

Die Menschen, dachte Drdjuck, so lenkten sie einander vom wichtigeren Teil des Lebens ab. So vereinnahmten sie einander und schafften es, dass die Vereinnahmten sich außerhalb der Natur stellten. Nicht mehr verbunden waren.

Und die, die es noch dazu schafften, die Aufmerksamkeit anderer auf sich zu lenken, weil sie danach gierten, wahrgenommen zu werden, achteten ohnehin auf nichts anderes als sich selbst.

Warum fragte er sich überhaupt, was der Junge mit dem rosa Hut wollte?

Er wusste es nicht! Drdjuck horchte in sich hinein. Aber noch viel wichtiger war: Er musste es beenden. Und zwar sofort.

Den anderen anzugreifen, hatte nicht den Erfolg gebracht, den Drdjuck sich gewünscht hatte. Nadydine hatte recht, wenn sie ihn warnte, er solle dem anderen nicht gehorchen. Aber er hatte seine Unabhängigkeit mit einem Gegenangriff verwechselt.

Ein Gegenangriff bedeutete nichts anderes, als dem anderen die Spielfläche für die eigene Machthaberei offenzuhalten. Und womöglich sogar noch weiter zu öffnen. Jedes Widerwort bot eine neue Angriffsfläche.

Und dabei hatte er so viel Wichtigeres übersehen.

Drdjuck wurde dunkel vor Augen.

Kiano war hier. Das Türkis der Augen ihrer Mutter. Nadydine, die das Wetter fühlte. Und sie hatte ihm geholfen.

Sie hatte das Kälbchen gestreichelt.

Drdjuck suchte nach der Anführerin.

Verzeih mir, dachte er, dass ich dich so lange vergessen habe.

Dann stand ihr blauer Schatten vor ihm. Ihr warmer Atem strömte um sein Gesicht. Es war, als würde sie ihm sagen: »Hab keine Angst, ich bin nicht fort, du bist nur abgelenkt.«

Abgelenkt, dachte Drdjuck. Abgelenkt und vereinnahmt von den Menschen.

In diesem Moment fiel ihm das Brot ein, das ihm die alte Frau gegeben hatte. Er musste schlafen. Sie hatte recht, er brauchte Ruhe und neue Kraft. Hatte sie nicht gesagt, es würde ihm helfen? Er zog das Brot hervor und biss hinein.

Es schmeckte nach Moos, genau wie sie gesagt hatte. Und nach Holz. Es waren nur drei oder vier Bissen. Und doch sanken sie beinahe sanft in Drdjucks Magen.

In seinem Kopf und seiner Brust war ein unruhiges Wirbeln an Gedanken und Gefühlen, das wie ein Unwetter in ihm rumorte. Es war eine grausame Bewegung, die ein gewaltiges Narbengewebe hinterließ. Ein Feld aus gefühllosen Stellen. Wie der Mantel, den der Junge mit dem rosa Hut trug … und an den er jetzt wieder ein Stück gestohlenes Leben anheften ließ. Von anderen. Er tat es nicht einmal selbst. Er ließ ausführen, weil es ihm irgendwie gelungen war, Macht über die anderen zu gewinnen.

Es war wie die Bewegung einer Würgeschlange, die einen mit starrem Blick antanzte und den Kopf näher und näher schob, bezirzend, während dahinter ihr riesiger Körper zum entscheidenden Schlag ausholte.

Nadydine hatte recht gehabt, er musste sich wehren. Aber nicht, indem er Gewalt mit Gewalt begegnete. Er musste seinen eigenen Weg finden.

Drdjuck öffnete sich und holte sich Kianos Bild vor Augen. »Was will der Junge mit dem rosa Hut von uns?«, fragte er. Er fragte es wie einen Windstoß. Er ließ die Frage fließen wie einen Fluss. Und dann endlich versank er tief in sich, holte Luft und begann ruhiger zu atmen und fand endlich in den Schlaf.

Die Antwort würde kommen. Sie kam immer. Und die Nacht würde ruhig bleiben, das spürte er jetzt.

Aufbruch

Drdjuck wurde von heftigem Lärm geweckt.

Quietschendes Blech, Stimmengewirr, das erschrockene Muhen der Herde, Hammerschläge auf Metall und grobe Befehlsrufe stürzten auf ihn ein wie eine kläffende Meute.

Drdjuck zog seinen Kopf aus dem Fell des Kälbchens, in das er ihn instinktiv gedrückt haben musste.

Das Kälbchen war still und schien das Treiben um sich herum zu ignorieren.

Drdjuck richtete sich auf und sah zum Zaun.

Die Sonne stand hell am Himmel, und die Bewohner der Stadt waren dabei, die Autos, die sie gestern als Korral vor das Schlachthaus geschoben hatten, zu mehreren Zugwagen umzubauen.

In einigen der aufgeschnittenen Karosserien standen Flaschen mit Wasser und ein paar Eimer, in denen ebenfalls Wasser schwappte.

Was ging hier vor sich? Und warum war er nicht beim ersten Laut aufgewacht?

Dann sah Drdjuck Nadydine. Sie trug ein gemustertes Tuch um den Körper, das sie in der flirrenden Luft beinahe unsichtbar werden ließ. Flirrende Luft … Es war heiß, sehr viel heißer, als

Drdjuck es noch am gestrigen Abend erwartet hatte. Hatte er sich im Wetter geirrt? Benebelte die Nähe der vielen Menschen so stark seine Sinne? Er wandte sich um und sah sofort, woher die Hitze kam. Seine Sinne hatten ihn nicht getäuscht. Eines der Häuser direkt hinter dem Schlachthof stand in hellen Flammen, von dort kam die Hitze.

Plötzlich stand Nadydine vor ihm. »Es hat gewirkt!« Sie lächelte ihn an. »Du hast länger geschlafen als jeder in der Stadt.«

»Was soll das?« Drdjuck richtete sich auf. »Was hat gewirkt?«

»Bleib ruhig!«, zischte das Mädchen. »In deinem Brot gestern Abend waren einige der Tabletten, die man früher hier im Supermarkt kaufen konnte. Ich habe sie meiner Großmutter für dich gegeben. Manche Leute haben sie ihren Kindern verabreicht, wenn sie vom Gestank nicht einschlafen konnten.«

Drdjuck schüttelte den Kopf. »Was redest du da?« Plötzlich bekam er Angst. »Die Herde …« Er spürte den Büffeln nach. Gleich darauf atmete er erleichtert aus. Sie waren alle da.

Nadydine blieb vollkommen ruhig. »Und die Geschäftsreisenden haben sie auch genommen, wenn sie abgeflogen sind und in einer anderen Zeitzone nicht einschlafen konnten. Früher kamen hier öfter solche Leute her.«

Drdjuck zog die Augen zu schmalen Schlitzen zusammen. »Du hast mir Tabletten gegeben, ohne es mir zu sagen. Gift? Wieso?«

»Weil ich Angst um dich hatte«, antwortete Nadydine. »Ich wusste, was Pugan plant. Auch wenn du dich gestern gegen einen einzelnen Pfeil gut verteidigt hast, du kommst mit einem zusammengerollten Tuch nicht gegen Ciachs Messer oder Gewehrkugeln an. Dugan hat Pläne mit dir, und ich will, dass du lebst. Und jetzt steh auf, hübscher Hirte! Dein frisches Tuch steht dir gut, auch wenn es dir das Leben schwerer machen wird.«

»Was?« Drdjuck sah an sich herab und erschrak. Über seiner Kleidung trug er ein schneeweißes Gewand.

»Das hat dir Lugan anziehen lassen. Simon hat es dir übergestreift. Du wirst ab jetzt in Weiß gehen müssen.« Ein lautes Lachen ertönte hinter Nadydine. »Da ist er ja!« Simon kam an. Er hielt eine Lederpeitsche in den Händen. »Du wirst die Herde führen, Hirte. Das ist Tugans Beschluss.« Er wandte sich Nadydine zu. »Du sollst zu ihm kommen. Er hält sein Versprechen und lässt die Alte mitziehen. Aber du wirst deine Ration mit ihr teilen müssen.« Nadydine drehte sich um und ging davon.

»Führen? Wohin?« Drdjuck versuchte das alles zu verstehen.

Simon zuckte die Schultern.

»Weg von hier!« Ciach trat dazu. Er hatte sein Haar hochgebunden. Darin konnte Drdjuck die blau schimmernde Klinge erkennen, die sicher in dem großen Knoten steckte. »Du hast uns gezeigt, dass ein Junge wie du dort draußen überleben kann. Deshalb wirst du uns den Weg weisen. Er wird länger sein als der vom Fluss zu uns. Aber mit etwas Glück, deinen Tieren und deinen Künsten werden wir schnell vorankommen. Das Wettermädchen wird dich dazu überprüfen. Wenn du ein falsches Wetter ansagst oder uns anders aufzuhalten versuchst, wirst du es zu spüren bekommen. Du wirst dich jederzeit mit ihr besprechen und laut sagen, was du wahrnimmst, wenn Sugan es will. Und du trägst ab jetzt dieses weiße Gewand. Das bekommen sonst die, die wir wegschicken. In ihm kannst du nicht weglaufen und dich auch nicht unbemerkt wieder annähern. So wechselhaft ist das Leben, was?« Er lachte. »Versuchst du wegzulaufen oder versuchst du es abzustreifen, wird mindestens eins deiner Tiere mit dem Leben bezahlen.«

Drdjuck versuchte sich zu sammeln. Hatte Nadydine ihn in diese Falle gelockt? Und doch war von ihr keine Feindseligkeit ausgegangen. Sie hatte gesagt, sie wolle, dass er lebe, und Drdjuck spürte keine Falschheit an ihr. Genauso wenig wie am Abend zuvor an ihrer Großmutter, als sie ihm das Brot gegeben hatte. Und das Kälbchen hatte Nadydine beide Hände geleckt ... Das bedeutete, er musste ruhig bleiben. Vollkommen ruhig und vertrauen. Drdjuck richtete sich auf. »Wohin soll diese Wanderschaft führen?«

»Zum letzten Mal«, antwortete Ciach, »das weiß ich nicht. Das weiß nur Dugan, und du wirst es rechtzeitig von ihm erfahren.« Er wandte sich ab. »Bring ihn nach vorne, Simon!«

»Und warum brennt die Stadt?«, rief Drdjuck Ciach nach.

»Damit nie wieder jemand hier leben kann«, gab Ciach über die Schulter zurück. »Die nicht, die wir jagen werden, und auch die nicht, die uns jagen wollen.« Er hob das Kinn, sah Drdjuck kalt an und tauchte dann in der Menge zwischen den Wagen unter.

»Komm mit!« Simon setzte sich in Bewegung.

Drdjuck folgte ihm. Er hörte schwere Hammerschläge. Rund um sie herum wurden weitere Karossen mit letzten Griffen zu Zugwagen umgebaut. Sie trugen nun alle Deichseln.

»Hirte!«, rief Simon. »Wie viele deiner Tiere brauchen wir, um so einen Wagen zu ziehen?«

Drdjuck schüttelte den Kopf. »Die Büffel haben noch nie einen Wagen gezogen.«

»Dann werden sie es jetzt lernen. Wie viele, habe ich gefragt!«

»Das werden wir sehen.« Drdjuck trat zur Anführerin und bat sie leise, mit ihm zu gehen. Gleich darauf schritt er an ihrer Seite an den Wagen entlang. Das Kälbchen und die Herde folgten ihnen. Es waren vier Wagen. Eine Reise, dachte Drdjuck. Der Junge mit dem rosa Hut wollte die Stadt verlassen. Nein, er verließ sie nicht einfach. Er zerstörte sie auch. Niemand sollte jemals wieder die Chance haben, hier Zuflucht zu suchen. Warum und wozu?

Was hatte er vor, dass er anderen keine Zuflucht gönnte? Drdjuck überlegte weiter. Ein weißes Gewand. Was für ein seltsamer Gedanke, dass es ihn verraten würde. Ein Gewand konnte man abstreifen. Aber das schien den Bewohnern dieser Stadt nicht in den Sinn gekommen zu sein. Es passte zu ihnen. Der Junge mit dem rosa Hut und alle, die mit ihm hier wohnten, konnten nicht im Freien leben. Sie brauchten den Schutzbunker, ohne ihn waren sie verloren. Und so brauchten sie auch Kleidung, rosa Hüte, weiße Gewänder …

Wollte der Junge womöglich, dass Drdjuck ihn und die Bewohner lehrte, wie man im Freien überlebte? Drdjuck verwarf den Gedanken. Diese Menschen liebten ihre Feuer und Machtspiele. Und dafür benötigten sie einen Ort wie diesen. Einen, den sie jetzt gerade abbrannten.

Sollten später die Wagen als Schutzraum dienen? Eine bewegliche Stadt, die über die Ebene zog? Ging ihnen die Nahrung aus? Mussten sie fort?

Auch diesen Gedanken verwarf Drdjuck.

Die Jäger mussten genug Tiere erlegt haben, um die Stadt am Leben zu halten. Und obwohl jeder hier offensichtlich zuerst für sich selbst sorgte, sahen die Bewohner nicht verhungert aus.

Hier und da wuchs ein wenig Gras, dort etwas Moos, es gab immer wieder Wasser und offenbar genug Nahrung …

Drdjuck presste die Lippen aufeinander. All das, dachte er, gaben nur die auf, die sich mehr erhofften. Mehr Schutz, mehr Nahrung, mehr Abgeschlossenheit vor den Wettern.

Und der Motor eines solchen Lebens war Wachstum, nicht Kreislauf.

Im selben Moment stand es Drdjuck klar vor Augen.

Der Junge mit dem rosa Hut musste ein Ziel vor Augen haben, das ihm so lohnenswert schien, dass er diese Stadt dafür aufgeben wollte. Und sie aufzugeben, bedeutete, sie anderen nicht zur Verfügung zu stellen, wenn er selbst sie nicht mehr beherrschen konnte. Genau das war die Art, wie er dachte.

Drdjuck sah auf. Hohe Flammen schlugen ihm entgegen. Weitere Häuser hatten Feuer gefangen.

»Los, Aljec!« Simon wies im Flammenschein auf die Deichsel, an der ein Geschirr befestigt war. »Spann die Büffel an.« Aljec nickte. Auch er würde das Spiel mitspielen.

Drdjuck holte tief Luft. Der Weg des Kälbchens war anders nicht zu beschreiten. Er trat auf die Anführerin zu und fasste ihren gewaltigen Schädel. »Wir bringen sie, wohin sie wollen. Und wenn es Zeit ist …« Er überblickte die entstandene Kolonne. Sie bestand aus vier Wagen. Einer war vollgeladen mit Feuertonnen, wie sie gestern auf der Straße gestanden hatten. Daneben sah er Pfeile in Blechdosen, von denen der Junge mit dem rosa Hut einen auf ihn geschossen hatte. Drdjuck verzog den Mund. Stricke und Leitern und ein wenig Nahrung und Wasser vervollständigten die Ausrüstung. Er sah sich um. Jeder der Jäger trug seine Waffen. Dieser Zug bestand aus Waffenwagen. So zog man nicht los zur Jagd, so griff man an. Es war Kriegsgerät, das die Herde ziehen sollte.

Drdjuck trat zum Kälbchen. »Dein Weg ist mein Weg«, flüsterte Drdjuck ihm zu.

Plötzlich tauchte Nadydine ein Stück hinter ihm auf. Sie zog ihre Großmutter an der Hand und half ihr, in den letzten Wagen zu steigen. Dann reichte sie ihr einen Beutel. Drdjuck spürte in die stille Zone. In dem Beutel lagen Samen. Nadydine nahm ihre Hoffnung auf Zukunft mit.

Kiano? Der Gedanke traf Drdjuck wie ein Blitz. Wo war Kiano? Er sank tiefer in die stille Zone. Das Surren eines Rades tauchte in ihm auf. Aber woher kam es? Drdjuck versuchte die vielen Menschen auszublenden. Dann hatte er es. Das Sirren kam von der Spitze des Zuges. Aber dort konnte er Kiano nicht ausmachen. Ein Teil des ersten Wagens war allerdings von einer Plane verdeckt. Wer auch immer darunter saß, dem spendete sie Schatten. Und sie bewegte sich leicht, obwohl es windstill war. Drdjuck sah tiefer hinein. Dann wurde das Bild klar. Ein Ventilator war auf dem Wagen angebracht, und Kiano trieb ihn an. Direkt davor stand ein alter Sessel, über dem ein Mantel lag, zusammengesetzt, genäht und geflochten aus vielen verschiedenen Stücken. Auf der Herzseite glänzte ein goldenes Viereck.

Drdjuck zog die Anführerin vor den ersten Wagen. Ich weiß nicht, wohin es geht, dachte er. Aber ich weiß, es geht nicht wieder hierher zurück. Ihr müsst jetzt eine Weile die alten Autos hier ziehen. Es ist nicht für lange.

Die Anführerin schüttelte unwillig den Kopf, als Drdjuck nach dem Geschirr fasste. Dann aber senkte sie den Kopf, und Drdjuck konnte es ihr umlegen. Er wartete, dass ihre Muskeln sich an das Gewicht gewöhnten, und sah dann, dass sie es ohne Anstrengung tragen konnte.

Ich danke dir, dachte Drdjuck.

Dann tat er das Gleiche mit drei weiteren Büffeln.

»An die anderen Wagen kommen jeweils drei Tiere«, sagte er zu Simon, als er fertig war. »Das machst du. Verstanden?«

»Lieber hätte ich dich da vorne eingespannt, nach dem, was du gestern mit Fugans Pfeil gemacht hast.«

Drdjuck winkte ab. »Lass dir von Nadydine helfen, die Büffel mögen sie.«

Der glatzköpfige große Junge seufzte. »Hirten und Mädchen, was wird das hier?« Er trat auf das Kälbchen zu.

»Nein, das Kälbchen kommt nicht vor einen Wagen«, stoppte ihn Drdjuck. »Ich führe es mit mir.«

Simon zuckte die Schultern und machte sich an die Arbeit. Es dauerte keine halbe Stunde, dann waren alle Büffel vor die Wagen gespannt. Der Junge mit dem rosa Hut stand nun an der Spitze auf dem Wagen vor seinem Sessel. Er war erst im letzten Moment aus dem Bunker gekommen, der nun ebenfalls in Flammen stand. Er hob eine Hand, und die Jungen, die bei der Rückkehr der Jäger die Vuvuzelas geblasen hatten, traten vor. Sie waren noch halbe Kinder. Wieder verbreiteten die Plastikinstrumente ihr wildes Getöse. Der Junge mit dem rosa Hut senkte die Hand, und die Bläser verstummten. »Wir bestimmen, was brennt!«, rief er laut über die Wagen und die Menge, die neben ihnen stand. »Das Wetter wird uns nicht aufhalten, denn die Wetterfrau und der Hirte führen uns an ihm entlang. Der Hirte ist weiß gekleidet. Wer ihn davonlaufen sieht, wirft ihn zu Boden und bringt ihn zu mir. Und nun los!«

Drdjuck drehte sich in Richtung der Ebene und sah hinaus. Neben sich sah er nur noch die Anführerin. In seinem Rücken spürte er Kiano, der in sein Rad trat.

»Er hat gesagt, los!« Ciach kam an und stieß Drdjuck in den Rücken.

Drdjuck wandte sich ihm zu. »Sag mir den Weg! Wir müssen als Erstes nach Wasser Ausschau halten. Die Büffel haben wenig gefressen und müssen bei Kräften bleiben. Und jedes Mal wenn wir Wasser finden, müssen wir dort rasten, damit sie trinken können.«

»Dafür bist du selbst verantwortlich«, gab Ciach zurück. »Setz dich in Bewegung!«

Drdjuck lächelte. »Und wie soll ich Wasser finden, wenn ich nicht weiß, wohin wir gehen?« Er sah Ciach an. »Kennst du Quellen oder Seen dort draußen? Braucht ihr kein Wasser, wenn ihr jagt?«

Ciach schüttelte den Kopf. »Das Wetter verändert alles viel zu schnell. Was gestern so aussah, ist morgen anders. Aber du kannst doch Wasser finden.«

Drdjuck schüttelte den Kopf. »Nein, nur die Büffel. Aber ich sehe, dass die Herde Wasser braucht und sie nicht schneller laufen wird, wenn sie keins bekommt.«

»Wir sind noch nicht unterwegs, und du sprichst schon vom Wasser!«

»Und Futter brauchen wir auch«, sagte Drdjuck. »Und nachts werden die Büffel schlafen müssen. Und wenn sie geschlafen haben, werden sie wieder trinken müssen. Und danach kann man ein Stück schneller gehen, bis zur nächsten Wasserstelle. Ohne den Weg zu kennen, scheint mir das alles ein Lauf gegen den Tod.«

Ciach lachte plötzlich auf. »Was für einen seltsamen Geist du hast, Hirtenjunge. Das muss ich dir lassen. Aber ich denke, hier draußen wird Sugan sogar einen Tag und eine Nacht auf dich hören. Denn so lange werden wir sicher unterwegs sein. Du musst nur wissen, du suchst den Weg und das Wasser. Und dies ist die Richtung.« Ciach wies über die Ebene nach Norden, vorbei an den roten Bergen, in denen die Herde und Drdjuck zum ersten Mal auf die Jäger getroffen waren. »Wir gehen nach Norden. Mehr musst du nicht wissen. Und wo immer du unterwegs Wasser findest, lass die Büffel dorthin laufen. Und jetzt geh los! Ich werde bei Bugan bleiben.« Ciach zog sich zu dem Jungen mit dem rosa Hut zurück.

Drdjuck sah in die leere, weite Fläche. Es war kein Weg, den er genommen hätte. Aber er würde ihn gehen. Sanft schlug er der

Anführerin gegen die Flanke. Sie zog an, und die anderen Büffel taten es ihr nach. Die zu Karossen umgebauten Autos schepperten und quietschten, als der Treck langsam aus der brennenden Stadt und dem Tal hinaus in die Ebene zu rollen begann.

Der Treck

Die Richtung, die der Treck einschlug, nachdem Ciach Drdjuck die Entscheidung überlassen hatte, war nur geringfügig anders als die, aus der sie auf dem Weg in die Stadt hinein gekommen waren. Aber sie sorgte dafür, dass die Büffel sich zügig bewegten, auch wenn ihre Körper vor den schweren Wagen litten.

Sie spürten, dass sie in Richtung einer Wasserquelle laufen konnten, und das trieb sie an.

Drdjuck hatte schon vor seinem Gespräch mit Ciach gemerkt, wohin die Anführerin wollte. Aber er hatte dem Jäger nicht verraten, was er wusste.

Drdjuck hielt sich nahe der Leitkuh. Das Kälbchen lief an ihrer anderen Seite. Obwohl sie nicht miteinander sprechen konnten, vertrauten die Büffel und Drdjuck einander auf eine Art, die darauf fußte, die Bewegungen und Entscheidungen des anderen wahrzunehmen und sich nach ihnen zu richten. Einmal, als Drdjuck nachts den Himmel betrachtet hatte, hatte er gedacht, dass die Anführerin und er wie zwei Sterne in unterschiedlichen Bereichen des Firmaments waren, die sich miteinander bewegten, ohne die eigene Bahn verlassen zu können. Es war ein Gespräch über eine große Entfernung ohne gemeinsame Worte, aber mit demselben

Ziel diesen Himmel nicht zu verlassen und ihn weiter zu beleuchten. Ihre größte Gemeinsamkeit war es außerdem, das eigene Leben unter den neuen Bedingungen nicht aus Dummheit oder Unwissen wegzuwerfen. Darum richteten sie sich nach den Elemente aus, wie Pflanzen, die ihre Wurzeln nach Wasser ausstreckten oder ihre Wasserreserven so tief in sich zu schützen versuchten, dass die nächste große Hitze möglichst keine Gefahr darstellte.

Der seltsame Mantel des Jungen mit dem rosa Hut kam Drdrjuck in den Sinn. Die brutale Trophäensammlung schien ein Zeichen der Macht zu sein. In Wirklichkeit sprach sie von Auslöschung und dem Streben, sich andere zu Untertanen zu machen. Und dem, der diesen Mantel trug, folgten sie jetzt in der Hoffnung, dass er den Weg zu neuem Leben weisen konnte.

Was für eine verrückte Vorstellung.

Nichts, das überdauerte, lebte, ohne zu teilen. Nichts lebte allein aus Kontrolle. Am Leben zu sein, bedeutete, mit aller Kraft zu nehmen, was man brauchte, und gleichzeitig überschüssige Kraft an die Umgebung abzugeben. So wie der Dung der Büffel. Er ließ etwas wachsen, wo zuvor nichts wachsen konnte. Jeder Baum machte das Gleiche. Mit seinem Grün sorgte er für frische Luft. Und auch wenn Pflanzen miteinander um einen Standort kämpften, keine musste jedes ihrer Blätter verteidigen. Sonst hätten sie die Büffel nicht von sich fressen lassen, sondern wären reine Dornengewächse geworden, mit giftigen Spitzen.

Das Abgeben führte zum Leben, nicht das Nehmen.

Drdjuck ließ den Gedanken in die Weite treiben und begab sich ins innere Schweigen. Er konzentrierte sich auf seine Schritte und den Boden. Es war ein langer Weg, der vor ihnen lag.

Die ersten Stunden vergingen. Die Bergflanke, an der sie die Jäger getroffen hatten, tauchte in der Ferne auf, und sie zogen an ihr vorbei. Als sie zu einer flirrenden Kontur in der Ferne geworden war, bemerkte Drdjuck eine Veränderung in der Landschaft. Die Sonne war hoch an den Himmel gestiegen. Sie brannte heiß, und die Luft war sehr trocken. In der flimmernden Hitze ragte in einiger Entfernung vor ihnen eine steinerne Fläche auf. Auch dort waren die Felsen rot. Aber ihre Form war runder, und es waren kleinere, kugelförmige Berge als in dem Tal, das er schon kannte. Nur ein tiefer Schatten zeigte eine schmale Schlucht an. Doch bis dahin war es noch weit, und die Ebene zog sich hin. Sie wirkte einsam auf Drdjuck, doch er hatte gelernt, dass Einsamkeit nichts war, das sich aus einer Landschaft oder Natur ergab, sondern dass sie immer aus einem selbst kam. So wie auch jetzt.

Die Stille, die über der Ebene lag, fühlte sich groß an, aber bei Weitem nicht unendlich. Sie reichte tief in den Norden, aber im Süden hinter ihnen spürte Drdjuck etwas auf der Erde lasten. Dort wurde es schwer und drückend und pochte zugleich. Dort schlug etwas aus.

Es fühlte sich an wie noch größere Hitze, die ihnen nacheilte und die ihre heiße Luft irgendwann über jeden werfen würde, der nicht schnell genug vorankam, und ihm dann das Atmen schwer machen würde. Nach einem plötzlichen Aufheulen und heftigem Wind würde der Hitze eine atemlose Stille folgen, in der dunkle Wassermassen durch die verbrannte Luft stürzen und peitschender Regen aus übervollen Wolken das Land fluten würde. Hinter ihnen näherte sich ein Wetter.

In diesem Moment kam Ciach an die Spitze des Zuges. »Das Wettermädchen sagt, ein Sturm zieht hinter uns her.«

»Es wird Wasser geben«, gab Drdjuck zurück. »Wasser, das wir brauchen.«

»Das Wettermädchen sagt, es ist ein Sturm«, bellte Ciach.

Drdjuck wandte sich ihm zu. »Ja. Aber jeder Sturm bringt auch Wasser. Wie weit ist der Weg? Ohne zu wissen, wohin wir gehen, kann ich dem Wetter nicht ausweichen. Und ohne Wasser sterben wir auch.«

Ciach packte Drdjuck an seinem weißen Gewand. »Komm mit!« Ohne ein weiteres Wort zerrte er ihn näher an den Wagen, auf dem der Junge mit dem rosa Hut saß. »Er sagt dasselbe wie das Wettermädchen. Aber er sagt, ohne den Weg kann er nicht sagen, wohin wir ausweichen sollten. Und dass er Wasser will.«

Der Junge mit dem rosa Hut saß auf seinem Sessel vor dem Ventilator und trug seinen Mantel nun am Leib. Dahinter saß Kiano auf seinem Rad und strampelte. Er sah nicht zu Drdjuck. Der Herrscher ließ eine seiner Hände aus den langen Ärmeln seines Mantels gleiten und fuhr mit den Fingern über das neu aufgesetzte Haarstück. »Was willst du wissen, Hirtenjunge?«

»Ohne den genauen Weg zu kennen, kann ich nicht sagen, was wann auf uns treffen wird.«

»Kannst du es denn überhaupt?«

»Ja«, antwortete Drdjuck. »Solange ich mit der Herde zusammen bin. Ich konnte es, als ich deine Jäger gerettet habe.«

Der Junge ließ das Haargeflecht los, und ein Lächeln erschien auf seinem Gesicht. Wie jedes Mal war es ein fröhlich wirkendes Lächeln, geboren aus dem Nichts, in das es, wie Drdjuck inzwischen wusste, auch jederzeit sofort wieder verschwinden konnte. »Was gibst du mir, wenn ich mein Wissen mit dir teile?«

»Was soll ich dir geben?«, fragte Drdjuck. »Die Wahl eines guten Weges, und mit etwas Glück finden wir Wasser.«

Der Junge mit dem rosa Hut unterbrach ihn mit einer Handbewegung. »Ein Stück Haut? Einen Schopf deiner Haare?«

Drdjuck durchlief ein Zittern.

»Ich kann es auch von einem deiner Tiere nehmen.« Der Junge mit dem rosa Hut schaute zur Leitkuh. »Und ich verstehe dich gut. Natürlich willst du den ganzen Weg wissen, wie sollst du uns sonst ans Ziel bringen und auch noch vor einem Sturm schützen! Aber vielleicht holt dieser Sturm uns ja auch gar nicht ein. Das Wettermädchen sagt, er könnte auch weit an uns vorbeiziehen.«

In diesem Moment begann Kiano auf seinem Fahrrad zu zappeln, als hätte ihn etwas gestochen.

»Meins!«, rief er plötzlich. »Mein Haar für dein Sieg.«

Drdjuck schaute Kiano unter gesenkten Lidern an. Kianos Blick war über den Lenker des Fahrrads in die Ebene gerichtet, und ein Leuchten lag in seinen Augen.

Er kennt die Richtung, durchfuhr es Drdjuck.

»Du musst mir nichts geben, Energiesklave«, lachte der Junge mit dem rosa Hut auf. »Sind wir dort, wohin ich will, lasse ich dich frei. Das habe ich dir doch gesagt. Dort gibt es Energie, und du bist nicht mehr vonnöten.«

In den letzten Worten klang eine Kälte mit, die Drdjuck wie ein eisiger Regenstoß traf. Er will ihn töten, dachte er im selben Augenblick. Er will ihn als Ganzes, jeden Zentimeter seiner Haut. Er will ihn ganz für seinen Mantel. Deswegen die vielen Tätowierungen. Und Kiano weiß das auch. Er will mir helfen. Kaum schossen ihm diese Gedanken durch den Kopf, begann das Kälbchen zu muhen. Drdjuck fuhr herum. Die lastende Wetterfront hinter ihnen bewegte sich schneller als zuvor.

»Ich brauche den Weg nicht zu wissen«, sagte er ruhig. »Wir müssen es aber bis zu den Bergen dort schaffen.«

Der Junge mit dem rosa Hut sah ausdruckslos in die Ferne. »Du kannst darauf zusteuern«, sagte er dann. »Du hast meine Erlaubnis.«

Der Weg auf die runden Steinhügel zu war beschwerlich, doch über die trockene Ebene kamen sie gleichmäßig schnell voran. Nach einer Weile wurde das träge Quietschen des Trecks in Drdjucks Ohren zu einer monotonen Begleitmusik seiner Schritte. Immer wieder prüfte er das Wetter. Es lag weit genug hinter ihnen und begann nach einiger Zeit sogar ein wenig von ihnen wegzuziehen, sodass Drdjuck bei ihrer Ankunft an den Hügeln vollkommen entspannt in das Tal eintrat.

Die Abenddämmerung hatte eingesetzt. Der Fels wölbte sich schattig vor ihnen auf, und der Geruch nach Wasser, der schon von Weitem in seine Sinne zu dringen begonnen hatte, war nun überdeutlich. Die Büffel steuerten direkt darauf zu.

Es war eine kleine, aber stetig sprudelnde Quelle am Fuß einer der Felswände, die einen Tümpel mit einem Abfluss gebildet hatte.

Ohne die Tiere abzuspannen, stürzten die Jäger und Stadtbewohner an die Quelle und tranken. Ciach dagegen füllte eine Flasche, die er dem Jungen mit dem rosa Hut brachte, der in seinem Wagen sitzen geblieben war.

»Gute Arbeit, Hirte«, verkündete dieser, als er getrunken hatte.

Ciach deutete auf eine in den Stein gewaschene runde Höhle mit mehreren Ein- und Ausgängen, die ein Stück neben der Quelle lag. »Und ein guter Ort für die Nacht, Mugan. Der Mond zieht schon auf.«

Der Junge mit dem rosa Hut nickte. »Wir essen und schlafen hier. Morgen früh geht es weiter.«

Drdjuck kümmerte sich um die Büffel. Die Geschirre hatten deutliche Spuren auf ihren Körpern hinterlassen, und nachdem die Herde getrunken hatte, drängten die Tiere sich dicht aneinander, um sich vor den Menschen zu schützen. Das Kälbchen nahmen sie in die Mitte.

Auch die Menschen begannen sich Lager zu bereiten.

Als die nächtliche Dunkelheit über den Felsen und der Höhle lag, legte sich der Junge mit dem rosa Hut auf seinem Mantel vor eine Wand. Neben ihm trat Kiano sein Rad, an dem jetzt eine Lampe hing, in deren Licht der Herrscher etwas aus einer Metalldose aß. Ciach, Janki und Simon kauerten ein Stück vor ihm wie eine menschliche Mauer. Auch Aljec lagerte dort. Drdjuck sah, dass der jüngere der beiden Brüder durch die Dunkelheit zu Marja schaute, die mit anderen Mädchen näher an einem der Ausgänge auf dem blanken Boden lag. Sie schien ihn nicht wahrzunehmen. Stattdessen schaute sie nach ihrem kleinen Bruder, der an der Quelle hockte und trank. Sein zerzaustes Haar stand ihm noch wilder vom Kopf ab als bisher. Immer wieder bückte er sich und schöpfte Wasser. Er war so darin vertieft, dass er es erst im letzten Moment bemerkte, als das Kälbchen neben ihn trat und zu trinken begann. Erschrocken fuhr Emmo auf. Doch da drehte das Kälbchen den Kopf und sah ihn an. Augenblicklich wurde Emmo still. Er sah dem Kälbchen zu. Dann streckte er auf einmal die Hand aus und fuhr ihm vorsichtig mit den Fingerspitzen über die Nase. Das Kälbchen ließ es geschehen. Und plötzlich streckte es seine Zunge hervor und leckte Emmo über die Hand. Der Junge kicherte.

Drdjuck erinnerte sich daran, wie ihn die Anführerin das erste Mal mit der Zunge berührt hatte. Das raue, leicht schabende Gefühl auf der Haut. Die Wärme.

»Emmo, komm her!«, rief Nadydine. »Wir müssen schlafen.«

Der Junge erhob sich und trottete zu seiner Schwester.

Noch einer. Drdjuck sah in den Himmel. Über den Felsen stieg der Mond auf und warf einen dünnen Lichtstrahl auf die Quelle und den Höhleneingang. Dorthin kauerte sich Drdjuck. Im Licht des Mondes konnte er die Büffelleiber glänzen sehen. Sobald die

Menschen ruhig geworden waren, wollte er zu ihnen gehen und bei ihnen schlafen.

In diesem Moment tippte ihm Nadydines Großmutter auf die Schulter und zeigte zu Ciach, der Drdjuck zu sich winkte. »Du gehst zu ihm, gleich!«, sagte sie scharf. Sie beugte sich vor und flüsterte: »Danach frag Nadydine nach den Samen.«

»Welche Samen?«, gab Drdjuck zurück.

»Du hast sie gesehen! Und jetzt geh.«

Sie stieß Drdjuck unwirsch an die Schulter.

Drdjuck sah in ihre Augen. Sie schüttelte kurz den Kopf und wandte sich ab. Drdjuck ging zu Ciach.

Der Jäger hielt sein Messer in den Händen und schärfte es gemächlich an einem Stein. »Nimm den Energiesklaven und wasch ihn. Er stinkt entsetzlich. Das kann man keinem zumuten. Schon gar nicht in dieser engen Höhle.«

Drdjuck nickte und sah zu dem Jungen mit dem rosa Hut. Er hatte sein Mahl beendet und wickelte sich in seinen Mantel.

Ciach trat zu Kiano, zog ihn von seinem Fahrrad und stieß ihn zu Drdjuck. »Waschen!«, zischte er.

»Mädchen!«, jaulte Kiano auf.

»Ja, ja, die kommt schon noch!« Ciach lachte. »Was für ein stinkender Bock.«

Drdjuck nähert sich Kiano. In der plötzlichen Dunkelheit, die mit dem Erlöschen der Lampe eingetreten war, glänzten die Augen seines Bruders im Mondlicht. Er hatte langes, wildes Haar, und auf seiner Haut zeichneten sich die vielen Tätowierungen als unregelmäßige Muster ab. Drdjuck beachtete die Bilder nicht weiter, streckte die Hand aus und ergriff Kianos Arm.

»Mädchen«, sagte dieser wieder und rührte sich nicht.

Im selben Augenblick tauchte Nadydine neben Drdjuck auf. »Ich helfe dir!« Sie fasste Kiano am anderen Arm. Jetzt bewegte er sich. Drdjuck ließ seinen Bruder los und sah zu, wie er Nadydine zum Wasser folgte. Sie zog ihm seine Kleidung aus und half ihm ins Wasser.

»Wugan will, dass der Hirte ihn wäscht«, rief Ciach. »Er soll seinen Beitrag zum Leben leisten.«

»Ja, Ciach!« Nadydine trat zurück.

Drdjuck bückte sich und begann seinen Bruder zu waschen. Kiano wehrte sich nicht. Nachdem er getrunken hatte, stand er einen Augenblick wie ein Büffel im Wasser und lauschte der Natur. Der schwarze Büffel, den Drdjuck ihm gestern gemalt hatte, war fort. Kianos Schweiß hatte ihn ausgelöscht.

Nadydine stand dicht bei ihm. »Wenn du fertig bist, ziehe ich ihn wieder an. Er lässt nicht viele an sich heran. Ich wundere mich, dass du ihn einfach so waschen kannst. Er scheint dich zu mögen.« Aufmerksam sah sie Drdjuck zu, wie er Kiano von Kopf bis Fuß mit Wasser übergoss.

»Wo hat er diese vielen Tätowierungen her?«, fragte Drdjuck.

Nadydine schwieg.

»Sag es mir«, flüsterte Drdjuck. »Ich denke, ich weiß es sowieso. Ich habe den Mantel gesehen.«

Nadydine stieß die Luft aus. »Jedes dieser Bilder hat Rugan stechen lassen. Tätowierungen, sagt er, sind für ewig.«

»Er will sie auf seinem Mantel«, sagte Drdjuck. »Und das heißt, er will ihn töten, wenn er an seinem Ziel angekommen ist.« Er streckte seine Hand aus und fasste nach Kianos Schulter. »Aber das werde ich nicht zulassen.« Eine Wolke schob sich vor den Mond, und es wurde dunkel. Rasch umarmte Drdjuck Kiano. Nur Nadydine sah, was er tat. Und dass Kiano sich gegen Drdjucks Bewegung nicht auflehnte.

»Ihr kennt euch«, sagte das Mädchen plötzlich.

Im selben Moment brach Drdjuck in Tränen aus. Er konnte es nicht verhindern. Es war, als hätten die Worte des Mädchens eine Tür in ihm aufgestoßen, die lange nicht geöffnet worden war. Er verbarg sein Schluchzen und weinte lautlos. »Ja«, flüsterte er. »Er ist mein Bruder Kiano.«

Die Wolke zog fort, und Drdjuck ließ Kiano los und wusch ihn weiter. Mit jeder Bewegung wurde er wieder etwas ruhiger. Nadydine beugte sich dicht zu Drdjuck und half ihm beim Waschen. »Wo habt ihr euch verloren?«

»Im ersten Wetter«, murmelte Drdjuck. »Ich wusste nicht, ob er lebt. Wie ist er zu euch gekommen?«

»Er stand eines Tages mit seinem Fahrrad in der Stadt«, antwortete Nadydine.

Eine der Büffelkühe kam ans Wasser und begann zu trinken. Dann folgten ihr eine zweite und dritte. Ihre Körper schoben sich zwischen die Höhle und die Quelle.

»Wie ist er damit so weit gekommen?«

»Das weiß niemand«, sagte Nadydine. »Er hat kaum ein Wort gesprochen. Aber nachdem …«, sie zögerte, »du weißt schon wer herausgefunden hatte, dass er den ganzen Tag nichts anderes machen wollte, als Fahrrad zu fahren, haben sie das Rad so umgebaut, wie es jetzt ist. Und so ist er der Energiesklave geworden.«

Schweigend wusch Drdjuck Kianos Hände. Sie waren fest und schwielig.

»Deine Großmutter hat gesagt, ich soll dich nach den Samen fragen.«

Nadydine senkte den Kopf. »Ich habe sie auf den Kirchenarmen gesammelt. Ich habe dort Töpfe mit etwas guter Erde aufgestellt. Aber es waren zu wenige. Und das Wasser in den Minen … Ich war mir nie sicher, wo ist Gift, wo ist kein Gift … Es reicht nicht zu sehen, ob und woher ein Wetter kommt. Man muss auch wissen, ob das Wasser tötet oder nicht.«

»Ja«, sagte Drdjuck. »Aber du hast die Samen noch. Und du hast sie mitgenommen.«

Nadydine sah ihn an. »Woher weißt du das?«

Drdjuck wischte die Frage mit einer schmalen Geste weg.

»Meine Großmutter hat sie, und sie gibt sie mir, wann immer ich will.«

»Es war weise, dass du sie gesammelt hast.« Drdjuck wusch Kiano weiter. Seine Schultern, seine Brust, seine Hüften, seine Lenden. Sein Bruder war älter geworden. Bald würde er ein Mann sein.

»Wenn es einen Ort gäbe, um sie zu säen, würde dich das glücklich machen?«

»Es sollen Pflanzen für Menschen sein. Vielleicht ist etwas Essbares dabei.«

»Wenn die Büffel sich davon ernähren können, lebst du auch.« Drdjuck legte Kiano eine Hand auf die Brust. »Du bist immer gerne Fahrrad gefahren, Kiano«, sagte er leise. »Erinnerst du dich an unser Zuhause?«

»Kiano«, sagte Kiano.

»Und ich bin dein Bruder, Drdjuck.«

Kiano öffnete den Mund. Er schloss ihn wieder. Doch nur um ihn gleich darauf erneut zu öffnen. »Drdjuck ... weg ... Wasser ...«

»Ja«, sagte Drdjuck. »Das Wasser hat alles weggenommen. Ich bin darin weggeschwommen. Ich wusste nicht, wo du warst. Ich habe dich nicht gesehen. Dein Tuch, es hat mich geschützt und warmgehalten. Ich dachte, ich sehe dich nie wieder ...«

»Drdjuck«, sagte Kiano wieder. Er lächelte. »Drdjuck kein Fahrrad.«

»Nein«, Drdjuck strich über Kianos Gesicht. »Ich hatte kein Fahrrad. Aber dafür lebe ich jetzt mit den Büffeln.«

Kiano schob die Lippen vor. »Ich, weil der Rosa Fahrrad will. Er bemalt mich.«

Nadydine sah mit großen Augen zwischen den beiden hin und her. »Er kann sehr gut sprechen. Er denkt nach ...«

»Natürlich denkt er«, sagte Drdjuck. »Kiano war immer sehr gut in Mathematik. Aber er hat nur mit denen gesprochen, mit denen er sprechen wollte.« Er beugte sich zu Kiano vor. »Weißt du, wohin der Junge mit dem rosa Hut will? Hast du etwas gehört?«

»Stadt«, sagte Kiano. »Er will Stadt Norden seins. Er will mein Haut seins ...«

»Ja«, sagte Drdjuck. »Aber er wird deine Haut nicht bekommen. Die Büffel und ich werden dafür sorgen, dass das nicht passiert.«

»Schön, Drdjuck«, strahlte Kiano und lachte wieder.

Es war unglaublich, seinen Namen aus dem Mund seines Bruders zu hören. Drdjuck hätte am Liebsten angefangen vor Freude zu tanzen und zu singen. Doch er musste aufpassen. So begnügte er sich damit, Kiano anzuschauen. Er stand in der Quelle, und das Wasser schimmerte auf seinem Körper. Drdjuck griff nach dem Tuch und trocknete seinen Bruder damit ab. »Kiano«, sagte er. »Morgen, wenn du wieder auf deinem Fahrrad sitzt und dem Jungen mit dem rosa Hut Luft zufächelst, dann darfst du nicht lachen. Wenn du die ganze Zeit lachst, dann merkt er, dass wir ihn allein lassen werden.«

Kiano ließ die Mundwinkel sinken und sah plötzlich wieder aus wie immer. »Ich fahre«, sagte er. »Dann ich Essen. Ich weiß. Aber mein Rad seine Räder nicht mehr. Nicht wegfahren.«

»Wir werden zusammen von hier weggehen«, erwiderte Drdjuck.

In diesem Moment legte Nadydine einen Finger an die Lippen.

Drdjuck schwieg sofort. Aus der Höhle war eine Stimme zu hören. »Wo ist der Energiesklave! Warum ist er noch nicht zurück?«

»Der Hirte wäscht den Stinker wie einen Büffel. Er macht es ordentlich «, war die Stimme der Großmutter zu vernehmen. »Das dauert! Er stinkt wie ein Vieh.«

»Du riechst auch nicht besser«, antwortete die Stimme. »Bring ihn her. Wir wollen später nicht alle das Wasser saufen, in das er gepinkelt hat.« Ein paar Stimmen lachten.

Drdjuck ließ das Tuch los und stieg aus dem Wasser. »Komm!« Er streckte Kiano die Hand hin. Kiano stieg aus dem Wasser. »Ich stinke nicht«, sagte er »Ich rieche Fahrrad.«

Nadydine grinste. Und auch Drdjuck musste sich ein Lachen verkneifen. Dann traten sie zurück in die Dunkelheit der Höhle und geleiteten Kiano zu seinem Platz.

Auf dem Weg zurück zu ihren Lagern sagte Nadydine leise zu Drdjuck: »Es muss ein Ort sein, an dem die Pflanzen eine Zukunft haben.«

»Und du mit ihnen?«, fragte Drdjuck.

Nadydine schwieg. Sie hatten die Lagerstätte in der Höhle erreicht. Sie legte sich hin und schloss sofort die Augen. Drdjuck ging zur Herde und legte sich neben das Kälbchen.

Sie würden die Antworten finden.

Die neue Stadt

Das rote Licht lag nur flach über dem Horizont und wirkte zunächst wie ein erster Streifen von Morgenrot. Darüber aber stand quer ein gefächertes Muster aus tiefschwarzen Wolken, zwischen denen vereinzelt die letzten Sterne des Nachthimmels blinkten.

Doch das war nur ein Bild für eine Sekunde.

Das Rot verschwand. Dafür ballte das Schwarz sich ebenso schnell zu einem einzigen Knäuel zusammen und begann sich langsam zu drehen.

Im selben Moment schreckte Drdjuck hoch.

Ein heftiger Schmerz durchzuckte seine rechte Hüfte und zog tief in seine Niere und in den Körper hinein. Die Anführerin stand über ihn gebeugt und stieß gleich darauf zum zweiten Mal ihren Huf in seine Seite. Schmerz, überall war Schmerz … Drdjuck ballte die Fäuste und wachte auf.

In der Höhle war es still. Lediglich die kleine Quelle floss unermüdlich und plätscherte.

Aber Drdjuck hörte ihr nicht zu. Er befand sich tief in der stillen Zone und blickte weit über die Felswände hinaus in den Himmel nach Süden. Von dort näherte sich die Dunkelheit.

Drdjuck sprang in sie hinein und wurde sofort in heftige Winde gerissen. Ohne Widerstand fegte er mit ihnen rotierend nach Norden und übersprang einen Augenblick später schon sich selbst und die Herde in den sanften roten Hügeln. Ihnen blieb nicht viel Zeit, bis das Wetter sie erreicht haben würde. Und von hier ging es weiter.

Auf einmal erkannte er das Gesicht von Nadydines Großmutter in der Höhle. Sie stand aufrecht und sah dem herankommenden Wetter entgegen. Was sah sie?

In der stillen Zone stieg Drdjuck weiter in die Höhe, hinein in das rotierende Gemisch aus Wolkenfetzen und Wasser. Eiseskälte packte ihn und wollte ihn nicht wieder loslassen, aber er richtete sich nach unten und erblickte das Mädchen mit den löwenfarbenen Haaren, die direkt neben dem Kälbchen lag und ihr Gesicht in sein Fell drückte. Nadydine musste sich im Schlaf aus der Höhle hinaus auf das Kälbchen zubewegt haben. Auch dieses schlief noch.

Das kannte Drdjuck von sich selbst. Auch er hatte, nachdem er zu den Büffeln gestoßen war, zunächst allein geschlafen und war dann nachts, schlafend, immer dichter an die Büffel herangekrochen.

Drdjuck näherte sich in der stillen Zone der Anführerin und berührte sie am Bein. Sofort hielt diese in der Bewegung inne und sah ihn an. Wie er es gewohnt war, wollte Drdjuck aus der stillen Zone heraus in den Moment zurückkehren und dem Zeichen der Anführerin mit Worten antworten. Doch dann fiel ihm ein, dass sie von Menschen umgeben waren, die ihn hören konnten. Drdjuck blieb, wo er war, und strich sanft mit der Hand über das Fell oberhalb des Fußes der Büffelkuh. Er erhob sich, verließ die stille Zone, atmete ein, machte ein paar Schritte auf sie zu und legte seinen Mund an ihr Ohr. »Ich sehe es. Es kommt und fährt über uns hinweg, und wir müssen ihm ausweichen.«

Die Anführerin senkte den Kopf. Drdjuck folgte ihrer Bewegung und sprach weiter in ihr Ohr: »Aber diesmal müssen wir lange warten. Wir müssen uns mit dem Wetter gegen die Menschen verbünden, die uns benutzen wollen.«

Die Büffelkuh schwenkte den Kopf. Drdjuck fasste mit jeder Hand eines ihrer Hörner. Er spürte die Kühle darin. Die Anführerin stieß ein lautes Muhen aus. Drdjuck schloss die Augen.

Im nächsten Augenblick sprangen die Bewohner der Stadt auf.

»Was ist los?«, keuchte Simon. »Wilde Tiere?«

Aljec griff nach seiner Waffe und sprang schlaftrunken an den Eingang der Höhle. Er spähte hinaus.

»Die Kuh ist verrückt geworden«, rief er, »verdammt! Sonst ist da nichts.«

Drdjuck sah ihn an. »Sie hat Hunger«, sagte er. »Wie die ganze Herde. Sie müssen grasen. Sie brauchen Futter.«

»Verdammter Hirte. Bringt uns um den Schlaf mit seinen Viechern. Wir hätten sie alle braten sollen!« Janki erhob sich, trat neben Drdjuck und stieß ihn mit seinem Gewehr an. »Dann sucht euch, was es da draußen gibt!« Er lachte auf. »Zum Glück können wir kein Gras fressen. Der Dreck bleibt für euch.«

Drdjuck reagierte nicht darauf. Er berührte die Anführerin sanft und trat näher auf sie zu. Ein Stück von der Quelle entfernt wuchs in einigen Felsspalten dünnes Gras. Jetzt kehrte der rote Streifen an den Himmel zurück. Die Herde war wach und folgte der Anführerin. Gleich darauf mahlten die Tiere die Halme langsam zwischen den Zähnen.

»Energiesklave«, erklang die Stimme des Jungen mit dem rosa Hut. »Licht!«

Ein Stöhnen war zu hören. Aus den Augenwinkeln sah Drdjuck, wie zwei der Jäger Kiano auf sein Rad setzten. Kaum begann er zu treten, entspannte sich sein Gesicht. Sein Blick fiel auf Drdjuck.

Seine Augen leuchteten, um seine Lippen begann ein Lächeln zu spielen, und er trat schneller. Dann wurde sein Gesicht wieder ausdruckslos, wie Drdjuck es bisher immer gesehen hatte.

Er hat mich erkannt, dachte Drdjuck. Und er will mich beschützen.

Drdjuck konnte seinem Bruder kein Zeichen geben. Sie hatten nie ein Zeichen gehabt, außer zusammen am Tisch zu sitzen, die Füße nebeneinanderzusetzen, sich nach der Schule wieder zu treffen und gemeinsam nach Hause zu gehen. Drdjuck konnte nur hoffen, dass Kiano ihn jetzt nicht plötzlich vermisste oder nach ihm zu rufen begann.

Und dann geschah es. Als hätte es Drdjucks Gedanken gehört, bewegte sich das Kälbchen aus der Herde hervor. Es hatte getrunken und schleuderte mit wilden Bewegungen Wassertropfen um sein Maul. Dann lief es auf seinen immer noch dünnen Beinen auf Kiano zu, bremste vor dem Fahrrad, streckte den Kopf aus und leckte Kianos linke Hand.

In Drdjucks Brust setzte für den Bruchteil einer Sekunde der Herzschlag aus. Plötzlich wurde ihm bewusst, dass er sich nicht gefragt hatte, was aus seinem Bruder werden sollte, wenn … Er war wie selbstverständlich davon ausgegangen, dass das Kälbchen ihn wählte. Aber was hätte er getan, wenn es anders gewesen wäre? Was hätte er tun müssen? Drdjuck atmete tief ein. Danke, dachte er. Danke.

Kiano, Nadydine, Aljec, Marja, Emmo … Fünf Kinder der Erde. Und Nadydines Großmutter.

»Weg mit dem Vieh!«, befahl der Junge mit dem rosa Hut laut.

Drdjuck senkte den Kopf, trat hinzu und zog das Kälbchen aus der Höhle zur Anführerin. Sie zupfte ein dünnes Büschel Gras aus einer Felsspalte. Und plötzlich erinnerte sich Drdjuck. Seine Mutter hatte manchmal für seinen Vater, Kiano und ihn Armreifen aus Gras geflochten. Drdjuck zog einige der Gräser aus dem Maul der Anführerin und wand sie zusammen. Er legte die Halme geschickt mit den Fingern umeinander, sodass ein Reifen entstand. Dann schob er ihn über das Horn der Anführerin.

Kiano sah immer noch zu ihm.

In seinem Gesicht regte sich nichts. Doch dann begann er schneller zu treten, und das Licht, das über dem Jungen mit dem rosa Hut aufleuchtete, schien für einen Augenblick strahlend hell.

Das war Antwort genug.

»Na also!«, rief der Junge mit dem rosa Hut.

Drdjuck berührte die Anführerin und hielt in der stillen Zone Ausschau. Das Wetter würde sie in wenigen Stunden erreichen, wenn es die Bahn hielt. Bis dahin mussten sie weit voraus sein. So weit es ging und zugleich so nah an seinem Rand, dass sie ihm ausweichen konnten, ohne dass die Jäger eine Möglichkeit hatten, sie zu verfolgen. Er zog seine Schultern zusammen. Schafften sie das nicht, würden sie ihnen schutzlos ausgeliefert sein oder im Wetter sterben.

Drdjuck konzentrierte sich auf den Jungen mit dem rosa Hut. Er hatte den Mantel um sich geschlungen und trat jetzt auf die Quelle zu. Er beugte sich nieder und trank. Drdjuck musste nun nichts mehr fragen. Dank Kianos Worten sah er es deutlich vor sich. Sie zogen auf eine Stadt zu, die der Junge mit dem rosa Hut einnehmen wollte. Dort gab es Verteidiger. Und sie würden die Tore nicht öffnen, wenn sie kein Angebot erhielten. Ein Angebot wie eine Büffelherde.

»Ciach!«, gellte in diesem Moment die Stimme des Jungen mit dem rosa Hut. »Macht euch bereit zum Aufbruch!«

Ohne es verhindern zu können, drehte Drdjuck sich dem Jungen mit dem rosa Hut zu und starrte ihm ins Gesicht. Dieser war wieder aufgestanden und schien seine Reaktion erwartet zu haben. Er sah Drdjuck mit einem ausdruckslosen Lächeln an, sprang im nächsten Moment auf einen Felsen und rief: »Unser Ziel ist die Stadt im Norden! Sie haben dort alles, was wir nicht haben. Aber wir haben trotzdem Eintrittskarten!«

Drdjuck hatte richtiggelegen. Der Junge mit dem rosa Hut wollte die Herde benutzen. Er wollte sie in das nächste Schlachthaus führen. Drdjuck senkte den Blick und wartete scheinbar geduldig ab. Was immer er jetzt auch erwiderte, es würde mehr Unheil bringen, als wenn er schwieg.

Sekunden vergingen, ehe er am Rande seines Blickfelds die nächste Bewegung des Jungen wahrnahm. Dieser breitete die Arme aus. »Ich habe unsere Stadt nicht umsonst abgebrannt! Denn wir werden eine neue Stadt bekommen!« Er sah in die Runde. »Ich habe lange gewartet. Dann aber hat dieser Hirte …«, er zeigte mit einer geschmeidigen Geste auf Drdjuck, »mir das nötige Zeichen gebracht. Seine Tiere! Dank ihnen werden wir überleben. Aber nicht länger an einem Ort des Todes, sondern an einem Ort reichen Lebens. Ich war schon einmal dort, wo wir jetzt hingehen. Ich weiß, viele munkeln, dass es Städte im Norden gibt, in denen man alles findet, an das wir uns aus Zeiten vor den Wettern erinnern. Sauberes Wasser, Straßen und Häuser, die nicht überspült werden, Nahrungsmittel. Vielleicht nicht im Überfluss wie einst. Aber genug für alle. Und ich sage euch, es ist wahr! Und dank dem Hirten haben wir nun die Büffelherde. Er hat sie uns gebracht, und er schenkt sie uns zum Überleben! So hat er es mir versprochen.«

Drdjuck blieb vollkommen still. Wollte der Junge mit dem rosa Hut wirklich die Herde irgendwelchen anderen Menschen opfern, um sich so bei ihnen einzuschmeicheln? Drdjuck verneinte die

Frage. Es passte nicht zu seinem Verhalten. Was wollte er dann? Plötzlich war es Drdjuck ganz klar. Er sah die Waffen in den Wagen und die Jäger. Er sah den Mantel des Jungen. Niemals würde er etwas an andere abgeben. Sein Plan bestand wie all sein Handeln allein aus List und Täuschung. Er wollte die Büffel als Köder benutzen. Und zur Tarnung. Seine Jäger würden zwischen ihnen auf die Stadt zugehen, in der Hoffnung, dass die Bewohner herausströmten, um die Büffel in Empfang zu nehmen und dann …

»Diese Stadt«, sagte in diesem Moment der Junge mit dem rosa Hut, »hält ihre Tore immer fest verschlossen. Sie lassen keinen Menschen hinein. Aber die Tiere werden sie reinlassen. Und uns mit ihnen. Ob sie wollen oder nicht! Denn sie werden uns nicht sehen. Wir lassen die Wagen hier zurück, wir verbergen uns zwischen den Büffeln, und nur der Hirte schreitet in seinem weißen Gewand allein voran!« Er sah Drdjuck an. »Er wird niederknien vor den Toren der Stadt und sie bitten, seine Herde aufzunehmen. Das hat er mir versprochen.«

Im selben Moment brach in der Menge ein gewaltiger Jubel aus. »Hoch dem Hirten!«, erschallte eine erste Stimme, und gleich darauf wurde es ein Chor, der die Worte wiederholte.

Hinter Drdjuck schluchzte Marja auf. »Meine Mutter hat sich nicht um mich gekümmert, mein Vater nicht! Aber jetzt …« Sie jubelte dem Jungen mit dem rosa Hut zu. »Danke, Jugan!«

»Ja, danke, Kugan!«, rief Simon laut.

»Es lebe Lugan!«, brüllte Janki.

»Diese Stadt wird unsere sein!«, verkündete der Junge. »Wir werden die Jüngsten sein, die jemals dort gelebt haben. Wir werden die Alten vertreiben, wie wir es bei uns getan haben. Und niemand wird uns je wieder von dort wegbekommen. Diese Stadt hat uneinnehmbare Mauern. Sie muss sich nicht in einer Senke verstecken.

242

Es gibt dort kein Gift. Sie wartet auf uns wie ein Paradies. Und wir sind die Kinder des Paradieses.«

Marja weinte nun hemmungslos. Ihre abgeschnittenen Haarbüschel tanzten mit jedem Atemzug auf und ab. In diesem Moment trat Simon neben sie und flüsterte ihr etwas ins Ohr. Gleich darauf hob sie den Blick, dann fiel sie Simon um den Hals und rief laut: »Wir sind Kinder des Paradieses, und Pugan hat uns geführt!«

»Die Kinder des Paradieses!«, fiel Simon ein. »Und Hugan hat uns geführt.«

Der Junge mit dem rosa Hut lachte. »Ja, ich führe euch! Und ich danke dem Hirten für seine Spende. Und darum umarmt den Hirten. Dankt ihm alle wie ich!«

Auf einmal richteten sich sämtliche Augen auf Drdjuck. Und plötzlich stürmten sie auf ihn zu. Marja, mit den abgeschnittenen Haaren, die Jäger, Simon, Ciach, Janki, alle Bewohnerinnen und Bewohner der Stadt. Sie kannten kein Halten mehr. Sie umarmten Drdjuck, küssten ihn auf beide Wangen, umarmten das Kälbchen, umarmten die Büffel. Der Junge mit dem rosa Hut sah lächelnd zu.

Drdjuck ließ es geschehen. Er war so ruhig wie die Felsen um ihn herum. Er nahm wahr, dass Nadydine ihn nicht umarmte. Genauso wie Kiano auf seinem Rad, wie Nadydines Großmutter und wie Aljec, der mit Emmo an der Quelle stand und langsam aus einer hohlen Hand Wasser trank.

Drdjuck spürte, dass der Blick des Jungen mit dem rosa Hut unverwandt auf ihm lag. Das also war sein Plan gewesen. Alle sollten ihn lieben. Und wer wandte sich schon gegen die, die bereit waren, einen zu vergöttern?

Drdjuck schaute in die stille Zone. Wenn sich die Tore für die Büffel öffneten, dann würden die Jäger die Stadt einzunehmen versuchen und jeden töten, der sich ihnen entgegenstellte.

Der Junge mit dem rosa Hut zog seine Kopfbedeckung und schwenkte sie einmal. Sofort wurde es still. »Du siehst, gute Taten zahlen sich aus!«, lächelte er Drdjuck zu. Dann winkte er Ciach, Simon, Aljec und Janki zu sich. »Es wird nur mitgenommen, was wir benötigen: Waffen und Wasser. Und das Rad des Energiesklaven, meine Fächer, die Lampen. Wir binden das einem der Büffel auf. Der Hirte wählt, welchem.«

Drdjuck ging zur Anführerin. »Sie wird das tragen!«

Das Lächeln des Jungen mit dem rosa Hut wurde breiter.

Er sollte glauben, was er wollte.

Drdjuck sprach leise zur Anführerin. Doch die Worte waren nur für die Außenstehenden. In der stillen Zone hielt er Ausschau nach dem Wetter. Es hatte die Richtung geändert und zog jetzt parallel zu ihnen. An anderen Tagen hätte es bedeutet, dass sie noch ein wenig an der Quelle hätten bleiben können, diesmal fand Drdjuck darin keine Erleichterung.

Die Anführerin beugte sich zu ihm und leckte an seiner Schulter. Während die Stadtbewohner ihre Habseligkeiten in die Wagen warfen, spürte Drdjuck, wie sich die Stimmung bei ihnen veränderte. Der Abschied von ihrem Besitz lag neben ihrer wilden Hoffnung auf einmal wie ein Schatten über ihnen. Das schien auch der Junge mit dem rosa Hut zu merken.

»Für alles, was ihr jetzt gebt, bekommt ihr schon bald das Doppelte!« Seine Worte klangen wie ein Befehl. »Trennt euch! Der Zug muss leichtfüßig sein und schnell. Nur Waffen und Wasser! Alles Übrige wird verbrannt. Niemand darf es je wieder benutzen!«

Gleich darauf wurden die Wagen von den Jägern angezündet.

Drdjuck ging zu jedem einzelnen der Büffel. Tief in der stillen Zone horchte er in sie hinein. Zugleich spürte er durch ihre Sinne dem Wetter nach. Die Herde und er wurden eins, wie sie es immer

waren, auch wenn der Aufenthalt in der Stadt sie auseinander-
gerissen hatte und die Menschen vieles überlagerten. Es würde
ein heißer, belastender Tag werden, wenn das Wetter nicht wieder
drehte. So weit Drdjuck die stille Zone auch durchforschte, außer
dem Sturm im Süden nahm er keine weiteren Winde wahr. Nichts
stellte sich dem Sturm in den Weg. Er musste nur noch seine Bahn
wählen. Das Kälbchen kam zu Drdjuck und stieß ihn an. Drdjuck
hob den Kopf. Aus den Augenwinkeln nahm er wahr, dass der
Junge mit dem rosa Hut bei Nadydine und ihrer Großmutter stand.
Drdjuck ließ seinen Geist in ihre Richtung gleiten. Nadydine
schüttelte den Kopf, während die Großmutter einfach nur schwieg.

Drdjuck stutzte. Das Wettermädchen trug unter ihrer Kleidung
einen bunten Schatten bei sich, der auf ihrer Hüfte lag. Der Beutel
mit den Samen. Sie hatte ihn sich von ihrer Großmutter geben lassen und ließ ihn nicht zurück. Obwohl es in der Stadt im Norden
doch alles geben sollte …

Drdjuck trat weiter zwischen die Büffel. Die meisten von ihnen
standen am Wasser und tranken. Wenn er sich nicht irrte, würde
der Junge mit dem rosa Hut oder einer seiner engsten Helfer gleich
bei ihm sein, um ihn dasselbe zu fragen, was er Nadydine gefragt
hatte. Er würde versuchen, ihn zu testen. Und sich nach dem
Wetter der nächsten Stunden erkundigen.

Drdjuck war versucht zu erforschen, was Nadydine wahrnahm.
Sie in der stillen Zone zu treffen. Aber er tat es nicht. Was auch
immer sie dem Jungen mit dem rosa Hut geantwortet hatte, sollte
unabhängig von ihrer beider Annäherung gültig sein. Er würde
ihr vertrauen.

Gleich darauf näherte sich Ciach, dicht gefolgt von Simon.
Drdjuck verstand, dass der Junge mit dem rosa Hut nach der Lüge
über die Einigkeit zwischen ihnen, die die anderen für einen

245

Augenblick in einen vollkommen gefühlsseligen Zustand versetzt hatte, jetzt den Kontakt zu ihm vermied. Er hatte Angst vor jedem Misston, der seine Pläne jetzt noch gefährden konnte. Er war sich Drdjucks nicht sicher. Aber er brauchte die Büffel und würde Drdjuck deshalb nicht herausfordern. Für ihn blieb Drdjuck ein gefährlicher Gegner.

»Hirtenjunge!« Ciachs Ruf schallte quer über die Büffelleiber. Drdjuck reagierte nicht. Er strich mit der Hand über das Fell des neben ihm stehenden Tieres und versank in der Nähe zu ihm. Doch er spürte, wie sich der Körper des Jägers auf ihn zuschob.

»Hirtenjunge!«

Drdjuck legte seinen Kopf auf den Rücken des Büffels. Er horchte in das Tier hinein. Und er horchte in sich selbst.

»Ich spreche mit dir.«

»Ich höre dich, Ciach«, antwortete Drdjuck. »Du musst nicht brüllen. Was willst du?«

Ciach straffte die Schultern. »Wie wird das Wetter heute?«

»Es bleibt, wie es ist«, antwortete Drdjuck, ohne den Kopf zu heben.

»Und auf die Dunkelheit zu?«

Drdjuck zögerte keine Sekunde. »Auch da bleibt es so.«

»Was ist mit dem Sturm, den du gestern gesehen hast?«

»Er ist weit fort.«

Ciach nickte. Er schien zufrieden. In seiner Seele lächelte Drdjuck Nadydine zu. Auch sie hatte den Sturm im Süden gesehen und dasselbe gesagt wie er. Plötzlich wollte er sie fragen. Er wollte wissen, wie viel sie beide gemeinsam sahen. Oder auch nicht.

»Du weißt jetzt, wohin der Weg uns führt. Von hier geradezu nach Norden. Können wir jetzt aufbrechen, oder sollen deine Büffel noch ein wenig im Wasser planschen?«

»Ist das eine Frage?«, murmelte Drdjuck.

Ciach verzog den Mund. »Möchtest du dein weißes Gewand gegen ein Grab tauschen?«

Drdjuck lachte auf. »Wie lange werden wir nach Norden ziehen? Die Büffel trinken noch.«

»Bis wir da sind. Du hast es doch gehört.«

Drdjuck hob den Kopf und nickte. »Und wie ich gehört habe, hat es keinen Sinn, wenn wir ohne die Büffel ankommen würden. Also lass sie trinken, bis sie von selbst aufhören.« Drdjuck richtete sich auf und legte seine Hände auf Ciach Brust. »Du brauchst auch Wasser.«

»Fass mich nicht an!« Ciachs Hand zuckte zu seinem Haarknoten.

»Du hast recht.« Drdjuck löste seine Hände und fuhr sich über sein Gesicht. »Entschuldige, ich hätte dich nicht berühren sollen.«

Ciach leckte sich über die Lippen. Dann legte er seine Zunge zwischen den Zähnen zu einer Schlaufe und lachte auf. »Du gibst wirklich dieselben Antworten wie das Wettermädchen.«

»Dann sieht sie dasselbe wie ich«, antwortete Drdjuck.

Ciach nickte. Er drehte sich um und ging davon, direkt auf den Jungen mit dem rosa Hut zu.

Es kann nicht mehr weit sein, dachte Drdjuck. Sonst hätte er das Wetter für einen längeren Zeitraum wissen wollen.

Die weiße Stadt

Als der Treck sich wenig später in Bewegung setzte und sie die Felsen zu Fuß verließen, verwandelte sich die Ebene vor ihnen im Morgenlicht Schritt für Schritt. Aus der grauen, mit hartem Schlamm überzogenen und mit totem Gestrüpp verfilzten Fläche wurde allmählich eine von Gras und Büschen überzogene Steppe. Hier und da ragten graue Felsbrocken auf, in deren Windschatten sich ab und zu sogar ein Baum hervorgewagt hatte.

Dennoch lag kein Hauch von Wasser in der Luft, wie Drdjuck spürte.

Er ging am Kopf des Zuges neben der Anführerin und dem Kälbchen. Vor ihm waren nur noch Ciach und die Jäger. Auch der Junge mit dem rosa Hut war jetzt zu Fuß an der Spitze unterwegs. Er lief leicht und geschmeidig und trug seinen Bogen über der Schulter.

Die obere Schicht des Erdbodens bildete eine harte, von der Sonne ausgetrocknete Kruste, die unter jedem Schritt knirschend einbrach. Die harten Kanten kratzten an den Knöcheln, und die Büffel taten sich schwer voranzukommen. Ihr Gewicht ließ sie tiefer einbrechen, und der Kraftaufwand, die Beine zum nächsten Schritt neu zu heben, war ihnen deutlich anzumerken.

Drdjuck ging schweigend. Er ließ sich ein wenig zurückfallen. Die Jäger und ihr Anführer kümmerten sich nicht darum. Sie waren auf dem Weg zu ihrer Beute. Im Moment schenkten sie dem Köder keine Beachtung. Immer wieder wandte sich Drdjuck in der stillen Zone dem Wetter zu. Doch es blieb weiter hinter ihnen, hoch oben am Himmel, noch war kein Regen ausgebrochen.

Dann tauchte vor ihnen, am nördlichen Rand der Steppe ein helles Gebilde auf. Der Junge mit dem rosa Hut warf Ciach, der stumm nickte, einen Blick zu. Keiner von ihnen veränderte das Tempo.

Drdjuck spürte hinter sich. Sie hatten einen halben Tagesmarsch zurückgelegt. Die Zeit wurde knapper. Plötzlich bemerkte er Nadydines Atem in seinem Nacken. »Ich wusste es nicht«, flüsterte sie. »Ich wusste nicht, was er vorhat!«

»Ich habe es mir gedacht«, antwortete Drdjuck. »Spürst du das Wetter näher kommen?«

Nadydine senkte den Kopf. »Nein. Warum?«

»Wir müssen Ausschau halten«, gab Drdjuck zurück. »Wir brauchen ein Wetter, das uns einen Ausweg verschafft. Ein Wetter, das uns beschützt.«

Nadydine keuchte. »Du willst in ein Wetter fliehen?«

»Die Herde und ich haben das schon oft gemacht«, antwortete Drdjuck.

Nadydine richtete sich auf. Ihr löwenfarbenes Haar glänzte dunkel. »Dann hör auf zu warten«, sagte sie mit Nachdruck. »Geh darauf zu und ruf es.«

In diesem Moment war es Drdjuck, als flöge ein Vogel durch seinen Kopf. Er kam von dort, wo sein Blickwinkel endete, direkt in ihn hineingeflogen und zog eine neue Erkenntnis mit sich in Drdjuck hinein. Drdjuck verstand nun, was Nadydine ihm sagen wollte. Es gab nicht nur das Wahrnehmen und Warten. Es gab auch das Handeln.

Drdjucks Herz schlug schneller.

Niemals hatte er darüber nachgedacht, dass auch das möglich sein könnte. Dass er dazu in der Lage wäre. Aber Nadydine sagte es einfach so. Ihre Worte lösten etwas in ihm aus.

Und er wagte es.

Drdjuck verband sich mit allem in der stillen Zone. Er sah und schaute, bis es keine Grenzen mehr zwischen ihm und der Zone gab. Er selbst wurde Teil dieser Freiheit.

Dann rief er den Sturm.

Als die Sonne zu sinken begann, machten sie Halt.

»Hirte!«, rief Ciach. »Du trägst unseren Gesetzen gemäß ein weißes Gewand. Gleich wird es dir sehr nützlich sein.« Er deutete vor sie. Die weiße Mauer lag jetzt deutlich in erreichbarer Nähe.

Drdjuck antwortete nicht. Stattdessen ließ er sich auf den Boden sinken. Der Sturm würde kommen. Sie mussten keine Zeit schinden, sie mussten keine Taktik anwenden, sie mussten nicht warten, nichts heraufbeschwören. Es würde passieren als Lauf der Dinge.

Plötzlich rührte sich die Anführerin neben ihm. Es war ein Zucken in ihrer linken Lende. Dann bewegte sich auch ihr Ohr. Ihr Fell stellte sich leicht auf. Elektrizität lag in der Luft. Das Kälbchen neben ihr stand still. Drdjuck lauschte. Aus der Ebene hinter ihnen näherte sich eine Bewegung. Sie zog auf, und sie kam näher. Nichts würde sie stoppen. Sie war stark und trug viel Wasser mit sich. Sie prallte mit voller Wucht gegen die Hitze und schuf Chaos. Und sie würde die befreien, die befreit werden mussten.

Drdjuck hob den Kopf »Ich höre dir zu, Ciach. Was willst du?«

»Steh auf! Jugan wird jetzt zu dir sprechen!«

Drdjuck erhob sich und blickte auf die Stadt vor ihnen. Die Stadtmauern strahlten auch im Abendlicht noch weiß über die Ebene, heller als der Himmel am Horizont, gleißend und abweisend.

Der Junge mit dem rosa Hut kam auf Drdjuck zu. Wenige Schritte vor ihm blieb er stehen. Er zog seinen rosa Hut und schwenkte ihn. »Unser Ziel!«, verkündete er den ehemaligen Stadtbewohnern und blickte über die Karawane. »Und das Wetter hält, wie du gesagt hast, Hirte. Und wie du!« Er deutete auf Nadydine. Er lächelte, doch das Lächeln war kein Lächeln. Es war etwas anderes.

Drdjuck glitt durch die stille Zone über den Boden und fand sich gleich darauf neben dem Jungen mit dem rosa Hut wieder. Das Herz verschlossen vor jeder Wahrnehmung, die nicht seine eigene war, stand er reglos da. Ein Monument der Einsamkeit, unbeweglicher als jeder Fels, bereit, jederzeit zuzuschlagen. Niemals würde dieser Junge einen Beschluss aufgeben, den er selbst gefasst hatte. Der Junge mit dem rosa Hut …? Die Frage tauchte wie ein Windstoß in Drdjucks Kopf auf. Er hatte sicher nicht immer so geheißen, wie er sich jetzt nennen ließ. Er musste einen Namen gehabt haben. Er musste Eltern gehabt haben …

»Du ziehst jetzt mit der Herde ans Tor«, befahl der Herrscher. »Ich, Ciach und die Jäger machen uns unsichtbar zwischen den Tieren. Und die anderen warten hier, ins Gras geduckt, hinter den Felsen. Stellt das Rad des Energiesklaven auch hinter einen Felsen. Lasst ihn dort weitertreten, damit er nichts Unsinniges tut. Emmo und Marja, ihr passt auf ihn auf, zusammen mit dem Wettermädchen. Tut, was ich sage.«

Die beiden gehorchten. Gleich darauf saß Kiano versunken in die Bewegung auf dem Rad, das nirgendwohin fuhr. Drdjuck ließ den Blick nach rechts wandern. Hinter dem nächsten Felsen saß Nadydine, ihre Großmutter im Arm.

Drdjuck wandte sich weiter um. Es musste so wirken, als sähe er nach Emmo, Kiano oder Marja. Doch in Wirklichkeit war sein Blick in den Himmel gerichtet. Das Fell der Anführerin hatte sich nicht wieder gelegt. In seinen Spitzen knisterte die Energie. Nur der Himmel war nach wie vor klar.

Plötzlich fiel eine Hand auf seine Schulter. »Mach dir keine Sorgen, Hirtenjunge. Du musst die Herde nicht bis in die Stadt treiben. Das werden die Stadtbewohner selbst erledigen.«

»Und uns gleich mit!«, fügte eine gackernde zweite Stimme hinzu. Simon und Janki standen hinter ihm. »Du hast es geschafft, Hirte! Du bist einer von uns.«

»Ohne euer Wettermädchen hätte ich nicht überlebt«, antwortete Drdjuck gepresst. »Ohne sie hätte Mugan mir nicht vertraut!« Er wandte sich dem Jungen mit dem rosa Hut zu. »Ich möchte mich von ihr verabschieden, Fugan, falls mir etwas passiert! Ich möchte ihr auch die Herde anvertrauen. Darf ich zu ihr, Kugan?«

Der Junge mit dem rosa Hut zögerte. Aber er konnte sich nicht mehr gegen Drdjuck stellen. »Verabschiede dich also, Hirte«, nickte er.

Drdjuck drehte sich um und ging auf Nadydine zu. Sie sah ihm entgegen. »Wenn der Junge mit dem rosa Hut Herrscher dieser Stadt wird, werde ich nicht überleben«, sagte Drdjuck leise, als er sie erreicht hatte. »Und die Herde auch nicht.«

»Genauso wenig wie meine Großmutter und ich«, antworte Nadydine.

Drdjuck nickte. »Darum werde ich nicht tun, was er verlangt.«

Nadydines Lippen zitterten. »Dein weißes Gewand leuchtet wie eine Schaumkrone auf einem schwarzen Meer. Das Ding trägt man, damit die Jäger einen treffen. Wer dich töten will, der tötet dich mit Leichtigkeit. Und meine Großmutter bewegt sich langsam. Viel langsamer als die Waffen. Zum schnellen Laufen ist sie zu alt.«

»Deine Großmutter wird auf einem Büffel reiten!«, lachte Drdjuck leise.

Nadydine sah ihn überrascht an.

Drdjuck streckte die Hand aus. »Schlag ein, wenn du willst!«

Das Mädchen hob eine Hand und schlug in Drdjucks Handfläche. Es war das erste Mal, dass sie sich berührten. Im selben Moment waren die Augen von Marja, Janki, Aljec, Ciach und Simon genauso auf sie gerichtet wie der bewegungslose Blick des Jungen mit dem rosa Hut.

»Wenn das Wetter kommt«, sagte Drdjuck leise, »wandern wir an den Rändern entlang. Wo der Sturm Wasser hinterlässt, werden die Büffel trinken. Wir werden ihnen folgen. Denn ohne sie sind wir allein und verloren. Und das Kälbchen bestimmt, wer sich uns anschließen darf. Es ist das Jüngste von uns allen. Es kennt das neue Gleichgewicht am besten.«

Nadydines Gesicht flammte in einem hellen Rot auf. »Leben, ohne uns vor dem Wetter zu verstecken? Wie soll das gehen?«

»Die Büffel lehren es uns«, antwortete Drdjuck. »Denn ich bin kein Hirte. Aber das Kälbchen ist mein Hirte. Die Büffel sind nicht meine Herde. Sie passen auf mich auf. Und sie gründen mit uns die neue Familie.«

Nadydines Gesicht nahm einen Augenblick die Farbe des leeren Himmels an. Es war, als würden ihre Augen die ganze Weite erfassen, in die jetzt bald das Wetter hereinbrechen würde.

»Keine Stadt«, sagte sie dann. »Keine Mauern!«

»Nicht für uns«, antwortete Drdjuck. »Und keine Angst, keine Raubzüge, keine Gewalt und kein Krieg.«

»Bist du fertig, Hirte!? Genug verabschiedet!« Ciach und die

Jäger traten gebückt zwischen die Büffel. »Los jetzt! Wir sind bereit!«

»Das bin ich auch.« Drdjuck drehte sich um, ging an den Jägern und dem Jungen mit dem rosa Hut vorbei und trat vor die Herde.

»Jetzt heißt es nur noch abwarten«, erklärte Ciach. »Wenn die da drüben Augen im Kopf haben, werden sie dich gleich sehen. Und wenn sie sehen, was du ihnen mitgebracht hast, werden sie einige Fragen an dich haben.« Er klopfte Drdjuck auf die Hüfte. »Mach deine Sache gut. Und denk daran, man gibt niemals mehr, als man geben muss. Aber von dem, was man geben muss, gibt man alles.«

Der Junge mit dem rosa Hut kam nun ebenfalls dazugeschlichen. Er bewegte sich geschickter als eine Schlange. »Wenn sie vorsichtig sind, werden sie dich zunächst nur allein einlassen. Schau dich gut um, wie es da drin aussieht. Du bist unsere Augen und unsere Ohren. Und so genau, wie du das Wetter vorausgesehen hast, wirst du uns dann beschreiben, wie es in dieser Stadt aussieht. Ich will jede Waffe, jeden Mann, jede Frau und jeden möglichen Hinterhalt wissen.«

Drdjuck ließ sich mit keinem Wimpernschlag anmerken, was er dachte. »Was ist, wenn ich nicht wieder herauskomme?«

»Dann warten wir in der Herde, bis sie sie holen kommen«, entgegnete Ciach. »Es liegt bei dir.«

Drdjuck nickte. »Ich werde das Kälbchen mit in die Stadt nehmen«, sagte er dann unvermittelt.

»Du glaubst, du kannst mit dem Tier in diese Mauern eintreten und mit ihm wieder herauskommen?« Ciach schüttelte den Kopf, sodass die Messerklinge in seinem Haarschopf leicht auf und ab tanzte. »Du bist ein Träumer, Hirte.«

»Dank meiner Träume habe ich bis hierher überlebt«, gab Drdjuck zurück. »Und ich bin es gewohnt, sie mit den Büffeln zu teilen.«

Der Anführer der Jäger lachte auf. »Dann nimm das Tier mit. Aber beschwer dich nicht, wenn sie es vor deinen Augen fressen!«

Drdjuck antwortete nicht darauf. Mit den Jägern und dem Jungen mit dem rosa Hut zwischen den Tieren verborgen, führte er die Herde die letzten hundert Meter vor das Stadttor, setzte sich dann ein kleines Stück abseits der Herde auf den Boden und wartete.

Drdjuck ließ sich in die stille Zone sinken und nahm die Büffel als Farben und Formen wahr. Die Menschen zwischen ihnen hatten andere Farben als die Tiere. Mitunter schwangen die Farbfelder ineinander. Dann fiel ein dunkles Blau in ein noch dunkleres Violett, oder ein Zinnoberrot blitzte dazwischen auf. Aber die Farben der Büffel und die der Jäger kommunizierten kaum. Nur zu den Menschen, die im Gras verborgen lagen, waberten zarte Fäden hinüber. Das Kälbchen hatte seine Zuneigung auf Aljec und Nadydine gerichtet. Vom Rücken der Anführerin flogen langwellige Farbstöße auf Marja zu. Auch Emmo empfing sie. Und seltsamerweise spürte das Kälbchen hin und wieder zwischen der Großmutter und Simon hin und her. Doch das alles nahm Drdjuck nur am Rande wahr. Genauso wenig waren seine Sinne auf die weißen Stadtmauern gerichtet und alles, was dahinter lag. Wenn er sich nicht irrte, erwartete ihn dort kein goldenes Königreich. Alles was er bisher auf seinen Wanderungen gesehen und erlebt hatte, eingeschlossen die Erlebnisse in der Stadt des Jungen mit dem rosa Hut, sprach dieselbe Sprache. Die Erde war ein einziger Ort, und keine Mauern konnten darüber hinwegtäuschen. Und Wünsche wurden nicht wahr, nur weil man sie noch so gierig verspürte. Das Leben forderte Verbindung. Und das tat es auf verschlungenen Pfaden, die nicht immer leicht zu erkennen waren.

Drdjucks innere und äußere Sinne waren ganz und gar auf die

Herde gerichtet, auf jedes einzelne Tier. Und mit ihnen zusammen wanderte er tief in das Land hinter ihnen.

Von dort näherte es sich. Aber es kam nicht geradewegs, sondern schwang aus, jagte hierhin und dorthin. Es war kalt und stark.

Plötzlich schob sich eine menschliche Aufregung in Drdjucks Wahrnehmung.

Diesmal kam sie von hinter der weißen Mauer. Er sah auf. Die Dunkelheit hatte zugenommen. Aber noch stand ein Rest Licht am Himmel. Da öffnete sich das Tor, und eine einzelne Gestalt erschien. Drdjuck nahm sie aus den Augenwinkeln wahr. Es war die einzige Bewegung auf der Ebene. In der stillen Zone kamen noch die Atemzüge der Jäger dazu, die auf einmal angespannter waren, verhaltener und leiser als zuvor, und ebenso die unterdrückten Gedanken der Stadtbewohner hinter ihnen.

Die Büffel veränderten sich nicht. Sie hatten Durst und atmeten wie immer tief und gleichmäßig.

Drdjuck erhob sich. Er trat auf das Kälbchen zu und näherte sich seinem warmen Atem. »Wir gehen jetzt Wasser für dich finden«, sagte er. »Komm.«

Das Kälbchen folgte der Einladung seiner ausgestreckten Hand. Mit ihm zusammen steuerte Drdjuck auf die Gestalt zu, die jetzt aus dem geöffneten Tor herausgetreten war, das sich hinter ihr sofort wieder schloss. Mit einem dumpfen Rasseln fiel es zu.

»Wie bist du hierhergekommen?« Die Stimme der Gestalt wirkte gelassen. Es war eine Männerstimme. Gleichzeitig spürte Drdjuck, dass es eine vorgetäuschte Gelassenheit war. Sie wirkte nicht hart oder kalt, aber die Erwartungen, die in ihr mitschwangen, bildeten einen Laut, der wie ein hungriges Stöhnen klang und Drdjuck mitten in die Magengrube traf.

»Ich bin dem Leuchten der Mauer gefolgt«, antwortete Drdjuck.

»Meine Herde und ich haben Durst. Habt ihr Wasser in eurer Stadt?«

»Es gibt einen Brunnen«, gab der Mann zurück. Er trug ein schlichtes Gewand und wedelte jetzt mit den Armen in Richtung der Herde. »Wasser für ein paar Tiere gibt es. Nicht für alle.«

»Für wie viele?« Drdjuck wartete die Antwort nicht ab und trat näher auf den Stadtboten zu.

Der Mann machte einen kleinen Schritt zurück. Seine Stimme klang jetzt noch hungriger. Der Klang erinnerte Drdjuck an das Schnappen von Zähnen. »Zu wenig Wasser für so viele Tiere. Man müsste ein paar von ihnen schlachten. Und dann vielleicht eine kleine Zucht. Wir sind einige Menschen hier.«

»Das habe ich mir gedacht«, antwortete Drdjuck. »Wenn du mir und meinem Kalb hier den Weg zum Wasser zeigen könntest, dann könnte ich dir sagen, was ich von deinen Worten halte. Habt ihr gar keine Tiere in der Stadt?«

»Ein paar Ziegen und Hühner«, antwortete der Mann. »Ich bin übrigens Barum.«

»Warum sind die Tore der Stadt denn geschlossen?« Drdjuck trat wieder etwas mehr auf Barum zu.

»Weil nicht jeder wie du mit einer ganzen Herde ankommt. Manche kommen auch, um sich etwas zu holen, was ihnen nicht gehört …« Barum hob abwehrend eine Hand.

Drdjuck sah über den Boden vor dem Tor. Er war vom Wind blank gefegt und spurenlos.

»Werden deine Tiere nicht weglaufen, wenn du mit deinem Kälbchen in die Stadt kommst?« Barum schüttelte den Kopf. »Du solltest sie in Sicherheit bringen, nach drinnen, hinter die Mauern.«

Drdjuck lachte. »Sie sind in Sicherheit. Und wenn sie hören, dass dem Kälbchen etwas widerfährt, könnten sie das Tor eurer Stadt leicht in Stücke trampeln. Weißt du, alle Tiere der Herde achten auf dieses Kälbchen. Sie töten jedes Tier, das es angreift.«

»Wir sind Menschen«, antwortete Barum.

Drdjuck lächelte.

Der Mann aus der Stadt schwieg.

Drdjuck legte dem Kälbchen eine Hand auf das Fell. »Ich werde nichts in dieser Stadt antasten. Ich bin nur auf der Suche nach Wasser.«

Barum leckte sich über die Lippen. Dann trat er zur Seite und bedeutete Drdjuck mit ausgestrecktem Arm einzutreten. »Tritt näher!« Er machte eine weitere Geste, und das Tor wurde wieder geöffnet.

Drdjuck sandte seinen Geist in die Ebene hinter sich. Vor seinem inneren Auge durchzog ein Blitz den Himmel. Ein helles Licht, das durch eine große dunkle Weite aufleuchtete und sofort wieder zerfiel. Doch es hatte gereicht, eine riesige schwarze Wand zu sehen, die sich jetzt zu drehen begann.

»Gerne«, sagte Drdjuck.

Kaum hatten sie das Tor durchschritten, wurde es wieder geschlossen. Drdjuck spürte die Waffen auf der Mauer. Sie richteten sich auf ihn wie die Zinken von Gabeln auf ein Stück Fleisch auf dem Teller. »Wenn ihr mein Kälbchen anrührt«, sagte er laut, »dann schreit es. Und wenn es schreit, dann kommen die übrigen Tiere hinter uns her. Das Tor hält sie nicht auf.«

»Übertreib nicht«, sagte Barum leise. »Wir haben Hunger. Alle hier.«

»Und ich habe Durst«, gab Drdjuck zurück. »Und das Kälbchen noch mehr. Bring mich zum Brunnen, dann rette ich euch.«

Barum zuckte zusammen. »Wovor?«

Drdjuck schwieg. »Bring mich zum Brunnen«, sagte er dann.

Barum hob wieder eine Hand, nickte und ging voran. Drdjuck folgte ihm. Das Kälbchen machte keine Anstalten, auf Barum zuzugehen. Drdjuck spürte weitere Menschen, aber auch auf sie richtete das Kälbchen keine Aufmerksamkeit.

Dies war früher eine schöne Stadt gewesen. Die Häuser waren hell und farbig, manche weiß. Sie waren einmal sauber und leuchtend gewesen. Jetzt aber wirkten sie zerfallen. Der untere Teil der Mauern war schwarz vor Schlamm, die Dächer voll Staub. Es roch trocken, ausgeglüht und verdorrt. Es roch nach Entbehrung. Vor den Häusern auf der Straße lag Unrat. Kaputtes Zeug, wie überall. Fahrradreifen, Autoteile, elektrische Maschinen, Kabelreste, Plastik. Aus der Erde gesaugt, in den Menschenhäusern gestapelt, wieder aus ihnen herausgespült.

»Wie viele Menschen könntet ihr aufnehmen, neben den Tieren, die ihr nicht schlachten wollt?«, fragte Drdjuck.

»Menschen?«, keuchte Barum. »Sind außer dir da draußen noch andere Menschen? Wir nehmen keine Menschen auf.«

»Es gibt hier sehr viele leer wirkende Häuser«, gab Drdjuck zurück.

»Die meisten sind unbewohnt, ja.« Barum sah Drdjuck unsicher an. »Kommen andere hinter dir her?«

Drdjuck zuckte die Schultern. »Ich könnte mir vorstellen, dass jemand unseren Spuren folgt. Und wenn dann eure Stadt auftaucht …«

Barum entspannte sich. »Die Mauern sind hoch und fest. Noch nie hat ein Sturm einen von uns weggespült. Die Stadt ist sicher. Und wir haben Waffen genug.«

»Ja«, antwortete Drdjuck. Doch der Sturm, den er kommen sah, war stärker, als Barum ahnte.

Sie gingen an einer Reihe geplünderter Geschäfte vorbei. Die

Regale lagen umgestürzt hinter den Schreiben. Niemand hatte sich die Mühe gemacht, sie wieder aufzurichten. Ein Schaufenster war zerbrochen.

»Was esst ihr denn außer euren Tieren?«, fragte Drdjuck.

»Alles, was wächst und sich bewegt«, antwortete Barum. »Insekten sind gut. Aber selbst die bleiben aus. Ein bisschen was wächst. Wir haben Hunger, aber wir leben. Deine Büffel wären eine große Hilfe …«

»Habt ihr keine Handelswege?«, fragte Drdjuck.

Barum lachte auf. »Was es zu tauschen gab, ist getauscht. Und wer einmal hier war, der kommt nicht wieder. Wer kann, geht nach Norden. Südlich herrscht die Hölle. Wir sind der Eingang dorthin. Wie hast du es durch die Hölle geschafft? Du kommst ja aus dem Süden.«

»Ich bin lange gegangen«, antwortete Drdjuck. »Und ich muss dir sagen, die Hölle wird jeden Tag größer. Vermute ich richtig, dass ihr hier kein Eis habt, um etwas zu kühlen?«

Barum stieß einen Laut aus, der zeigte, wie absurd er diese Frage fand.

»Ich dachte es mir«, nickte Drdjuck. »Wenn ihr die Herde töten könntet und es tätet, alle zugleich, würde das Fleisch vor euren Augen verfaulen. Ihr habt nichts zu bieten außer Waffen und ein wenig Wasser.«

Er sah Barum dabei nicht an. Er wusste jetzt, wo er war. Er wusste genug.

Der Brunnen war eine aus Eisen gegossene Wasserzapfstelle mit einem dünnen Hahn in Form eines Fischkopfs, aus dem es tröpfelte.

»Das Kalb darf saufen, und wir bekommen dafür einen der Büffel«, schlug Barum vor. »Dafür lassen wir dich auch wieder ziehen.«

»Einen Eimer voll Wasser für das Kalb«, entgegnete Drdjuck. »Und vier Hände für mich. Dann lasst ihr uns wieder hinaus zur Herde, und ich lasse euch leben.«

Barum zögerte. Drdjuck drehte sich um. Er schloss die Augen und sah in die stille Zone. Die Nacht schritt jetzt schnell voran. Bald würde sie sie erreichen. Und sie war voll von Blitzen und einem Sturm von gewaltiger Kraft. »Es kommt ein Sturm heute Nacht«, sagte Drdjuck. »Er wird sehr schwer. Er wird euch Wassermassen bringen, wie ihr sie noch nicht erlebt habt. Ihr solltet vor ihm fliehen. Aber ich weiß, ihr werdet euch nur verschanzen. Es ist eure Entscheidung. Es kann gut sein, dass es eure letzte ist.« Er trat auf den Brunnen zu. »Jetzt will ich das Wasser. Und dann hütet euch vor dem Sturm.«

Barum schauderte. »Du bist ein Wetterkundiger? Man sagt, manchmal kämen sie aus dem Süden. Sie hätten gelernt, in der Hölle zu überleben, und konnten sich retten. Es heißt, sie ziehen alle nach Norden und verdienen dort an ihrer Gabe.«

Drdjuck schüttelte den Kopf. »Ich nehme jetzt das Wasser, und dann kehre ich zurück in den Süden«, sagte er. »Und euch wünsche ich Glück.«

Gogos Ende

An der Seite des Kälbchens trat Drdjuck aus dem Tor hinaus in die Ebene.

Er hätte Nadydine, ihrer Großmutter und den Büffeln gerne ebenfalls Wasser mitgebracht. Doch sie würden sich nicht mehr allzu lange gedulden müssen.

Von den Jägern war zwischen den Büffeln nichts zu sehen. Sie waren gut verborgen. Doch Drdjuck nahm sie trotzdem wahr. Es genügte, sich einen Moment in die stille Zone zu versenken, um ihre farbigen Schatten genauso auszumachen wie die der ehemaligen Stadtbewohner, die sich hinter der Herde verborgen hielten. Sie alle waren angespannt.

Rasch schritt er auf die Büffel zu.

Ein plötzliches Zischen wies ihm die Richtung zu Ciach. Drdjuck hatte schon zuvor am schneller werdenden Pulsschlag des Jägers erkannt, dass er ihn zu sich rufen würde. Doch er hatte auf ein Zeichen gewartet.

Langsam ging er zwischen den Büffeln auf Ciach zu, der geduckt an der Flanke einer Kuh kauerte. Der Atem der Büffel streifte Drdjuck, die Anführerin blickte ihn an.

Drdjuck ahnte, dass sie alles Wichtige längst vom Kälbchen erfahren hatte, wenn er auch nicht wusste, wie. Die Kommunikationswege der Büffel blieben ihm verborgen. Es reichte, dass sie ihn an ihrem Leben teilhaben ließen. Sie hatten ihn das Nötige gelehrt, und er erwiderte es ihnen mit Liebe und Treue.

Während er auf Ciach zuging, versuchte Drdjuck, Kiano zu erspüren. Und er war überrascht, wie schnell es ihm diesmal gelang. So überrascht, dass er den Kopf herumwarf und nach seinem Bruder sah. Sein Fahrrad stand weiterhin verborgen hinter dem Felsen, und Kiano trat gleichmäßig die Pedale. Nahe bei ihm zeichnete sich der Körper eines der jungen Büffel ab. Die Herde hatte Kontakt zu Kiano aufgenommen. Das war der Grund. Drdjuck verkniff sich ein Lächeln. Zugleich lief ihm ein Schauer über den Rücken. Woher auch immer das wachsende Vertrauen der Tiere kam, es erleichterte ihn, und er spürte, wie ihm damit neue Kräfte wuchsen.

Dann hatte er Ciach erreicht.

Er blieb mit einem Teil seines Wesens in der stillen Zone und wandte sich dem Jäger zu.

»Warum ist das Tor nicht geöffnet?«, erkundigte sich Ciach scharf.

»Das werde ich nur dem Jungen mit dem rosa Hut sagen«, entgegnete Drdjuck leise.

Ciach verzog das Gesicht zu einer wütenden Grimasse. »Warum nennst du ihn wieder so? Du warst schon weiter, Hirte! Und jetzt pass auf – ich habe dich gefragt. Und du wirst mir antworten.« Ciach griff nach dem Messer in seinem Haarschopf.

Drdjuck schüttelte sanft den Kopf. »Ich habe dir gesagt, was ich tun werde. Und wenn ich hier lange zwischen den Tieren rumstehe, wird man hinter der Mauer bemerken, dass ich mich mit jemandem unterhalte. Also lass mich jetzt weitergehen.«

Ciach knurrte, verstummte dann aber und beugte sich tiefer. Ungehalten starrte er Drdjuck an.

Die Büffel tätschelnd, schritt Drdjuck auf die Anführerin zu und legte seinen Kopf zwischen ihre Hörner. In der stillen Zone ließ er sie sehen, was in der Stadt geschehen war. Die Büffelkuh wandte den Kopf und reckte dann ihre Hörner hoch in die Luft. Kurz fuhr ein kalter Windstoß zwischen ihnen hindurch. Es war die Ankündigung des Sturms. Drdjuck löste sich von ihr und ging zum Jungen mit dem rosa Hut. Auch er kauerte gebückt auf dem Boden.

»Du wirkst nicht gerade wie ein Anführer, der sich auf die Schlacht vorbereitet und dabei siegesgewiss ist«, ließ Drdjuck sich vernehmen.

Der Junge mit dem rosa Hut sah ihm kalt entgegen. »Nehmen sie unser Opfer an?«

Drdjuck ließ sich zu Boden fallen. Er setzte sich zwischen die Büffel und wandte den Kopf so, dass er die Stadtmauer im Rücken hatte. Er sah den Jungen mit dem rosa Hut nicht an. »Sie wissen, dass sie wahrscheinlich sterben werden«, sagte er dann.

Der Junge mit dem rosa Hut machte eine unwillige Geste. »Warum denken sie das? Hast du Verrat begangen?«

Drdjuck lachte leise. »Nein. Aber viel wichtiger ist für dich zu wissen, dass du heute Nacht in dieser Ebene ersaufen wirst, wenn du jetzt nicht auf mich hörst.«

Der Junge mit dem rosa Hut spannte schlagartig all seine Muskeln an. Er wirkte jetzt noch kälter als sonst. »Was hast du da drin getan?«

»Ich habe Wasser getrunken«, entgegnete Drdjuck. »Vier Hände voll. Und das Kälbchen einen Eimer. Und ich habe denen in der Stadt gesagt, dass sie dort untergehen werden, wenn sie nicht fliehen. Sie glauben es nicht, und daran wird sich auch nichts mehr ändern. Sie dachten, sie könnten die Herde nehmen, um sich an ihr satt zu essen. Genauso wie du.«

Drdjuck hob den Kopf und spürte den Wind, der sich weiter verstärkte. Dann sah er den Jungen mit dem rosa Hut direkt an.

»Wenn du auf die Stadt losläufst, dann wirst du sterben. Sie haben genug Waffen, um jeden hier viermal zu töten. Und sie haben keine Scheu, es zu tun. Vielleicht haben sie auch genug Waffen, um die Büffel zumindest schwer zu verletzen. Aber sie wissen auch, dass das Fleisch verfaulen würde, ehe sie es essen könnten. Sie sind auf die lebende Herde angewiesen. So wie du. Tote Büffel nützen dir nichts und ihnen genauso wenig. Du hast von Anfang an gedacht, ich hätte Angst, dass du mir die Büffel nimmst. Aber wenn du es versuchst, werden sie selbst sich gegen dich stellen. Sie würden jeden von euch angreifen. Dich und Ciach, Janki, Simon, Aljec … alle! Auch die Mädchen. Auch die kleinen Jungen mit den Trompeten. Du kannst sicher sein, sie werden nicht zum ersten Mal gejagt. Sie wurden nur noch nie gefangen. Jeder, der es versucht hat, ist leer ausgegangen. Und jeder weiß, totes Fleisch zählt nicht in diesen Tagen ohne Kühlschränke und Eis und kalte Höhlen und Vorratskammern und ohne Salz. Totes Fleisch ist wie Sand für den, der es nicht aufbewahren kann.«

Der Junge mit dem rosa Hut sah Drdjuck regungslos an. »Wer bist du?«

»Das habe ich dir schon gesagt, ich heiße Drdjuck«, antwortete Drdjuck. »Und ich bin nicht der Hirte dieser Büffel.«

In den Augen des Jungen mit dem rosa Hut glomm es düster auf. »Was willst du von mir? Warum bist du zu uns gekommen? Willst du die Stadt selbst übernehmen?«

Drdjuck schüttelte den Kopf. »Es ist nicht genug Zeit, die Geschichte zu erzählen. Aber ich versichere dir, wenn du diese Stadt betreten willst, dann musst du das Tor selbst öffnen. Kein anderer wird es für dich tun. Und wenn, wird er dabei in den Sand beißen.«

»Es heißt ins Gras beißen«, zischte der Junge mit dem rosa Hut.

»Verzeih«, lächelte Drdjuck. »Ich habe mich den neuen Zeiten bereits zu sehr angepasst.«

Der Junge mit dem rosa Hut zuckte zusammen. Es war das erste Mal, dass Drdjuck sah, wie sein Körper sich gegen seinen Willen bewegte. Dann sagt der Junge: »Wir lassen die Herde angreifen. Sie können das Tor zertrümmern. Und wir gehen zurück, holen die Teile der Autos und schützen uns und die Herde mit den Türen und Motorhauben und Kofferraumklappen. Wir gehen da hinein, und dann töten wir alle.«

Drdjuck schüttelte erneut den Kopf. »Diese Herde«, sagte er, »ist wichtiger als die Stadt und dein Krieg. Niemandem gehört mehr irgendetwas. Diese Stadt gehört niemandem. Wer dort ist, besitzt sie nicht. Die Menschen gehören der Stadt. So wie du deiner Stadt gehört hast und deinem Bunker. Und jetzt gehörst du der Wüste und dem Wetter. Und im Moment gehörst du sogar der Herde. Wenn die Herde stirbt, stirbst du noch vor ihr. Wenn du die Herde töten willst, tötet sie dich zuvor. Du unterschätzt das Leben, Junge mit dem rosa Hut. Was auf der Erde untergeht, ist der Mensch. Nicht der Planet und sein Leben. Nur alle, die sich so verhalten wie du.«

»Wer bist du?«, fragte der Junge mit dem rosa Hut noch einmal kalt.

»Ich habe es dir gesagt«, wiederholte Drdjuck. »Und ich bin sicher, dass du nicht Junge mit dem rosa Hut heißt. Und auch nicht so, wie du dich von allen anderen nennen lässt. Du fürchtest deinen eigenen Namen. Warum?«

Der Junge leckte sich über seine trockenen, aufgesprungenen Lippen. »Du weißt mehr, als ich dachte.« Er schwieg, dann fuhr er fort: »Meiner Eltern haben mich Gogo genannt.«

»Das ist kein schlechter Name«, sagte Drdjuck. »Es ist ein lustiger Name.«

»Es ist der Name, den ich niemals wieder in den Mund nehmen werde. Und du wirst ihn auch niemandem sagen. Aber hör zu …«, er beugte sich zu Drdjuck hin, »wenn du willst, darfst du allein mich so nennen. Nur du! Wenn wir unter uns sind. Das hat noch keiner gedurft. Und dann erobern wir gemeinsam mit deinen Büffeln die Stadt! Es geht, Drdjuck. Mein Plan ist gut … Du darfst mich Gogo nennen, nur du!«

Drdjuck lauschte in die stille Zone. Der Wind kam jetzt schnell heran. »Ich werde dich nicht so nennen«, sagte er dann. »Und was auch immer du tust, du wirst heute viel verlieren. Vielleicht alles. So wie deine Jäger und alle, die du mitgerissen hast oder die sich haben mitreißen lassen.«

»Du bist ein Träumer, Hirte«, fauchte der Junge mit dem rosa Hut.

»Nein«, antwortete Drdjuck.

»Sag mir, was du willst!«, schrie der Junge heraus.

»Ich werde dich heute verlassen. Und die, die es wollen und denen die Büffel es erlauben, werden mit mir gehen. Du wirst es nicht verhindern können. Du wirst keine Zeit haben. Jetzt gleich kommt alles zusammen. Das Tor wird zerbrechen unter der Wasserflut, du wirst davongespült und kein Herrscher mehr sein. Um dich herum wird niemand mehr sein. Aber vielleicht hast du eine Chance, wenn du jetzt auf der Stelle fliehst.«

»Ich werde mich nie wieder einem anderen beugen«, entgegnete der Junge mit dem rosa Hut auf einmal wieder ruhig. »Wer auch immer gesagt hat, wie ich etwas machen sollte, es waren dieselben, die mein Leben an diesen Punkt gebracht haben.«

»Dann vergiss, was du gelernt hast«, entgegnete Drdjuck.

»Aber du, ja?!«, fuhr der Junge auf. »Unterschätz mich nicht!

267

Ich habe einen Mantel, an dem alle meine Feinde haften. Mein Vater und meine Mutter sind dort! Ich habe sie aus dem Schlamm gegraben, nachdem die Stadt verwüstet war. Ich trage sie an mir als Mahnung. Genauso wie jedes Stück Metall, mit dem Gift geschaufelt wurde. Jeden Papierfetzen, mit dem dafür bezahlt wurde. Jedes Stück von all den Toten und ihren Fernsehern und Computerbildschirmen, durch die nichts verhindert wurde. Ich trage das alles, um mich daran zu erinnern, was nie wieder sein wird und was mich hierhergebracht hat!«

»Und du willst dann in so einem Mantel eine Stadt erobern, um sie zu beherrschen ...« Drdjuck zuckte die Schultern. »Du willst bleiben, wer du bist. Du willst dein Leiden zum Leiden aller machen.«

»Ich leide nicht«, sagte der Junge mit dem rosa Hut kalt. »Ich lasse leiden. Und ich werde nicht zulassen, dass irgendein Mensch mir jemals wieder etwas befiehlt … Du nicht und kein anderer. Vielleicht hast du wirklich ein gutes Herz. Vielleicht bist du aber auch ein Lügner. Und weißt du was? Es interessiert mich nicht. Ich werde gehen, wohin ich will. Diese Stadt wird mir gehören. Deine Büffel werden meine sein. Und auch du wirst mir gehören. Ich habe den Untergang überlebt, und jetzt bringe ich den Untergang dahin, wohin ich will.«

Drdjuck erhob sich. »Ich werde leben«, sagte er.

»Ich werde dafür sorgen, dass sie die Tore öffnen«, rief der Junge. »Du kannst mich nicht aufhalten. Denn du wirst nicht mehr da sein, wenn ich mich jetzt erhebe!« Er griff in seinen Mantel, riss mit einer schnelle Bewegung einen Pfeil hervor und stieß ihn Drdjuck in die Wade.

»Du wirst nirgendwohin gehen!«, lachte er auf. »Wo ich nicht hingehe, gehst auch du nicht hin!«

Drdjuck achtete nicht auf den Schmerz. Er trat zurück und schwieg. Im selben Moment packte ihn ein warmes Maul am Arm. Es war das Kälbchen. Es zerrte Drdjuck von dem Jungen mit dem rosa Hut weg und zog ihn mit sich. Drdjuck packte den Pfeil und zog ihn aus seinem Bein. Blut tropfte auf den Boden. Er würde die Wunde verbinden müssen. Aber nicht jetzt.

Er sah auf den ersten hellen Blitz, der sich quer über den Horizont legte. Dann brach auch schon der Sturm los.

Das Wetter war groß und mächtig. Tausende heller Blitze zuckten auf einmal quer über den Horizont, und zugleich brachen die Wassermassen über die Erde herein. Die Büffel waren vollkommen gewappnet. Sie warteten nur noch auf ihn. Und sie warteten darauf, dass er mitnahm, wen das Kälbchen ausgesucht hatte. In Drdjucks Kopf zogen die Bilder schneller als die Blitze vorbei. Er zählte sie in Gedanken auf: Nadydine, ihre Großmutter, Marja, ihr Bruder Emmo. Und Kiano. Und das Kälbchen hatte auch an Aljecs Bein geleckt. Keiner der anderen jungen Männer war dabei. Aber Drdjuck war noch nicht bereit, sie alle aufzugeben. Er spürte, seit sie die Stadt mit der alten Mine verlassen hatten, dass die Verbundenheit zwischen der Herde und ihm wuchs. So wie seine Verbundenheit mit dem Wetter seit Nadydines Worten. Als weitere Blitze über den Himmel zuckten, sprang er mit einem Satz auf den Rücken des nächsten Büffels. Sein Bein schmerzte, aber es war nur eine Wunde. Und nicht seine erste. Drdjuck hielt Ausschau und sah, wen er suchte. Simon. Und wenn er sich nicht irrte, dann wurde er jetzt gebraucht. Der große Junge ohne Haar starrte voller Angst in den Himmel. In diesem Moment packte ihn eine Hand. Es war Aljec. Er zerrte seinen Bruder mit sich und schrie: »Es kommt ein Sturm! Simon, hilf mir, wir müssen Marja retten!«

Simons Mund stand vor Entsetzen offen, er taumelte. Aber sein

Bruder riss ihn mit sich auf das Mädchen mit den abgeschnittenen Haaren zu, die verängstigt auf dem Boden kauerte.

Drdjuck sprang zurück auf den Boden und streckte die Hand nach dem Kälbchen aus. Es zögerte nicht. An seiner Seite lief es zu den drei Gestalten. Der Wind jagte durch sein Fell, aber noch war die Herde ein Fels in der Brandung. Drdjuck hielt auf Marja zu. Er griff nach ihrer Hand.

»Was willst du?«, fauchte Simon.

Drdjuck antwortete nicht. Er führte die Hand des Mädchens an die Schnauze des Kälbchens und legte sie dann in Simons Hand. Er wandte sich zu Aljec, nahm auch seine Hand und führte sie zu den anderen. In diesem Augenblick leckte das Kälbchen die zusammengelegten Hände.

»Wenn du leben willst, kommst du mit«, rief Drdjuck Simon zu. »Jetzt darfst du! Und ihr auch, Marja und Aljec. Die Herde führt euch. Ohne sie geht ihr in diesem Wetter unter.«

Marja kreischte verzweifelt auf. Und Simon heulte auf einmal Rotz und Wasser. In ihren Gesichtern stand blankes Entsetzen. Ein Sturm ohne Bunker ... Drdjuck wusste, was sie fühlten.

»Verlasst euch auf die Büffel«, schrie er ihnen durch den Wind zu. »Sie haben schon oft überlebt.«

Marja schluchzte. »Tut, was er sagt. Ohne ihn wäre ich tot. Bei der Jagd ... bei uns ...«

Simon sah seinen Bruder verzweifelt an. Der Wind fegte Staub durch die Luft. »Aljec!«, flehte Marja. »Simon!«

Die beiden packten sie gleichzeitig und zogen sie tief in die Herde.

Drdjuck sah, dass Emmo bei der Anführerin stand. Der Junge lächelte. Er war der Jüngste von allen, vielleicht war er schon weiter in diesem neuen Leben. Drdjuck spürte eine Bewegung in seinem Rücken. Er sah sich um. Der Junge mit dem rosa Hut war aufgestanden. Er starrte zu Drdjuck. Seine Kopfbedeckung leuchtete auf, als der nächste Blitz über den Himmel fuhr. Drdjuck hielt dem Blick stand. Der Wind wurde stärker. Mehr Staub, Schlamm, Blätter und Äste flogen durch die Luft, und von einem Augenblick auf den anderen schrumpfte die Sicht auf wenige Meter. Jetzt riss der Wind dem Jungen den rosa Hut vom Kopf und ließ ihn wie einen Müllfetzen auf das Stadttor zurasen. Der Junge fuhr herum und starrte ihm nach. Dann wurde der Staub zwischen ihm und Drdjuck und allem anderen zu dicht für ein menschliches Auge.

Drdjuck sank in die stille Zone. Das Gesicht des anderen verzerrte sich. »Zu mir!«, schrie er gellend. »Wir brechen das Tor auf und übernehmen die Stadt!« Er drehte sich um und rannte seinem Hut nach. In diesem Moment schleuderte die nächste Sturmböe die Kopfbedeckung gegen das Holztor. Der Junge setzte ihm nach und bekam seinen Hut zu fassen. Er stülpte ihn sich auf den Kopf und riss seinen Bogen von der Schulter. Hinter ihm tauchte Ciach aus dem Sturm auf. Er hielt sein Messer in der Hand und stach mit ihm auf das Tor ein.

»Zu Zugan!«, brüllte er gegen das Tosen an.

Der Wind packte fester zu. Jetzt folgten die Jäger ohne Ausnahme ihrem Anführer. In der dichten Wolke aus Schlamm und Staub waren sie kaum noch als Einzelne zu erkennen. Ein Schreien war schwach zu hören. Jankis Stimme. »Wir fressen sie alle auf!« Die Jungen flogen wie abgerissene Wurzelballen gegen das Tor und hämmerten mit ihren Waffen dagegen. Aus der schlammigen Ebene kamen die grau triefenden Mädchen dazu. Wie Furien rannten sie auf das Tor zu. Sie hoben die Arme und ballten ihre Hände zu Fäusten. Auf der Mauer darüber erschienen dunkle Gestalten. Sie warfen etwas herab. Es fiel und zerplatzte, doch im

Tosen des Sturms war nichts anderes mehr zu hören. Die Angreifer vor dem Tor duckten sich. Dann warfen sie sich erneut gegen das Holz.

Drdjuck wandte sich ab. Die schwarze Wand stand nun über ihnen. Und es war, als fiele ein Ozean aus den Wolken.

Eines der Autos, die sie in den Felsen zurückgelassen hatten, kam aus der Dunkelheit auf sie zugeschossen. Es überschlug sich, schwarz und verbrannt, und flog dann, vom Sturm gehoben, auf die Mauer zu. Eine Plastiktrompete jagte an Drdjucks Kopf vorbei. Das Kälbchen lief zur Anführerin. Niemand würde heute noch ausgesucht werden von ihm. Für eine lange Zeit war dieser Möglichkeit vorbei.

Die Herde lief los. Drdjuck drehte den Kopf.

Nadydine lief, ihre Großmutter an sich gepresst, zwischen den beiden jungen Büffeln. Drdjuck fiel in einen schnellen Trab. Sein Bein pochte, aber er würde nicht anhalten müssen und nicht daran sterben. Kiano klammerte sich an sein Rad, das ihm der Sturm aus der Hand zu reißen drohte. Es schwang in den Böen hin und her. Es sah aus, als hielte er einen Papierdrachen.

Drdjuck erreichte ihn mit zwei Sprüngen. Er packte Kiano, fühlte die Kraft in seinen Armen. Er war stark geworden in den letzten Monaten. Kiano sah ihn lachend an. Kiano stand auf seinen Beinen wie ein Büffel. »Stark!«, sagte er zu Drdjuck.

»Ja«, gab Drdjuck zurück. »Halt dich an das Kälbchen, Kiano. Es wird dich führen. Dein Fahrrad werden wir nicht verlieren. Ich kümmere mich darum. Und du wirst nie wieder einem wie dem Jungen mit dem rosa Hut Luft zufächern müssen.«

Kiano lachte wieder, und sein Lachen mischte sich mit dem Sturm. »Nicht seins!«

Die Büffel stoben über die Ebene. Drdjuck zog das Fahrrad auf seine Schulter. Eine der Büffelkühe lief zwischen die jungen Bullen, senkte den Kopf neben Nadydine und ihrer Großmutter. Der Instinkt der beiden war stark. Sie fassten die Hörner und hielten sich daran fest. Gleich darauf lief die Büffelkuh schneller. An jeder Seite eine der Frauen. Drdjuck rannte hinzu. Er hielt das Rad mit der Linken, packte die Beine der alten Frau, die leicht wie Strohhalme waren, mit der Rechten und hob sie auf den Rücken des Tieres. Da schwang sich Nadydine schon hinter sie und hielt sie fest. Das Mädchen sah Drdjuck strahlend an.

Drdjuck warf sich mit dem Fahrrad auf den Rücken des nächsten Tieres. Er beugte sich vor und hielt sich mit einer Hand an den Hörnern fest. Sein Herz leuchtete. So wie es das Herz von Nadydine tat. Das laute Rauschen des Wassers mischte sich mit dem Heulen des Windes.

Und dann liefen sie, liefen und liefen.

Und plötzlich war es schnell gegangen. Wie immer, als wären es nur wenige Schritte gewesen.

Die Büffel liefen langsamer und fielen schließlich in einen gemächlichen Schritt. Die Herde hatte die Grenze erkannt und trat aus dem Sturm in die stille Zone. Die stille Zone, die es auch auf der Erde gab. Die neben jedem Sturm irgendwo anfing. Drdjuck wusste nicht, wie die Büffel das machten, mit welchen Sinnen sie es erspürten. Ob mit ihren Hufen, ihren Hörnern, ihrem Büffelgeist, ihrem ganzen Dasein. Er selbst konnte das nicht, noch nicht. Aber sie. Sie hatten ihn schon oft am Rand der Wetter entlanggeführt.

Von der weißen Stadt war nichts mehr zu sehen. Dieser Teil der Erde war Vergangenheit. Vielleicht würde irgendetwas davon irgendwo wieder auftauchen, davongespült, davongetragen. So wie von Drdjucks Heimatstadt irgendetwas irgendwo auch wieder aufgetaucht war, in Teilen, kaputt, zerstört. Vielleicht waren sogar die Stadt und der Bunker des Jungen mit dem rosa Hut nicht vollkommen abgebrannt, und irgendetwas kam irgendwo wieder zum Vorschein. Aber vielleicht war das alles auch für immer zu Asche zerfallen. Vielleicht lebten dort in den alten Minen jetzt nur noch die weißen Spinnen.

Drdjuck sah hinüber in das schwere Wetter. Der Sturm schlug aus wie ein verletztes Tier. Und wo er gewesen war, hinterließ er Wasserlachen. Die Büffel gingen auf die nächstgelegene zu und tranken. Drdjuck sprang ab, legte das Rad auf den Boden und warf sich neben sie. Er kümmerte sich nicht darum, wer von den Menschen bei der Herde was tat. Die Büffel würden keinen Unterschied mehr machen zwischen ihm und den anderen, die jetzt ebenfalls zu ihnen gehörten. Und er hatte Durst. Größeren Durst, als er sich eingestanden hatte. Außerdem pochte die Wunde an seinem Bein. Das Pochen war wie ein dumpfer Ton, der sich Schlag um Schlag wiederholte.

Doch trotz Durst und Schmerzen waren sie sicher. Kiano. Nadydine … ihre Großmutter. Marja und Emmo, Simon und Aljec. Die Büffel hatten noch nie einen Menschen zurückgelassen, den das Kälbchen zuvor ausgewählt hatte. Simon hatte aus Liebe zu Marja gehandelt, und sein Bruder hatte ihn geholt. Sie hatten die Chance ergriffen.

Drdjuck berührte mit den Lippen die Wasseroberfläche und trank. Dies war nicht ihre erste Suche gewesen, und es würde auch nicht die letzte sein.

Als sein Durst gestillt war, erhob er sich und sah sich um. Das Kälbchen stand dicht bei ihm. Seine Zunge und sein Maul troffen vor Wasser. Mit einem Mal hob es den Kopf, und seine Ohren zitterten. Und plötzlich wandte es sich um und lief davon. Drdjuck griff nach dem Rad und folgte ihm.

Der Sturm schlug um und kam wieder auf sie zu.

Sie mussten weiter, voran.

Wie alles andere

Die Blitze fuhren in dieser Nacht lange über den Himmel.

Immer wieder kam der Herde und ihren Begleitern das Wetter sehr nah, und sie gerieten in eiskaltes Nass. Dennoch hielten sich die Büffel dicht genug am Rand der tobenden Front, um dort, wo sich Lachen bildeten, anzuhalten und zu trinken. Sobald der Sturm sich ein Stück zur Seite bog, liefen sie an seiner Kante, suchten Felsspalten oder Erdfurchen, um aufzunehmen, was ihnen das Überleben sicherte.

Die ganze Zeit zeigte sich die Welt vollkommen farblos.

Drdjuck hielt sich dicht an dem Kälbchen, das sich seinerseits an die Anführerin drückte. Die Leitkuh führte ihre Herde hinter sich her. An den Hals einer der großen Kühe geklammert, lag die Großmutter von Nadydine, die selbst auf der Büffelkuh blieb, wenn sie trank. Das Tier störte sich nicht daran. Nadydine ging inzwischen daneben, ihren Kopf gesenkt, oft so tief sie nur konnte im Fell vergraben, während sie eine Hand schützend um die Schulter ihrer Großmutter hielt.

Marja saß vornübergebeugt auf einer anderen Kuh. Und Simon lief neben ihr her. Immer wieder rief er laut aus: »Hab keine Angst, wenn du fällst, dann fange ich dich. Hab keine Angst. Ich trage dich. Es tut mir leid um dein Haar. Ich wollte das nicht.« Aber es wirkte nicht so, als ob Marja ihn hörte.

Aljec lief dagegen mit Emmo. Die beiden sprachen nicht miteinander. Aber sie wirkten leichter und gelöster, als Drdjuck sie je erlebt hatte.

Mitten in der Nacht fing Simon an zu stolpern und fiel bald darauf zum ersten Mal in den aufgeweichten Boden. Er war so ausgelaugt, dass er mit dem Gesicht auf dem Boden dalag und gleichzeitig weiter zu Marja sprach. Seine andauernden Worte schlugen Blasen aus dem Schlamm. Er sah aus, als würde er aus der Pfütze trinken, in die er gefallen war. Aber in Wirklichkeit drohte er zu ertrinken.

Es war Drdjuck, der ihn hochzog. »Bleib auf den Beinen«, herrschte er Simon an. »Wenn du sie retten willst, dann musst du auch dich retten. Du kannst ihr nicht helfen, wenn du so weitermachst.«

Simon starrte Drdjuck an wie ein Verrückter.

»Der Weg ist noch lange nicht zu Ende«, sagte Drdjuck ruhig. »Also mach, was das Leben verlangt. Nicht nur, was du denkst.« Aljec und Emmo kamen herbei und nahmen Simon zwischen sich.

Nadydine sah zu Drdjuck. Sie sah nicht aus, als hätte sie Angst.

Kiano schrie mit dem Regen um die Wette. Er streckte die Zunge heraus, um jeden Tropfen Wasser aufzufangen, der auf ihn fiel. Und dann und wann hielt Nadydines Großmutter ihre Hände und Arme vor sich, bis sie nass waren, und leckte sie dann langsam ab.

Nach einigen Stunden hörten die Blitze auf, und der Himmel wurde noch dunkler. Nun fauchte nur noch der Sturm. Drdjuck folgte dem Kälbchen. Die ganze Zeit trug er Kianos Fahrrad.

Als das erste Tageslicht anbrach, leuchteten vor ihnen die roten

Berge auf. Dort hatten sie die Jäger getroffen. Aber diesmal war die Flussschleife nicht ihr Ziel. Drdjuck dachte an die Höhlen, die er über dem Flusstal gesehen hatte. Die Anführerin wandte sich mehr Richtung Süden.

Mit dem ersten Licht sah Kiano zu Drdjuck. »Bein!« Er deutete auf Drdjucks Wunde. Sie pochte, und immer wieder begann sie zu bluten.

»Es ist nicht schlimm«, murmelte Drdjuck.

Kiano verzog den Mund. »Ich trage das!« Er deutete auf sein Fahrrad. »Mein!« Drdjuck nickte stumm. Dann gab er seinem Bruder das Rad. Es tat gut, das Gewicht los zu sein. Kiano leckte am Lenker des Rades. »Mein«, seufzte er glücklich.

Die nächsten Stunden vergingen in schwüler Hitze. Das Wasser in der Luft drückte schwer. Der Schmerz in Drdjucks Bein begann sich auszudehnen. Plötzlich kam Nadydine neben ihn. »Meine Großmutter schickt mich. Bleib kurz stehen. Wir haben die hier gefunden.« In ihrer Hand hielt sie mehrere große Ameisen. Drdjuck hielt an.

Nadydine nahm eine der Ameisen und setzte sie Drdjuck auf das Bein, sodass die Hinterbeine auf der einen Seite der Wunde und die Vorderbeine auf der anderen lagen. Dann knipste sie der Ameise mit den Fingernägeln den Kopf ab. Im Todeskampf zog sich die Ameise zusammen und ihre Beine klammerten sich um Drdjucks Wunde und zogen sie zusammen. Nadydine achtete nicht auf sein Erstaunen. Sie nahm die anderen Ameisen und machte mit ihnen das Gleiche. »Wenn ihre Körper vertrocknet sind, fallen sie ab«, erklärte sie. »Dann wird die Wunde verheilt sein.«

»Woher weiß deine Großmutter das?« Drdjuck sah auf den Schnitt in seinem Bein, der von den toten Ameisen genäht worden war.

Nadydine schüttelte den Kopf. »Ich weiß es nicht.«

Plötzlich lächelte Drdjuck. »Deine Samen werden wachsen«, sagte er. »Es gibt Wasser und Erde, dort, wo wir hingehen.«

»Wo wir hingehen?« Sie nahm den Weg wieder auf. Drdjuck ging neben ihr. Auch das Kälbchen kam neben Nadydine gelaufen. »Wenn wir ein Ziel haben«, sagte Nadydine. »Dann musst du etwas wissen, was du mir bisher nicht gesagt hast.«

Drdjuck nickte. »Ja. Wir waren auf der Suche.«

»Nach deinem Bruder?«

»Auch. Aber vor allem sind es die Büffel. Sie wollen nicht, dass alle Menschen sterben. Sie halten nach denen Ausschau, für die es weitergehen kann.«

»Und wo?«, fragte Nadydine.

»Alte Felsbehausungen«, gab Drdjuck zurück. »Es ist ein schmales und tiefes Tal an einem Fluss weit in den Bergen. Zu beiden Seiten ziehen sich die Felswände in hohen Stufen nach oben. Der Fels ist grau. Aber obendrauf ist es erdig. Dort kann einiges wachsen. Je höher du kommst, umso mehr. Büsche und sogar ein paar Bäume. Dort gibt es viel Gras. Und unten am Ufer ebenfalls. Natürlich wird es manchmal weggespült. Aber das Tal ist so tief, dass bisher keine Flut alles erreicht hat. Und außerdem gibt es eine Quelle.«

»Es gibt sauberes Wasser …«, sagte Nadydine.

»Ja. Und das Tal liegt weit abseits der ehemaligen Städte. Es ist eine uralte Menschensiedlung. Sie bestand schon, ehe die Menschen Städte gebaut haben.«

»Oder Bunker«, lachte Nadydine.

»Genau«, antwortete Drdjuck. »Manche der Höhlen sind tief in den Fels geschlagen. Wenn es regnet, läuft das Wasser von oben vor ihnen den Hang hinab. Drinnen bleibt es trocken. Aber es gibt Becken in den Höhlen, in denen sich das Regenwasser sammelt. Es fließt durch schmale Spalten von oben in sie hinein. Die Höhlen sind klug angelegt. Im Tal wachsen lange Gräser, aus denen man sich eine Decke flechten kann. Und die Büffel bewegen sich durch das Tal. Flechten wachsen dort auch ... Wusstest du, dass Flechten Stein in Erde verwandeln?«

Nadydine schüttelte den Kopf.

»Es ist noch ein weiter Weg«, sagte Drdjuck. »Ich werde mich jetzt auf den Rücken der Anführerin legen. Sie trägt mich leicht, ohne Mühe, und ich kann dabei ausruhen. Das hat sie mir beigebracht.« Er nickte Nadydine zu und machte es, wie er gesagt hatte. Dann legte er sein Gesicht in das Fell der Leitkuh und versank in die stille Zone und folgte seinen Gedanken.

Drdjuck wusste nicht, wo die Hölle beginnen sollte, von der Barum in der weißen Stadt gesprochen hatte. Er bezweifelte, dass es sie gab. Als noch eine Nacht vorübergegangen war und der nächste Tag anbrach, hatten sie die Regenstürze und alle schwarzen Wolken hinter sich gelassen. Die Luft war wieder trocken, und es gab keine Wasserlachen mehr. Die Dürre begann von Neuem.

Vor ihnen erstreckten sich graugrüne Berge. Die Büffel wussten den Weg.

»Rastet ihr denn nie?« Simon näherte sich Drdjuck.

Drdjuck blickte zu Nadydine, die hinter ihrer Großmutter auf dem Büffelrücken saß und sich mühsam an die Hörner klammerte, während die alte Frau erschöpft vor sich hin sah.

»Nicht bevor wir in Sicherheit sind«, antwortete Drdjuck. »Der Sonnenlauf und die Dunkelheit sind nicht das Entscheidende. Sauberes Wasser ist es.«

Simon schluchzte plötzlich auf.

Die Anführerin beschleunigte ihre Schritte.

In diesem Moment hob Nadydine ihren Kopf. »Es ist nah«, sagte sie.

Simon sah sie verwirrt an. »Was? Ich kann nichts sehen oder hören. Was meinst du?«

»Es sind die Büffel«, antwortete ihm Drdjuck. »Sie führen uns. Nicht wir sie.«

»Die Büffel? Aber du bist der Hirte.«

»Du wirst es lernen«, antwortete Drdjuck. Dann fügte er hinzu: »Ich habe es gelernt. Und ich war alleine. Aber du hast deinen Bruder und Marja und Emmo und all die anderen. Und mich.«

Am Tag, als das Wasser kam, hatten Kiano und Drdjuck im Haus geschlafen, und Drdjuck hatte auf seinen Bruder aufpassen sollen.

Doch dann war Kiano aufgewacht und aufgestanden, ohne dass Drdjuck es bemerkt hatte. Er war gewiss sofort zu seinem Fahrrad gegangen, hatte sich auf den Sattel gesetzt und war losgefahren.

Drdjuck hatte nichts gehört. Er war erst vom Regen aufgewacht.

Da war das Licht schon verschwunden, und der Regen hatte wie verrückt auf das Dach getrommelt.

Drdjuck hatte gesehen, dass Kianos Fahrrad nicht neben dem Bett stand. Es stand immer neben seinem Bett, wenn sie mittags schliefen. Kiano war nie ohne sein Fahrrad.

Drdjuck hatte nach Kiano gerufen. Aber er hatte keine Antwort bekommen. Er wollte aus dem Haus gehen, um nach ihm zu suchen. Aber da war das Wasser schon da.

Die Flutwelle war ins Haus gestürzt.

Das Wasser floss überallhin. Es riss und zerrte alles mit sich. Es kam aus allen Richtungen gleichzeitig. Wassermassen wie aus Jahren, die sich zu einem einzigen Tag zusammenpressten.

Dann war Drdjuck aus dem Fenster gespült worden.

Wenig später hatte er die Anführerin getroffen.

Als Drdjuck auf ihrem Rücken lag, hatte er irgendwann gedacht, er sähe seine Eltern. Sie klammerten sich an einen Holzkarren und schwammen. Doch dann war der Karren zerbrochen, und sie waren mit einem Mal fort. Aber vielleicht waren sie auch nie dort gewesen.

Später hatte er sie noch einmal vor sich gesehen. Mit seiner Großmutter. Sie lag mit der Brust auf einem Brett, das im Wasser trieb. Seine Mutter und sein Vater hielten das Brett an den Enden. Sie waren alt geworden im Wasser, sie hatten graue Haare bekommen. Wie der schmutzige, stinkende Schaum auf den Wellen.

Als Drdjuck die Augen das nächste Mal aufschlug, waren sie wieder fort.

Seltsamerweise hatte er Kiano nie im Traum gesehen.

Von da an war Drdjuck allein gewesen.

Nur die Anführerin, die Büffelkuh, war bei ihm.

Sie hielt den Kopf über Wasser. Und nachdem sie aus dem Wasser gestiegen waren, hatte er den stinkenden Schaum mit Gras von ihr abgewischt, jeden Zentimeter ihres Körpers geputzt.

Als sie später – sie hatten die Herde gefunden und aus der Stacheldrahtumzäunung befreit – zum ersten Mal an einen sauberen Fluss kamen, war die Leitkuh ins Wasser gestiegen und hatte sich am ganzen Körper abgeleckt. Und alle Büffel taten das Gleiche. Sie putzten und putzten sich. Sie hatten sich an Bäumen gerieben, im Schlamm gewälzt und dann im Gras.

Anschließend waren sie weitergezogen.

Bis zu den grauen Felswänden des Tals, auf denen es grünte. Die Wände reichten bis zum Himmel, wenn man sie von unten betrachtete. Und von oben aus reichten sie sehr tief hinab bis zu einem Fluss.

Es gab Pflanzen am Ufer. Schmale Wege führten in die Höhe und hinab. Es waren alte Wege. Und es gab gemauerte Wände unter den Felsvorsprüngen.

Dort hatten die Büffel gefressen und sich dann zwischen den Felsen im Tal entleert. Drdjuck wurde klar, dass ihr Dung alles besser wachsen ließ.

Und plötzlich hatte er zum ersten Mal alles auf die gleiche Art wahrgenommen wie die Büffel.

Irgendwie hatte die Leitkuh dazu den Anstoß gegeben. Er wusste bis heute nicht, wie sie es geschafft hatte. Seine Sinne weiteten sich, und er erkannte, dass alles Leben verbunden war.

Von diesem Tag an hatte die Zeit begonnen, sich für ihn zu verändern. Und ebenso die Büffel, das Gras, das Wasser und alles, was sie fraßen. Sie fraßen anders, als Drdjuck es gekannt hatte. Wenn sie ihre Mäuler über das Gras stülpten und es abrissen, machten sie aus dem, was dort wuchs, weniger, aber es blieb immer genug übrig. Und dem, was übrig blieb, gaben sie ihren Dung. Dann wuchs es erneut und besser.

Als Nächstes war das Kälbchen geboren worden.

Es roch vom ersten Moment an frisch und lebendig, und Drdjuck liebte es sofort.

Nach der Geburt waren die Büffel weitergezogen.

Jeden Meter des Tals durchwanderten sie. Mal in die eine, mal in die andere Richtung.

Sie entdeckten noch mehr verlassene Behausungen. Und eines Tages war Drdjuck bewusst geworden, dass hier irgendwann einmal viele Menschen gelebt haben mussten. Er hatte überlegt, ob man auch andere Überlebende herholen sollte.

Dann war der Mann gekommen. Auf dem Fluss. Er hatte in einem Schlauchboot gesessen. Als er die Büffel sah, hatte er ein

Gewehr gehoben und auf eine Büffelkuh angelegt. Drdjuck hatte geschrien und mit den Armen gewedelt.

Aber der Mann hatte das Gewehr nicht gesenkt.

Da war die Anführerin ins Wasser gerannt. Sie hatte das Schlauchboot gerammt. Der Mann schoss. Er hatte nicht getroffen. Sein Boot war gekentert. Er hatte sein Gewehr verloren und versucht, ans Ufer zu schwimmen.

Aber die Leitkuh und ihre Herde hatten ihn nicht an Land gelassen.

Und während sie ihn abwehrten, hatte das Kälbchen Drdjucks Hände geleckt.

Drdjuck spürte es noch immer, wenn er sich daran erinnerte, diesen warmen Atem. Von da an hatte er vieles immer besser gesehen. Er sah sich selbst im Geist der Leitkuh und des Kälbchens und der ganzen Herde. Es war oft schwer zu unterscheiden. Aber er erkannte, was die Menschen taten und getan hatten und tun würden.

Und plötzlich war ein Junge vor seinem inneren Auge erschienen, der sein Bein unter einem stählernen Mast eingeklemmt hatte, der umgestürzt war. Der Junge schrie.

Drdjuck wusste, dass die Herde es auch sah.

Gleich darauf zogen sie hinaus ins Land. Sie folgten dem Bild, und sie fanden den Ort.

Als sie dort waren, lag ein Junge unter einem umgeknickten Strommast. Er hatte nur noch ein Bein. Das andere lag daneben. Es war schon verfault. Aber der Junge lebte.

Das Kälbchen war auf ihn zugegangen und hatte seine Hand geleckt.

Und der Junge hatte die Augen aufgeschlagen.

Drdjuck brachte ihn auf dem Rücken der Anführerin ins Tal. Und ob es ein Wunder gewesen war oder nicht: Der Junge hatte überlebt.

Diese Bilder zogen an Drdjuck vorbei, zusammen mit den Bildern der toten Städte, die er seitdem gesehen hatte. Es war nicht bei diesem einen Auszug geblieben. Sie hatten ihn ein weiteres Mal mit sich hinausgenommen.

Diesmal hatte er zuvor nichts gesehen.

Er war so beschäftigt gewesen, sich um den einbeinigen Jungen zu kümmern. Sie hatten in einer der Höhlen gesessen, Wasser getrunken, manchmal gegessen und oft gesprochen.

Aber mit einem Mal stand das Kälbchen in der Höhle und hatte ihn weggezogen.

Diesmal war das Mädchen dazukommen. Sie sagte nie ein Wort. Dafür sah sie alles ganz genau an. Drdjuck hatte sie auch in der stillen Zone nicht ein einziges Mal erreicht. Und doch ging sie jeden Tag zu den Büffeln, umarmte sie, und es schien, als würden die Büffel sie sehr wohl treffen können.

Und was auch immer zwischen dem Mädchen und den Büffeln geschehen war, hatte sie auf den dritten Weg geführt.

Da waren die beiden Kinder gewesen, Babys noch, die allein in einem Kinderwagen in einem Haus gelegen hatten, festgekeilt zwischen einem umgerissenen Schrank und der Zimmerdecke, während der untere Teil des Zimmers mit Schlamm verkrustet war. Die Babys hatten geschrien.

Genau wie das Mädchen, das nie sprach, hatte das Kälbchen sie mit seiner Zunge berührt. Und so waren sie vier geworden. Fünf mit ihm selbst.

Irgendwann hatte Drdjuck die ersten Toten vorbeitreiben sehen. Eine tote Frau lag in einem Boot. Andere trieben wie abgebrochenes Holz im Wasser. Zwischen ihnen schwamm eine Ente. Das Wasser brachte Tod, und es brachte Leben gleichermaßen.

Der Fluss trug auch das Gift heran. Die Büffel hatten nicht mehr aus dem Fluss trinken können. Stattdessen hatten sie die Becken in den Behausungen genommen.

Drdjuck hatte das Tal verlassen und war dem Flusslauf gegen den Strom bis zu einer Stelle gefolgt, an der ein anderer Fluss in ihn mündete. Dort hatte er sich hingesetzt und gewartet. Es war der einmündende Fluss, der die Toten brachte. Drdjuck hatte überlegt, ob er aus Ästen einen Damm bauen könnte, der die Körper vorbeilenkte. Aber dann war ihm eingefallen: Was ist, wenn ein Lebendiger kommt, der die Büffel nicht töten will?

Und so war ihm sein Bruder wieder in den Sinn gekommen.

Kiano in seiner Art, wenn er überlebt hatte, würde bestimmt niemals etwas von dem wiederholen, was zu dieser Katastrophe geführt und so viele Tote gefordert hatte.

Der Mensch hatte diese Katastrophe herbeigeführt, aber er hatte damit nicht nur seine eigene Welt zerstört, sondern die aller Lebewesen. Drdjuck hatte viele von ihnen auf seinem Weg gesehen.

Einsame Tiere, die zwischen Städten, Autos und Straßen auf dem letzten Stück Boden standen, das ihnen noch blieb. Er hatte die Büffel hinter den Drahtzäunen gesehen. Bäume, deren Wurzeln mit dem Asphalt kämpften. Und Gras, das bereits erstickt war.

Von da an hatte Drdjuck nach Kiano Ausschau gehalten. In der stillen Zone hatte er ihn gesucht. Aber er hatte ihn nicht gefunden.

Doch das Kälbchen war eines Tages wieder auf ihn zugetreten. Es hatte über Drdjucks Gesicht geleckt, und am nächsten Morgen waren sie losgezogen, die Leitkuh und die ganze Herde.

Nur der einbeinige Junge, das Mädchen, das nie ein Wort sprach, und die beiden Babys waren im Tal in einer der Höhlen zurückgeblieben. Sie hatten vor Angst geschrien, als die Büffel davonzogen. Aber das Kälbchen hatte sich zu ihnen umgedreht und ihnen über die Gesichter geleckt, und die Büffel hatten direkt vor der Höhle ihren Dung fallen lassen.

Da hatte das Mädchen ohne Sprache gelächelt. Es hatte die Arme ausgebreitet und Drdjuck umarmt.

»Wenn wir wiederkommen«, hatte Drdjuck ihr gesagt, »dann will ich meinen Bruder mitbringen. Er redet fast so wenig wie du.«

Das Mädchen hatte Drdjuck losgelassen und genickt.

Zum ersten Mal hat er gesehen, dass sie verstand, was ein anderer sagte.

So waren sie ausgezogen. Die Büffel hatten unterwegs nach Wasser gesucht und genug gefunden. Und er durfte ihre Milch trinken. Er hatte ihren Dung gesammelt und Feuer daraus gemacht. Oder ihn liegen gelassen, damit etwas wachsen konnte.

Er war ihnen einfach gefolgt.

Es waren Städte gekommen. Leere Städte. Sie kamen an das Haus, in dem eine Frau auf dem Bett lag. Das Kälbchen hatte ihre Hand geleckt. Drdjuck hatte sie genommen und auf den Rücken der Anführerin gelegt. Aber die Frau war noch am selben Tag gestorben.

Die Leitkuh hatte das Kälbchen mit den Hörnern zu Boden gestoßen. Und das Kälbchen hatte es gelernt. Es hatte nie wieder einem Sterbenden über die Hand geleckt, genauso wenig wie es die berührte, die den Tod brachten.

Und dann waren sie in die roten Berge gekommen und von dort in die Stadt in der Senke.

Obwohl so viele dort viel zu jung waren, um alles zu wissen, hatte das Kälbchen nur wenige von ihnen ausgesucht. Vielleicht wussten sie eben doch schon zu viel. Jeder war frei zu tun, was er dachte. Aber wer es nicht lernte, in die stille Zone einzutreten, der würde nicht mit den Büffeln leben können.

Drdjuck schaute über den Kopf der Anführerin. Seine Freiheit ging nicht über ihre hinaus. Wer damit anfing, der blieb ausgeschlossen. Und er hatte das Ende der Ausgeschlossenen selbst erlebt.

Vor ihnen lag ein Tal mit einem Fluss darin. »Wir sind da!«, sagte Drdjuck laut.

Das Kälbchen neben der Anführerin blieb stehen.

Sonnenlicht fiel auf graugrüne Felsen und glühte dort wie ein wohlgehütetes Feuer oder Nadydines Lächeln, wenn sie nicht anders konnte, als zu lächeln. Oder vielleicht auch wie Drdjucks Unsicherheit ihr gegenüber, wenn er nicht wusste, was er sagen sollte.

Drdjuck stieg ab und stellte sich aufrecht. Sein Bein schmerzte weit weniger. Er sah tiefer in die Berge hinein und sank in die stille Zone. Und plötzlich war Nadydine bei ihm. Sie war da, und sie schrieb sich wie er ein in die Landschaft und in die Herde. Für einen Moment fühlte er, dass jeder von ihnen vollkommen unabhängig vom anderen war, wie die Wolken über dem höchsten Punkt der Talkante, wie die Farben des Himmels, das Grau, das langsam an den Talwänden hinabschlich, wie das Rauschen des Wassers, das durch die Stille des Tals zu ihnen heraufdrang, wie das Muhen und Brummen der Büffel, ihre Hörner, die zu klingen begannen. Und in diesem Moment mischten sich die stille Zone und die äußere Gegenwart zu einem Einzigen zusammen, in das sie beide genauso gehörten wie alles andere.